LOS SENDEROS DE LA OSCURIDAD

Mari Jungstedt es una de las escritoras más populares de novela negra nórdica gracias al éxito de la serie Gotland, protagonizada por los detectives Anders Knutas y Karin Jacobsson. Desde 2003 se han vendido más de seis millones y medio de ejemplares solo en su país, y la serie ya cuenta con diecisiete novelas, editadas en veinte países. Próximamente se publicará en nuestro país *No te pierdo de vista.*

También es autora de *Antes de que lleguen las nubes*, la primera entrega de una nueva serie ambientada en Málaga y protagonizada por el inspector Héctor Correa y la traductora sueca Lisa Hagel, de la que se han vendido más de 300.000 ejemplares.

www.marijungstedt.es

Este libro se ha elaborado con papel procedente de bosques gestionados de forma sostenible, reciclado y de fuentes controladas, avalado por el sello de PEFC, la asociación más importante del mundo para la sostenibilidad forestal.

EMBOLSILLO apuesta para frenar la crisis climática y desea contribuir al esfuerzo colectivo y permanente de proteger y preservar el medio ambiente y nuestros bosques con el compromiso de producir nuestros libros con materiales sostenibles.

MARI JUNGSTEDT

LOS SENDEROS DE LA OSCURIDAD

Traducción:
Carmen Montes Cano

Título original:
Ett mörker mitt ibland oss

Benito Castro, 6
28028 MADRID
www.maeva.es

ISBN: 978-84-18185-56-4
Depósito legal: M-7073-2023

Diseño e imagen de cubierta: Alejandro Colucci
Fotografía de la autora: © Sarah Saverstam
Impreso por CPI Black Print (Barcelona)
Impreso en España / Printed in Spain

Para mi abuela Lisa, Elisabeth Sköldborg,
que adoraba la novela negra y las historias de misterio,
que se reía a carcajadas,
que disfrutaba contando historias sobre viajes a tierras extrañas,
que me consolaba con uvas pasas y viajes en tren cuando,
de pequeña, lloraba porque echaba de menos a mi madre,
que resplandecía de orgullo cuando yo, a los dieciocho años,
trabajaba de guía turística en Kungsholmen
a bordo del vapor Sjöfröken,
que me transmitió el fuego de la alegría que llevo dentro.

SUECIA

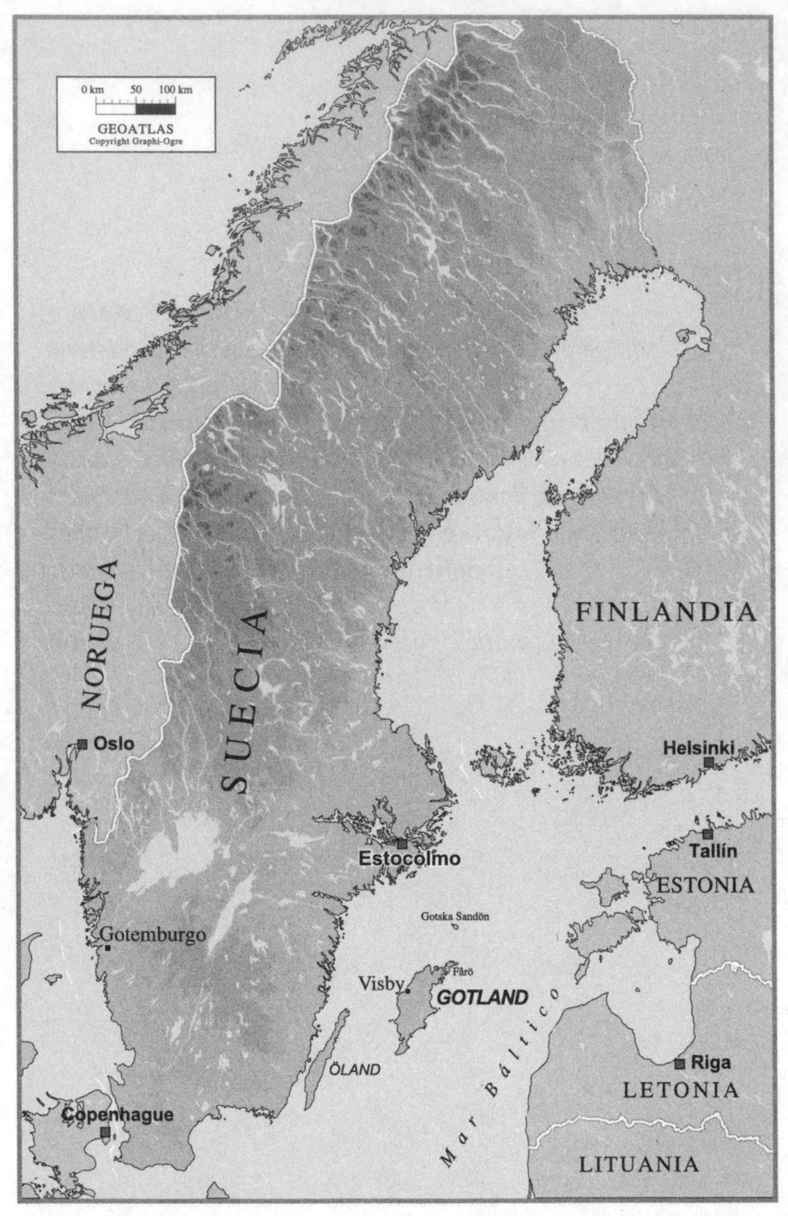
0 km 50 100 km
GEOATLAS
Copyright Graphi-Ogre
NORUEGA
SUECIA
FINLANDIA
Oslo
Helsinki
Estocolmo
Tallín
ESTONIA
Gotska Sandön
Gotemburgo
Fårö
Visby
GOTLAND
Mar Báltico
ÖLAND
Riga
LETONIA
Copenhague
LITUANIA

GOTLAND

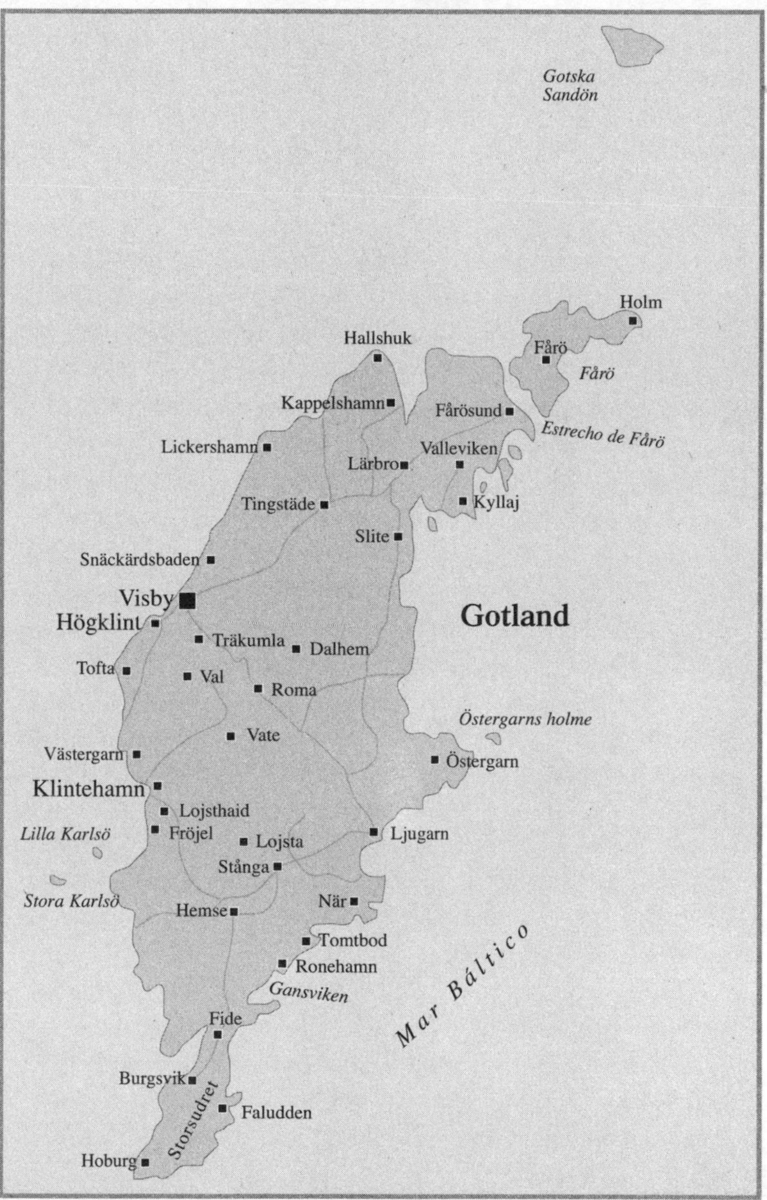
Gotska
Sandön
Holm
Hallshuk
Fårö
Fårö
Kappelshamn
Fårösund
Estrecho de Fårö
Lickershamn
Valleviken
Lärbro
Tingstäde
Kyllaj
Slite
Snäckärdsbaden
Visby
Gotland
Högklint
Träkumla
Dalhem
Tofta
Val
Roma
Östergarns holme
Vate
Västergarn
Östergarn
Klintehamn
Lojsthaid
Lilla Karlsö
Fröjel
Lojsta
Ljugarn
Stånga
Stora Karlsö
Hemse
När
Tomtbod
Mar Báltico
Ronehamn
Gansviken
Fide
Burgsvik
Storsudret
Faludden
Hoburg

Abril de 2001

Una oscuridad densa y compacta rodeaba la solitaria granja del municipio de Boge, al norte de la isla de Gotland. Los vientos de abril soplaban tan fuerte que las ramas más cercanas al cobertizo aporreaban el tejado con rebeldía. Era como si quisieran llamar la atención. Como un presentimiento.

Nadie se percató de la presencia de una figura que se acercaba por el sendero sin curvas que subía hasta la casa, el único que llevaba hasta allí y que no conducía a ningún otro lugar. Detrás del jardín se extendía un huerto y, un poco más allá, el bosque solo, denso y oscuro.

Sofia *estaba de pie en un rincón, temblando presa de la angustia y jadeando con la mirada extraviada. Sven Persson comprendió que había llegado el momento. Los primeros signos habían aparecido unas horas antes: se había puesto irritable e inquieta, se tumbaba y se levantaba a cada instante; replegaba hacia atrás las orejas y sacaba la mandíbula inferior; no quería comer y perdía orina en grandes cantidades. De pronto empezó a arquear el lomo y a hundir la espalda, le lanzó una mirada furiosa, como si él fuera el culpable del dolor que sentía.*

En el aprisco había paja limpia e iluminación suficiente. Y las lámparas de infrarrojos estaban encendidas.

El viento silbaba al otro lado de las ventanas, cuyos cristales temblaban con un tintineo preocupante. Estaba cansado, le escocían los ojos y tenía los hombros doloridos. El parto era una época de intenso trabajo en el proceso de la cría. Y no porque les quedaran ya muchas ovejas, solo tenían veinte; y los corderos, claro. Sabía perfectamente que deberían haber vendido los animales hacía mucho, tanto él como su mujer eran ya mayores, pero no se sentía capaz. Desde que le alcanzaba la memoria, se había ganado el pan con la cría del cordero. Adoraba a aquellos animales, la sensibilidad y la confianza que demostraban, y la capacidad que tenían de socializar. De hecho, conocía a todas las ovejas como si fueran viejos amigos.

Se sentó en cuclillas, le acarició el cuello a Sofia *para tranquilizarla y continuó deslizando la mano por el lomo. La bolsa amniótica colgaba por fuera y era obvio que el animal sufría dolores cada par de minutos. Sin embargo, no parecía que ocurriera nada. Sven podía sentir allí dentro el cuerpo del cordero, que parecía encontrarse en la misma posición que durante las últimas horas. Si no se producía ningún cambio en breve, se vería obligado a pedir ayuda. Su vecino más próximo estaba dispuesto a intervenir si era preciso. Ahora no podía contar con Asta, su mujer, pues tenía fiebre y no salía de casa. Seguramente estaría acurrucada con una manta viendo las noticias, esperando a que él llegara para tomarse el té de la tarde.*

Sven suspiró, volvió a mirar preocupado a la oveja, se incorporó y se encaminó a la entrada. Llamaría al vecino y, de paso, aprovecharía para fumarse una pipa. El viento casi lo derribó al suelo cuando abrió el portón, y tuvo que apoyarse en la pared para no caer. La granja estaba sumida en la oscuridad, la luz de la casa alumbraba a duras penas la explanada de grava. Una fina capa de nieve cubría aún el suelo. La lámpara que colgaba sobre la puerta del aprisco estaba rota, tenía que arreglarla.

Sacó la pipa del bolsillo y se quedó de piedra. Le pareció oír algo en el interior de la casa. Como gritos en el viento. Un largo aullido que se sumaba al silbo del aire al doblar la esquina. Notó una punzada de preocupación en el estómago. Presa de la incertidumbre, trató de aguzar al máximo los sentidos. Se habría confundido. Con toda probabilidad, sería el viento, que le había jugado una mala pasada. Prestó atención con actitud expectante.

—¡Hola! —gritó inseguro en la oscuridad—. ¿Hola?

No hubo respuesta. Su voz se perdió con las ráfagas de viento. Sacó del bolsillo la caja de cerillas y trató de encender una, pero se le apagó en el acto. Tenía los dedos helados y rígidos. Justo cuando estaba a punto de intentarlo de nuevo, se le ocurrió mirar hacia la puerta de entrada de la casa. Vio cómo se abría despacio desde el interior. ¿Habría ocurrido algo, después de todo?

Se le cortó la respiración. Se quedó inmóvil mientras los pensamientos le cruzaban volando la cabeza como aves salvajes. Una mano enguantada, un brazo oscuro, una silueta que no reconocía... Un instante de desconcierto antes de comprender.

Quien salió por la puerta no era Asta.

Al final se quedó en el local más de lo que pensaba. El restaurante Gute se encontraba en el pueblecito de Fide, casi en el extremo de Sudret, al sur de Gotland. Estuvo con algunos de los empleados tomando vino hasta muy tarde. Varios amigos de Veronica, una de las camareras, habían ido desde la ciudad de Visby. Aunque era consciente de que debería haber vuelto a casa con Evelina hacía mucho rato, Tobias sacó más vino y algo de comer. Después de todo, habían viajado hasta allí desde la capital, así que sentía la obligación de mostrar un poco de hospitalidad. Y eso a él se le daba de maravilla. Llevaba unos años al frente del negocio de sus padres, que en Gotland era prácticamente un lugar de culto desde hacía mucho. La popularidad del local tal vez se debiera a la fama de su padre, el artista local Gunnar Ström, cuyas pinturas eran muy apreciadas no solo en Gotland, sino en todo el país. Los motivos de sus cuadros eran típicos de la isla: las columnas de piedra caliza, las playas de guijarros, los campos de amapolas en flor, los rebaños de ovejas, los arenques de la isla Stora Karlsö y las casas de piedra en la linde del bosque. Los paisajes de Gotland pintados por Gunnar Ström se vendían como rosquillas y parecían despertar un interés inagotable.

Al estar el restaurante tan vinculado al nombre de su padre, Tobias había dudado cuando él y su madre le preguntaron si no quería quedarse con el negocio. Él ya estaba mayor y quería dedicar más tiempo a su obra artística. Tenía el atelier en casa, no muy lejos del local, y también vendía allí sus cuadros. En cambio, a Evelina, la mujer de Tobias, sí le agradó la idea, así que decidieron probar. Y las cosas fueron mejor de lo esperado. La buena fama del lugar y lo acogedor que resultaba invitaba a los turistas a peregrinar allí en verano, exactamente igual que siempre.

Recogió las últimas copas y echó una ojeada al reloj de la pared. Las tres y cuarto. «Madre mía, qué mal.» Esperaba que Evelina estuviera dormida y no se diera cuenta de lo tarde que llegaba. Apagó las luces y cerró con llave la puerta del restaurante. Todos estaban bastante bebidos, y él también notó que le fallaban un poco las piernas cuando se despidió al darle las buenas noches al grupo, que ya se disgregaba.

Tobias cruzó el aparcamiento cubierto de césped que había delante del restaurante y dejó atrás el prado de ovejas, que balaron quejosas cuando pasó por delante.

Echó a andar paseando por la carretera, su casa estaba a menos de un kilómetro de allí. Al callar las ovejas solo se oía el ulular de una lechuza a lo lejos.

Unos velos blancos de bruma ascendían despacio, como sigilosos, sobre los jardines cercados de muretes de piedra y los campos que se extendían a ambos lados de la carretera, a cuyas orillas crecían achicoria, campanillas, margaritas y amapolas. En esa época del año nunca estaba oscuro por la noche, el esplendoroso verdor estival quedaba envuelto en una suave luz apagada.

De pronto, Tobias se dio cuenta de que detrás de él se aproximaba un coche que avanzaba muy despacio. Se apartó en el arcén y se volvió a medias. Era raro que la gente saliera con el coche a esas horas. El vehículo pasó de largo. Era un Volvo de color azul. Tobias atinó a distinguir al conductor, que iba solo. En lugar de acelerar después de haberlo sobrepasado, el coche redujo la velocidad. «Ajá, querrá preguntar algo —pensó Tobias—. Quizá un turista que se ha extraviado en la oscuridad.» Apremió el paso y se acercó al lado del conductor. La ventanilla bajó despacio.

Tobias se agachó un poco para preguntarle si necesitaba ayuda.

TAN SOLO FALTABAN unas horas para que comenzara la Gotland Runt, una de las mayores y más antiguas regatas del mundo. Doscientos cincuenta veleros relucientes de trece nacionalidades distintas flotaban amarrados en los muelles provistos para la ocasión en el centro de Estocolmo. La expectación colmaba el aire cuando los estocolmenses, con náuticos y cazadora, acudían en tropel llenos de entusiasmo por el puente de Skeppsholmsbron para ver cómo partían las embarcaciones. El sol asomaba de vez en cuando entre las nubes y arrancaba destellos a los cascos relucientes.

Precisamente en ese momento, en las horas previas al pistoletazo de salida, las tripulaciones estaban ocupadas con los últimos preparativos y respondían a las preguntas de los periodistas. Un puñado de reporteros se había reunido en el embarcadero para captar el ambiente y el nervio de los participantes. Varias cadenas de televisión y radio se habían desplazado hasta allí. La Gotland Runt, o ÅF Offshore Race, como se llamaba en la actualidad, era una de las principales atracciones del verano, al menos para quienes estaban más o menos interesados en la navegación a vela. Desde que la empresa Ångpanneföreningen, el principal patrocinador, se había implicado en la competición unos años atrás, la salida se celebraba en Skeppsholmen, en el centro de Estocolmo, en lugar de en Sandhamn, una isla más apartada del archipiélago. Y el cambio resultó ser un éxito inesperado. El número de visitantes se había cuadruplicado, y la atención mediática también resultó mucho mayor para satisfacción del organizador, KSSS, el Real Club Náutico de Suecia, fundado en 1830.

El capitán Joel Kjellman contempló aquel hormiguero de gente. Era propietario de uno de los barcos que partían como favoritos, el *Mother of Dragons*, y se sentía orgulloso de poder transmitir esa herencia. Su familia llevaba generaciones en la navegación a vela. Y allí se encontraba él ahora, ante su vigésima participación en la Gotland Runt, embargado de tanta expectación como nerviosismo. La embarcación estaba en perfectas condiciones, le encantaba navegar con tan espléndido ejemplar y sabía exactamente cómo se comportaba según las circunstancias. A pesar de que no hacía tanto tiempo que tenía el barco, ya se habían hecho el uno al otro. Lo había bautizado inspirándose en su personaje favorito de la serie de televisión *Juego de tronos*, esa belleza rubia que era la madre de dragones.

Joel Kjellman vivía solo en un piso de tres habitaciones de la calle Skeppargatan, en el barrio de Östermalm. Solo y sin hijos. A pesar de que pronto cumpliría los cuarenta, nunca había convivido con nadie ni había tenido una pareja más o menos duradera. Su único gran amor era, por ahora, el barco.

Había realizado el último control de seguridad. Revisó con minuciosidad las seis velas a bordo, las escotas, los grilletes y el mástil, con sus estayes y sus fijaciones; los programas y las cartas de navegación, y había procurado que las pertenencias de la tripulación se encontraran bien ordenadas. Había dedicado muchas horas a calcular cuánta comida y cuánta agua necesitarían, según el tiempo de navegación. Cualquier exceso de peso ralentizaría la velocidad.

Serían siete personas a bordo, seis hombres y una mujer. Una distribución bastante típica para ese tipo de competiciones, donde solo algo más del diez por ciento eran mujeres. Joel conocía a casi todos los tripulantes, habían navegado juntos en muchas ocasiones y sabía bien cómo eran. A la mujer y a su amigo, en cambio, los conocía desde hacía muy poco. Cierto que traían una buena tarjeta de visita, pero era la primera vez que participaban en la Gotland Runt. La presencia de nuevos tripulantes en el barco siempre implicaba un factor de riesgo. Había quienes se mareaban y se pasaban horas vomitando, de modo que no eran de gran ayuda, y había quienes caían presa del pánico o de la apatía en cuanto se presentaba una situación de riesgo. Era imposible saber de antemano con certeza cómo afrontaría la gente los momentos complicados en alta mar. Y esos momentos siempre se producían. La Gotland Runt era una competición muy exigente. En cuanto las embarcaciones salían de la parte del archipiélago más próxima a Estocolmo, bordeaban el faro de Almagrundet y salían a mar abierto, podía ocurrir cualquier cosa. Podían soplar vientos tan fuertes con los que el barco podía escorar hasta casi volcar, se rompían las escotas, podían producirse colisiones... No, la Gotland Runt no era una competición para cobardes, eso estaba clarísimo.

Joel Kjellman se pasó la mano por la coronilla y recorrió con la mirada los muelles de Skeppsholmen. A su alrededor se veían largas hileras de veleros muy juntos, uno tras otro. Un bosque de mástiles ocultaba la vista de las fachadas medievales del casco antiguo de Gamla stan y las casas de Södermalm sobre la colina en la otra orilla. Banderas y gallardetes aleteaban al viento por doquier. Los muelles que rodeaban la isla estaban llenos de gente, la mayoría hombres vestidos con polos, gorras de visera y pantalón corto, que querían admirar de cerca los barcos y tal vez intercambiar unas palabras con la tripulación antes de que llegara el momento de partir. Se veían grupos de visitantes con ropa deportiva sentados a las mesas disfrutando de una cerveza bajo la vacilante luz del sol. En el gran escenario, la banda ya preparaba los aparejos para la actuación del día. Se avecinaba una borrasca, aunque por el momento reinaba la calma.

En el horizonte, sin embargo, se arremolinaban las nubes presagiando tormenta.

El comisario Anders Knutas se encontraba prácticamente solo en la piscina cubierta, salvo por una señora mayor con gorro de baño estampado que nadaba por la calle contigua con tal lentitud que apenas avanzaba. Pocos tenían la ocurrencia de ir a una piscina cubierta la tarde de un domingo de julio, a pesar de que el cielo estuviera encapotado y gris. Tanto mejor, pues él solo disfrutaba nadando si apenas había gente. Knutas llevaba ya veinticuatro largos y entrenaba la modalidad de braza, a un ritmo regular y con movimientos amplios.

En general pensaba que nadando se le aclaraban las ideas, pero ese día no lograba ordenarlas del todo. Y la misma falta de orden reinaba en su vida amorosa. Su colega y con el tiempo su pareja, Karin Jacobsson, le había confesado hacía unas semanas que quería estar sola un tiempo. Sola. Resultaba de lo más deprimente y triste. Desde luego, él no tenía ninguna gana de estar solo.

Era consciente de que Karin había pasado una época difícil cuando él estuvo dudando de la relación. La aparición repentina de su exmujer y su renovado interés por él lo desconcertaron. Y claro que aún albergaba hondos sentimientos por Line, que había sido su gran amor y que era la madre de sus hijos, pero fue ella quien había querido separarse. Él se tomó fatal el hecho de que Line decidiera dejarlo y volver a Dinamarca. Era algo que no podría olvidar tan fácilmente, como ella parecía creer cuando se presentó en Visby y le dijo que aún estaba enamorada de él. Fue una tontería, pero acabaron en la cama y, además, él se lo había ocultado a Karin. Poco después, cuando su colega estuvo a punto de perder la vida al enfrentarse a un asesino que había burlado a la policía, Knutas comprendió lo mucho que Karin significaba para él. De ahí que le dijera que no a Line el día que ella lo llamó para contarle que había reservado un viaje romántico para los dos a las islas Canarias. A pesar de todo, Karin se sentía herida por su desliz, cuyo recuerdo seguía doliéndole. Era como si no pudiera superarlo. Y ahora le venía con que quería hacer una pausa en su relación. Una pausa. ¿Qué quería decir eso? ¿Acaso era posible dejar en suspenso una relación de pareja? Él le había dejado claro a Karin que solo le importaba ella. Pensaba que había hecho cuanto estaba en su mano, pero al parecer no era suficiente.

Dio la vuelta al final de la calle y empezó el largo número veinticinco, soltó tal suspiro que estuvo a punto de tragar agua. Tuvo que parar y recobrar el aliento. En realidad, aún le faltaban quince largos para los mil metros de siempre, pero se había quedado sin fuerzas. Lo único que quería era salir, secarse, sentarse un rato en la sauna e irse a casa. Últimamente se sentía abúlico, como si hubiera perdido parte de su energía y sus ganas de vivir.

A menudo le embargaba una sensación de desarraigo, de ser un satélite que giraba solo en el espacio, sin anclaje. Una sensación de irrealidad, como de hallarse en un vacío donde tiempo y espacio hubieran dejado de existir. Se reprochaba el haberle concedido tanto protagonismo a Line cuando de pronto se le ocurrió que deseaba volver, y el haber sido tan necio como para creer que podían empezar de nuevo. El pasado, pasado estaba. Él quería a Karin, aunque ahora tal vez fuera demasiado tarde. Karin le había dado sobradas pruebas de lo importante que era para ella, de lo mucho que lo quería. Le entraban ganas de llorar cuando recordaba sus cálidos ojos castaños, el hueco que tenía entre los dientes, los hoyuelos que se le formaban en las mejillas cuando reía. Cómo solía mirarlo, con amor y con admiración. ¡Qué necio había sido al no apreciar todo aquello!

Cuando Line se puso en contacto con él, solo la vio a ella, a la mujer que lo había abandonado. Que se largó sin más, a pesar de todo lo que habían compartido, de la larga historia que los unía. Ya habían pasado varios años de su separación, pero él no podía dejar de pensar en esas cosas. ¿Por qué se desarrolló con tanta facilidad su ruptura? Ni siquiera asistieron a terapia de pareja ni hicieron el menor intento serio de salvar la relación. Line cogió sus bártulos y se marchó a Copenhague. De pronto, ya no estaba. Y él nunca llegó a entender del todo qué había ocurrido ni por qué.

Knutas empujó el picaporte de la robusta puerta de la sauna, que se abrió con un chirrido prolongado. Olía a madera, y el calor que reinaba allí dentro le dio en la cara. Llenó de agua la cazoleta que había en el cubo y la vertió sobre las piedras. Se oyó un chisporroteo y enseguida quedó envuelto en la bruma del vapor. Se sentó en el último banco, donde más calor hacía.

Las cosas estaban ahora más o menos tranquilas en el Departamento de Investigación Criminal. Cierto que andaban a tope en el centro con la Semana de Almedal, pero ese operativo afectaba sobre todo a otras secciones de la policía. Un asunto del que, no obstante, sí que tuvieron que encargarse en su departamento fue una misteriosa desaparición que se había producido unos días atrás. La denunció la mujer del desaparecido, Tobias Ström, de treinta y siete años, dueño del famoso restaurante Gute krog de Fide, en la isla de Sudret. El hombre había estado tomando unas copas de vino con unos amigos hasta muy tarde la noche del miércoles y luego se había marchado a casa a pie. Solo que, en algún punto del camino, desapareció. Evelina, su mujer, contactó a la policía al día siguiente, pero al principio no se tomaron el caso muy en serio. Un hombre de treinta y tantos que ha estado de fiesta por la noche con unos amigos antes de desaparecer... No era la primera vez, desde luego. Lo más probable era que hubiera ido a casa de alguna mujer y se hubiera retrasado. Así que el primer día la policía se había limitado a esperar. Cuando Evelina Ström volvió a llamar el viernes a la hora del almuerzo les pareció más serio. Enviaron una patrulla a Fide, hablaron con la mujer y con los amigos que estuvieron con el marido la noche de la desaparición. La policía se hizo cargo del móvil, que se había dejado en casa, y también de su ordenador. Cuando la patrulla comprobó el tramo de carretera entre el restaurante y la casa, descubrieron rastros de sangre en la calzada. Tomaron muestras y se llevaron el cepillo de dientes del desaparecido para comprobar el ADN, y enviaron el material al Instituto de Medicina Legal de Linköping. Esperaban recibir la respuesta a lo largo del lunes.

Si resultaba que la sangre hallada en la carretera era del desaparecido y no encontraban su cadáver en la zona, sería preciso concluir que no había sufrido ningún accidente, sino que se había cometido un delito. La idea le provocó un hondo malestar. Conocía a Gunnar, el padre de Tobias. No es que fueran amigos íntimos, pero se veían a veces, como suele ocurrir entre personas que tienen más o menos la misma edad y viven en una isla solitaria en medio del mar. Knutas había visto a Tobias varias veces, era un hombre agradable que también trabajaba de profesor y que llevaba un pequeño huerto ecológico. ¿Quién querría hacerle daño a alguien así?

Joel Kjellman estaba sentado al timón mirando en el móvil el último parte del tiempo. Sin cambios. La cosa estaría tranquila durante la jornada y el viento no soplaría a más de uno o dos metros por segundo, pero el día siguiente esperaban que el viento arreciara, y se avecinaban lluvias. Calculaban que los vientos, de componente sur, alcanzarían una fuerza de hasta diecisiete metros por segundo, lo que supondría un problema para los participantes en la competición. Se tardaba una media de cincuenta y cinco horas en hacer la travesía, aunque el más veloz hasta ahora la había completado en poco más de veinticuatro. Con aquellas condiciones atmosféricas era prácticamente imposible cubrir la ruta tan rápido y lo más probable era que el viaje que les esperaba supusiera todo un reto. Joel ya había visto de todo, así que por sí mismo no estaba preocupado. Había cruzado el Atlántico cuatro veces y vivido un sinfín de aventuras. Había rodeado el cabo de Hornos en el fragor de la tormenta; había perdido el mástil en el mar del Norte; había chocado con una ballena en Australia y le había caído un rayo en las costas de Brasil, lo que le imposibilitó la navegación. Había cabalgado olas gigantescas a más de treinta nudos con el barco como un guante en el mar.

Él llevaba la vela en la sangre. Salía a navegar con sus padres desde que tenía un año. A los catorce, participó por primera vez en la Gotland Runt, y ya llevaba diecinueve veces en total. Había ganado varios años, pero fue con otras embarcaciones. Sería maravilloso poder vivir una victoria con el *Mother of Dragons*, ¿y qué mejor que este año, que celebraba su vigésimo aniversario?

Pasó la mano por el casco reluciente. Disfrutaba horrores ocupándose del barco y ya conocía su temperamento. Cada barco tenía un genio propio y reaccionaba diferente a las distintas maniobras, y él sabía exactamente cómo funcionaba el suyo, conocía a la perfección sus patrones de movimiento. Le encantaba cazar las velas y atrapar el viento junto con su nave. Cada vez que se alejaba del muelle le decía con cariño: «Adiós, barco querido, ¡gracias por el paseo!». El amor entre las personas siempre se veía enturbiado por algo: celos, angustia, inseguridad, decepciones, expectativas, engaños. El amor entre él y el *Mother of Dragons*, en cambio, carecía de complicaciones y fallos, exactamente igual que estaba la cubierta en esos momentos, limpia y reluciente.

Detuvo la mirada en la tripulación, que estaba ocupando los puestos a bordo. Dos timoneles, dos *trimmers*, dos tripulantes en la cubierta de proa y un encargado de las drizas, la clave de todo, que controlaba todas las operaciones y se aseguraba de que las órdenes se transmitieran en el momento justo a la persona indicada. Esperaba que le hicieran justicia al barco.

En cuanto dieran el pistoletazo de salida se pondrían todos en tensión y empezarían a trabajar intensamente para aprovechar el viento de la manera más favorable durante cada minuto de la travesía. Por eso tenían a bordo hasta seis velas distintas, que irían cambiando de manera incesante, según la fuerza y la dirección del viento.

Cuando faltaban cinco minutos para que les tocara empezar, todos ocuparon sus posiciones, izaron las velas y Joel, que estaba al timón, se encargó de que el barco se mantuviera detrás de la línea de salida. Cruzarla antes del pistoletazo significaba tener que volver y empezar de nuevo. Y eso sería malgastar varios minutos. Llegó el momento y el *Mother of Dragons* arrancó en cabeza bastante bien. Una treintena de embarcaciones salieron al mismo tiempo y, en realidad, era casi un milagro que no chocara ninguno. A veces los participantes se encontraban a tan solo medio metro de distancia, pero cuando parecía que estaban a un milímetro de estrellarse, alguno lograba esquivarlo en el último segundo.

Cuando dejaron atrás las islas de Fjäderholmarna, Nacka y Lidingö, los participantes se dispersaron y dejaron de estar tan cerca unos de otros. Cruzaron la bahía de Kanholm con viento suave, alrededor de dos metros por segundo. «Qué lentitud —pensó Joel impaciente—. Ni siquiera vamos a dos nudos.» Estaba deseando bordear el arrecife de Almagrundet, allí se producía algo mágico. De la regata en circuito pasaban a navegar por mar abierto. Entonces era como si desapareciera el tiempo. Solo existía ese momento, él y el barco.

Casi hubo calma chicha toda la noche mientras cruzaban el archipiélago hasta Almagrundet, que alcanzaron al amanecer. A partir de ahí, el viento fue aumentando de forma gradual. Joel llevaba el timón. Mientras observaba cómo los tripulantes de la cubierta de proa izaban la vela de balón, el viento empezó a soplar de popa repentinamente. Para llenarla de la mejor manera se utilizaba la gran vela azul intenso de ochenta metros cuadrados, que se desplegaba como un globo en la proa del barco. Joel disfrutaba de los segundos previos al momento en que se desplegaba ese paño gigantesco. Le encantaba ver cómo ondeaba al viento, escuchar el rasgar de las cuerdas al tensarse y el rumor ondeante de la lona, tan grande como un piso de tres habitaciones. «El viento arreciará a lo largo del día —pensó—. Se acerca una tormenta, no cabe duda.»

Karin contempló el horizonte al hilo del paseo marítimo más allá del puerto de Visby, en dirección a la playa de Snäckgärdsbaden. El agua se veía gris y agitada, soplaba un viento frío y unos rizos blancos de espuma remataban las olas. Aunque estaban en pleno verano, hacía un tiempo fresco y destemplado, casi como si ya se avecinara el otoño. El cielo estaba nublado y oscuro, surcado de negros nubarrones. La lluvia se sentía en el aire. El tiempo encajaba ahora a la perfección con su estado de ánimo. Llevaba unas mallas y un fino cortavientos e iba paseando a buen ritmo. Necesitaba hacer ejercicio, necesitaba limpiar el engranaje. Pensó en Anders y en todo lo que había ocurrido entre ellos aquel año. Cierto que había sido ella quien le dijo que quería tomarse un descanso, pero, aun así, se sentía como si él la hubiera dejado. Al principio, Anders quiso ser prudente e ir con cuidado, hacía relativamente poco que se había separado, Line y él pasaron juntos tantos años y los lazos que los unían eran tan fuertes..., le dijo. Y Karin lo escuchó comprensiva y procuró al máximo no imponerle muchas exigencias ni esperar demasiado. Lo que pasaba era que ya llevaba así varios años y no terminaba de ver ningún avance ni ninguna evolución en la relación que mantenían. Para colmo, Line apareció un buen día y Anders se fue a la cama con ella. A Karin le costó digerirlo y, aunque al final él prefirió quedarse con ella, no se sentía cómoda.

Había empezado a creer que sus eternas dudas se debían a que no estaba lo bastante enamorado de ella. En sus momentos más negros, Karin llegaba incluso a pensar que nunca deberían haber empezado esa relación. Lo mejor habría sido, sin duda, que hubieran seguido siendo colegas. La vida habría sido mucho más fácil, desde luego, pero llevaba años enamorada de él y se sintió inmensamente feliz cuando por fin empezaron a salir. Contra todo pronóstico. Era algo que jamás se había atrevido a esperar.

Karin dejó escapar un hondo suspiro al recordarlo. Y ahora todo se le antojaba demasiado tarde. Había alcanzado un punto en el que no había vuelta atrás. Se preguntaba en qué medida había dependido la relación de lo que ella esperaba. Cuando Anders por fin la descubrió como mujer, se sintió tan feliz y agradecida que no fue capaz de ver con claridad. ¿Estaba enamorado de ella de verdad o la tomó con una tabla de salvación, como una solución práctica, una forma de ahorrarse la desesperación de la soledad cuando Line se fue? El que estuviera a gusto y lo pasara bien con ella no era suficiente. Necesitaba sentirse querida, ser para él más que una solución cómoda.

El viento refrescaba, y solo estaban ella y el mar y los chillidos de las gaviotas. Ni un alma a la vista. Empezó a lloviznar. Cerró los ojos unos instantes, mientras seguía caminando al mismo ritmo. A veces lo hacía. Cerraba los ojos mientras caminaba. Sentía el viento en la cara, las gotas de lluvia en la piel... Cuando desaparecían las impresiones visuales, el contacto entre el cuerpo y el espíritu se reforzaba, era como si estuviera más cerca de su propio yo, Se quedaba desprotegida, vulnerable, sin barreras.

Pensó en su hija Hanna y sintió un deseo irrefrenable de estar con ella. Hacía ya tiempo desde la última vez que se vieron. Hanna trabajaba en Ghana en un gran proyecto de construcción, y no volvería a Suecia hasta el otoño. Vivía con su novia en Estocolmo y era arquitecta civil. Karin estaba orgullosa de ella y profundamente agradecida de que al final acabaran entendiéndose. Con sus padres, que vivían en Tingstäde, y con su hermano, que se había mudado a Lärbro, tenía un contacto más bien esporádico que no había hecho sino disminuir con los años. Karin era consciente de que nunca superó que no la apoyaran de adolescente, cuando se quedó embarazada después de una violación y sus padres prácticamente la obligaron a dar en adopción a la criatura. Tuvo que arrastrar el eco de aquel vacío durante toda su vida. Unos años atrás se había atrevido a empezar a buscar a su hija. Viajó a Estocolmo y conoció a Hanna. Fue un encuentro muy intenso, su hija vivía bien y, en los últimos años, habían desarrollado una excelente relación. Karin se detuvo un instante y siguió con los ojos cerrados, con la lluvia corriéndole por las mejillas como si fueran lágrimas. Se le vino a la cabeza la cara de Anders, el pelo, la pipa que sostenía entre sus manos grandes y cálidas. ¿Era tan patética que inventó el amor allí donde no existía? ¿Acaso fue una construcción suya, solo porque deseaba que fuera realidad? ¿Y, de ser así, por qué lo hizo? ¿Guardaría relación con la infancia sin amor que había vivido, con la falta de apoyo de sus padres?

Suspiró, abrió los ojos y siguió andando. No lograba entenderse a sí misma. Tal vez debiera visitar a un psicólogo que le ayudara a aclarar las cosas.

Dejó atrás el hotel Tott y el restaurante, situado a la orilla del mar. Cuando hacía buen tiempo, aquello solía llenarse de gente; ahora, en cambio, estaba muerto. El hotel estaría al completo, eso seguro, al igual que los demás de la ciudad, pero los clientes no salían. Visby era tan bella y cautivadora cuando hacía buen tiempo como huraña y cerrada podía resultar si la lluvia azotaba las calles o el viento silbaba por las esquinas. Cuando la tormenta azotaba desde el mar, la ciudad podía cambiar de aspecto en tan solo unos minutos y pasar de ser un lugar cálido y vivo a convertirse en una ciudad fantasma de difícil acceso. Y más o menos así era su relación, se dijo. Estaba cada vez más convencida de que había tomado la decisión adecuada con lo de tomarse un tiempo. Cierto que había advertido la sorpresa y hasta la decepción en la mirada de Anders cuando le anunció que quería hacer una pausa, pero, desde luego, nada parecido a la tristeza o a la desesperación absoluta. Se limitó a enarcar las cejas y a murmurar: «Vaya, ¿eso es lo que quieres…? Bueno, si esos son tus sentimientos, supongo que no hay otra opción».

Dicho esto, se despidieron. Ningún esfuerzo por hacerla cambiar de opinión. Y tampoco hizo ningún intento durante las semanas que llevaban separados. Así valoraba él la relación, pensó con amargura. Nada, seguramente lo mejor sería ponerle punto final para siempre, aunque doliera.

Karin apremió el paso abriéndose camino bajo la lluvia.

El tiempo empeoraba a cada minuto. La tripulación del *Mother of Dragons* se esforzaba al máximo por mantener la velocidad en medio de un viento cada vez más intenso. A la hora del almuerzo alcanzaron la isla de Gotska Sandön, y el viento soplaba ya a diez metros por segundo, delante y detrás de ellos había unos cuarenta barcos. Joel dio órdenes de desplegar los foques. Tres horas después, dejaban atrás el estrecho de Fårösund y navegaban por la costa este de Gotland. A la altura del pueblo de Östergarn tuvieron que rizar las velas de nuevo, el viento alcanzaba ya los quince metros por segundo. El barco iba casi totalmente escorado entre unas olas de varios metros. Cuatro de los tripulantes se sentaron a un lado con el cuerpo echado hacia atrás, casi colgando por fuera, para equilibrar la embarcación. Uno de los hombres se había mareado y estaba tumbado en la cabina, incapaz de echar una mano. La lluvia les azotaba el rostro con fuerza. En esos momentos, era fundamental la colaboración, que todos prestaran atención y maniobraran con rapidez y eficacia.

Pasaban las horas y empezaba a anochecer sin que el temporal amainase. En realidad, le tocaba descansar a Joel, pero no tenía sosiego suficiente. Lo normal era navegar seis horas y descansar tres. En cada descanso dormían dos personas a la vez. Sin embargo, él sabía que lo necesitaban en cubierta. Se acercaban al extremo de Gotland, que era la parte más complicada de la ruta. El viento iba y venía de forma impredecible, y las olas azotaban el barco desde todos los frentes. Eran olas cortas, picadas y difíciles de parar. Entraban en la nave y caían sobre la tripulación, que a aquellas alturas estaba empapada. Era muy duro y, al mismo tiempo, eso era justo lo que le encantaba a Joel: el dramatismo, la interacción, la concentración absoluta en el momento. Era algo muy concreto. Se experimentaba la misma sensación al escalar una montaña. «Esta es nuestra montaña», pensaba.

Durante la noche arreció el viento, que alcanzó los diecisiete metros por segundo, y soplaba un fuerte vendaval de componente sur. Se encontraban ante la costa de la provincia de Östergarn, y todos se afanaban y se esforzaban al máximo. El viento soplaba ya con tal fuerza que Joel empezó a preocuparse. ¿Resistiría el barco? Gritó las órdenes pertinentes a la tripulación, que se afanaba desesperada en medio del temporal. Los marineros que estaban sentados en un lateral se prepararon para abalanzarse sobre el lado contrario cuando la botavara salió disparada y el barco cambió de rumbo.

En ese mismo instante se oyó un restallido y luego un gran estruendo en mitad del viento. Les llevó unos segundos descubrir qué había ocurrido. El mástil se había partido por la mitad, el extremo cayó al agua en tan solo unos segundos, la lona de la vela golpeaba resonando como un látigo y la vela mayor cayó al agua. Flotaba como una anguila sobre las olas, se llenó de agua y el barco frenó muchísimo.

—¡No, no! —gritó Joel. Al instante comprendió cuál había sido el error.

Cuando soplaba con fuerza, el aparejo se movía con tanta violencia que existía el riesgo de que los tensores de obenque que lo sostenían saltaran y dejaran de mantenerlo en pie, de modo que se desplomara como un castillo de naipes. Seguramente, eso era lo que acababa de ocurrir.

Ahora se trataba de recoger todas las velas lo antes posible, limpiar la cubierta de cuerdas y cabos y poner en marcha el motor. No estaban lejos de tierra firme, y podía ocurrir que chocaran con algunas rocas o que encallaran. En el peor de los casos, el mástil roto podía destrozar el barco.

—¡Amarra el mástil! —ordenó Joel al marinero que tenía más cerca—. ¡Tenéis que amarrar el mástil para que no agujeree el casco!

Quería levantarse e ir a ayudar, pero no podía abandonar el timón. La mitad de la vela mayor estaba en el agua, con las cuerdas y los cabos moviéndose de aquí para allá.

Erik, el nuevo tripulante, lo miraba mudo, pero no hacía amago de cumplir sus órdenes. Parecía apático en medio de aquel caos. «Maldita sea, por si fuera poco, esto», se lamentó para sus adentros. Ya tenía bastante con que uno de los marineros estuviera fuera de combate a causa del mareo. En esos momentos, Joel no tenía ni tiempo ni posibilidad de ver cómo se encontraba Erik, así que les gritó sus órdenes a los que aún estaban operativos. Puso el motor en marcha y rezó para que ningún cabo se enredara en la hélice. Sin embargo, eso fue precisamente lo que ocurrió. El motor se apagó y el barco quedó flotando a la deriva.

—¡Mierda! ¡Alguien tiene que sumergirse a cortar el cabo de la hélice! —dijo a gritos.

—¡Ya lo hago yo! —se ofreció Klara, la otra tripulante nueva y la única mujer a bordo.

Klara era alta, fuerte y ágil. Se quitó el chaleco y, cuchillo en mano, se zambulló sin dudar en las aguas revueltas. El barco se bamboleaba de aquí para allá, totalmente fuera de gobierno y de control.

Joel esperaba, presa de la máxima tensión, sin apartar la vista del agua. Ojalá funcionara. Estaban peligrosamente cerca de la costa, y existía el riesgo de que el barco encallara o de que se estrellara contra las rocas, que se agujereara y empezara a llenarse de agua. Se encontraban enfrente de Hummelbosholm, la isla llana que constituía una zona de protección de aves, y sospechaba que había muy poca profundidad. Por suerte, Klara actuó con la mayor diligencia. Unos segundos después salió de nuevo a la superficie y les aseguró que ya estaba resuelto. Le ayudaron a subir a bordo y Joel hizo un nuevo intento con el motor. Por suerte, arrancó sin problemas.

Sacó el móvil y, aunque con dificultad, pudo ver cuál era su posición. No era el mejor lugar para perder el mástil. Era imposible que lograran avanzar con el motor contra el viento en plena tormenta. No se atrevía a correr el riesgo de quedarse en alta mar hasta que amaneciera. Al contrario, quería llegar a tierra cuanto antes y ponerse a cubierto. Con el motor prácticamente a toda velocidad, lograron evitar el arrecife y entrar en la bahía de Bandlund, donde las aguas estaban más tranquilas. Joel respiró aliviado. Cierto que debían abandonar la competición, pero al menos nadie había resultado herido, y podrían salvar el barco. Echaron el ancla a veinte metros de tierra.

Allí podrían quedarse tranquilamente, a la espera de que amainara, y luego podrían navegar a motor hasta el pueblo de Ronehamn, que se encontraba más al sur. Joel informó de su situación a los organizadores de la regata y a salvamento marítimo. No cabía más que esperar.

Empezaba a clarear. Sintió un cansancio inmenso, y justo estaba pensando en bajar a echarse un rato cuando descubrió que Erik estaba a punto de saltar por la borda.

—¡Para! —le gritó Klara con desesperación, tratando de retenerlo.

Pero ya era tarde. Erik ya había pasado al otro lado las dos piernas, cayó directo al agua y empezó a nadar hacia tierra. Antes de que Joel alcanzara a reaccionar, advirtió que también ella saltaba en su busca, y los vio a los dos moviéndose en el agua.

—¿Qué estáis haciendo? —les preguntó a gritos.

—¡Erik ha sufrido un ataque de pánico! —respondió Klara.

Los dos desaparecieron en la penumbra, y no había nada que él pudiera hacer.

Evelina Ström se tumbó boca arriba en la solitaria cama de matrimonio. Con la vista fija en la negrura. ¡Qué oscuro quedaba el dormitorio por la noche, cuando bajaba las persianas! Nunca lo había pensado hasta ese momento. El viento silbaba al otro lado de la ventana, y oía el golpear de los árboles más próximos en la fachada y el repiqueteo furioso de la lluvia sobre el tejado. Alargó el brazo y tanteó la sábana con la mano. Vacío. La quinta noche que dormía sola. Cinco días con sus cinco noches habían transcurrido desde que Tobias desapareció. Veronica le dijo que lo habían visto marcharse al alba por la carretera solitaria. Iba silbando, contento. Desde entonces, nadie lo había visto. Y nadie, nadie en el pueblo, tenía ni idea de adónde habría podido ir.

Evelina se encogió como una criatura y fue meciéndose adelante y atrás. No sabía qué hacer. Literalmente, había buscado ya por todas partes. Incluso en los contenedores de basura. La policía estuvo allí y también en el restaurante, hablaron con la familia y los amigos, con los conocidos más próximos. Llamaron a los clientes de aquella noche, a los maestros del colegio. Sin resultado. Y no habían tenido señales de vida de Tobías, ni ella ni nadie más. Se había dejado el móvil en casa, la policía lo había revisado, al igual que el ordenador, pero aquello no ayudó a resolver el misterio. Tobias había desaparecido, y era totalmente inexplicable. Evelina rebuscó una y otra vez en su memoria, ¿quién habría querido hacerle daño a Tobias? ¿Quizá tuvo algún desencuentro con alguien en el restaurante o en el colegio, algún antiguo empleado al que había despedido o con el que había tenido algún problema? Claro que también la asaltaba la idea de otra posibilidad, por más que ella prefería evitarla. La misma alternativa que la policía sugirió cuando hablaron con ella. ¿Habría desaparecido por voluntad propia? ¿Y si no quería que lo encontraran? En ese caso, ¿por qué?, se preguntaba Evelina una y otra vez. ¿Por qué querría desaparecer Tobias? La idea le resultaba absurda por completo, pero, muy a su pesar, comprendió que tenía que contemplarla como alternativa. Aunque, entonces, ¿por qué iba a dejarse allí el móvil y el ordenador?

No, no lograría conciliar el sueño. No tenía sentido intentarlo siquiera.

Evelina se levantó, se quedó con los pies desnudos sobre el suelo de piedra y se estremeció. Hacía frío en el dormitorio. Se puso la amplia bata de su marido y un par de zapatillas y bajó a la cocina en silencio. Se prepararía un poco de leche caliente con miel, como hacía su madre cuando era pequeña y estaba nerviosa y no podía conciliar el sueño. Sacó un cazo y encendió el fogón.

De repente oyó que se abría la puerta de entrada. Se quedó totalmente inmóvil, con el mango del cazo en la mano. Tobias. Había vuelto. Justo cuando estaba a punto de ir corriendo hacia el vestíbulo para salir a su encuentro, oyó una voz.

—¿Hola? ¿Estás despierta? ¿Es que no puedes dormir?

El inquilino, Reza, apareció en la entrada. Al principio se lo quedó mirando fijamente, incapaz de responder. Por unos segundos creyó que era Tobias, que había vuelto. Ahora se desanimó de nuevo.

Reza era de Afganistán y llevaba seis meses viviendo con ellos. Claro que era él. La cabaña de huéspedes donde se alojaba no tenía ni baño ni cocina, y no era infrecuente que entrara y saliera de la casa por la noche. No tenía más que diecisiete años y había llegado a Suecia completamente solo. Arrastraba un montón de recuerdos traumáticos de su país y no dormía bien.

—No —respondió Evelina—, no consigo conciliar el sueño. No paro de pensar en Tobias. ¿Quieres un poco de leche caliente? ¿O un té?

—Sí, por favor, un té.

Evelina encendió unas velas y los dos se sentaron a la mesa de la cocina. Al otro lado de la ventana ya empezaba a clarear el día. La lluvia azotaba los cristales. Reza la miró. Tenía el pelo mojado.

—¿Cómo te encuentras?

—No muy bien —respondió y se encogió de hombros—. Es horrible limitarse a esperar sin saber qué habrá ocurrido. Me siento impotente. No sé qué hacer.

Dejó escapar un suspiro. Sostuvo la taza entre las dos manos y se la llevó a los labios. Tomó un sorbito de la leche caliente y observó a Reza en silencio. Estaba pálido y cansado, serio y preocupado. Tobias representaba su gran seguridad en la vida, se había convertido en una figura paterna. Un padre joven, sí, puesto que solo tenía treinta y siete años, pero se ocupó de Reza desde el primer momento. Entrenaban juntos artes marciales, Reza ayudaba en el restaurante, y Tobias le había dado tanto la tabarra y le había insistido tanto con el sueco que él lo aprendió en tiempo récord. Reza era un joven inteligente, desde luego, cariñoso y solícito. Había dejado a toda su familia en Afganistán, y Evelina sabía que estaba muy preocupado por ellos. Cuando llegó se pasaba las noches enteras con pesadillas y muerto de ansiedad, pero poco a poco fue mejorando.

—¿Qué crees que habrá pasado? —preguntó Reza.

—La verdad es que no lo sé —respondió Evelina con un suspiro—. No tengo la menor idea.

A PESAR DE estar en pleno verano, el agua estaba fría como el hielo. Medio nadando y medio caminando se apresuraba Klara en busca de Erik, que ya le llevaba un buen trecho de ventaja. Por los movimientos rápidos y bruscos supo que su compañero había sufrido un ataque de pánico. Se esforzó al máximo para acercarse más, pero había fuertes corrientes bajo la superficie, y el fondo era pedregoso e irregular. Resultaba muy duro avanzar. ¿Por qué demonios tenía que arrojarse del barco? De pronto, trepó por la borda del *Mother of Dragons*, saltó al agua y empezó a nadar hacia la orilla. Al mismo tiempo, Klara se culpaba a sí misma, debería haber previsto que una travesía tan dura no sería viable. Erik era frágil e imprevisible, y sufría ataques de ansiedad. Y ella era una necia.

Maldijo para sus adentros mientras se esforzaba por abrirse camino por el agua, gélida a aquellas horas de la mañana. La ropa se le pegaba al cuerpo y el jersey que se había puesto después del baño anterior estaba tan empapado que pesaba horrores. Klara sentía lo agotada que estaba después de las peripecias de la noche, no había pegado ojo.

En realidad, no debería haberle sorprendido la reacción de Erik, se conocían bien y ella sabía que, cuando se encontraba bajo presión, se le podía ir la cabeza. No era una persona fuerte y, cuando ella le propuso que participaran en la competición, él se mostró algo dudoso. Claro que habían navegado mucho juntos, pero sobre todo en las islas del archipiélago más próximas a la costa, nunca en travesías más largas.

Ya había acortado un poco la distancia que la separaba de Erik. Las aves habían empezado a gorjear, a cantar y a chillar a medida que iba abriéndose la mañana. Se diría que hubiera cientos en el cabo. Aún faltaba un buen trecho para llegar a tierra, pero en ese punto había poca profundidad, lo cual encajaba con el resto del paisaje, cuyo contorno se adivinaba bajo la creciente luz matutina. Era un terreno llano cubierto de arbustos, más allá vio un rebaño de vacas que pastaban en los prados. La lluvia caía más fina, parte de las nubes se habían esfumado y allí dentro, en la bahía, las aguas estaban más calmadas, tal vez incluso estuviera amainando el viento. Seguramente ya habría pasado lo peor del temporal.

De repente notó que Erik ralentizaba el paso. Vio que se detenía y miraba al suelo. «Menos mal —pensó Klara aliviada—. Va a dejar que lo alcance.» Continuó avanzando con cuidado de no resbalar.

Cuando llegó al lado de su compañero descubrió que estaba temblando de pies a cabeza, como si tuviera escalofríos. Las piedras que bordeaban la playa estaban llenas de aves que chillaban estridentes, como para ahuyentar a los intrusos que venían a alterar el orden. De pronto, el joven se volvió hacia ella con el terror en los ojos. Extendió una mano y señaló algo que había en la orilla. Klara se quedó helada por dentro. Allí había algo, sí, ahora lo veía.

—¿Lo ves? Hay alguien ahí tendido —dijo entre jadeos.

Erik retrocedió unos pasos. En el agua había un hombre boca abajo. Tenía el cráneo destrozado y las manos atadas a la espalda con cinta plateada. También le habían tapado la boca. La cabeza del hombre estaba girada a un lado, de modo que podía verse la mitad de la cara. En el lugar del ojo solo había un agujero negro.

Erik soltó un grito y, en ese instante, cientos de aves levantaron el vuelo hacia el cielo gris.

Octubre de 1989

El autobús dio un bandazo y se detuvo en la parada con una sacudida. Su madre lo llevaba de la mano cuando subieron. Era otoño, las hojas rojizas se arremolinaban al viento por la carretera. En el interior del autobús olía a gases del tubo de escape y a lana mojada. Quienes iban allí sentados tenían la cara pálida, resuelta, e iban un poco encogidos, como si tuvieran frío. Su madre se había puesto un abrigo color lila, un pañuelo rojo y unas botas de goma. En una mano sostenía una bolsa de plástico, de la otra lo llevaba a él. Casi lo levantó en volandas por los altos escalones que subían al autobús y, después de hurgar un rato en el monedero, le pagó al conductor. Iba prácticamente lleno, así que tuvieron que irse muy al fondo hasta encontrar un asiento libre. Su madre no saludó a nadie, pero él se dio cuenta de que la gente los miraba. Algunos se hablaban entre susurros y los señalaban con la cabeza. Ella olía a alcohol. Allí dentro se notaba más aún. Él notaba la quemazón de la vergüenza en el cuerpo.

Su madre se tambaleó cuando iban a sentarse y se le cayó el bolso. Se abrió y todo el contenido quedó esparcido por el suelo del autobús: llaves, un paquete de tabaco, monedero, pañuelos de papel, monedas sueltas, un lápiz de labios, un espejito y un peine. Y una petaca. Nadie hizo amago de echarles una mano. Su madre soltó un improperio en voz alta y articulando mal, como siempre que había bebido.

Se acuclilló y empezó a recoger sus pertenencias. El autobús salió y al girar se bamboleó de modo que las cosas rodaron y fueron a parar bajo los asientos de la gente. Nadie reaccionó. Ni uno solo.

Se quedaron allí sentados mirando al frente, uno leyendo el periódico, otro, un libro. Él hizo un intento de ayudarla, pero ella le vociferó que no se moviera del asiento. Empezó a sollozar, al final iba arrastrándose por el suelo y metiendo las manos por entre las piernas y los zapatos de la gente, tanteando bajo los asientos, buscando sus pertenencias, presa de la desesperación. Ninguno de los que iban allí sentados se inmutó. Era como si ella no existiera. Como si no existieran ninguno de los dos.

Él no sabía a ciencia cierta cuándo empezó a comprenderlo. ¿Quizá cuando veía a su madre reír muy alto mientras hablaba por teléfono con una amiga o con algún conocido, y alargaba la mano en busca del vaso que tenía encima de la mesa? ¿O tal vez cuando descubría en el supermercado que se había dejado el monedero después de mucho buscar en el bolso y en todos los bolsillos, y ponía de vuelta y media a la cajera porque se negaba a fiarle? ¿O fue aquella vez que se cayó redonda en el parque mientras lo estaba columpiando, delante de todas aquellas madres perfectas que siempre estaban limpias y en condiciones, exactamente igual que sus hijos? Recordaba muy bien la intensidad con la que él sentía su desaprobación. Le llegaba muy adentro y sentía vergüenza.

Ser el único niño de una madre que era incapaz de eso, precisamente, de ser madre. Cuando se desajusta el equilibrio entre el progenitor y la criatura. Cuando la madre se enfada de un modo disparatado, cuando la ira no guarda ni de lejos ninguna proporción con la falta de la que uno es culpable. Cuando la madre no prepara la cena al hijo que tiene hambre, sino que se queda tumbada en el sofá viendo la tele tapada con una manta. O cuando se sienta a la mesa de la cocina con una botella de un líquido transparente que huele raro y muy fuerte, y ella no para de llenar el vaso y de mirar al vacío con ojos inexpresivos.

Ahora ya era capaz de formular sus pensamientos. De poner palabras a sus sentimientos. Entonces no podía. Entonces todo era un lío de confusión sin principio ni fin. Lo único que sabía era que algo fallaba. Esa preocupación constante, esa angustia. No saber qué pasaría a continuación, cuando se produjera la siguiente crisis, o no saber si ese día podrías comer.

En realidad, fue un milagro que se salvara. Era un superviviente.

A Knutas lo despertó el teléfono. Aún adormilado, apartó al gato, que estaba desparramado sobre su pecho, se incorporó y alargó la mano en busca del iPhone. Era Thomas Wittberg, inspector de policía y compañero desde hacía muchos años, y quien figuraba en la lista de las guardias de esa noche.

—Parece que hemos encontrado al desaparecido Tobias Ström.

—¿Dónde? ¿Está vivo?

—Pues no, por desgracia. Recibimos la alerta esta mañana muy temprano, dos tripulantes de uno de los barcos de la Gotland Runt habían encontrado el cadáver de un hombre en Hummelbosholm, cerca de Herte.

—Muerto, dices. ¿Cómo?

—Le han aplastado el cráneo.

Knutas se quedó en silencio unos segundos. Se imaginó por un instante la cara de Tobias Ström. Qué espanto.

—¿Ha ido alguien ya? —preguntó.

—Sí, nos avisaron sobre las cinco de la mañana y enviamos a una patrulla. Es una zona de difícil acceso, así que les llevó un buen rato llegar al sitio. En todo caso, no cabe duda de que se ha cometido un delito, según ellos. El hombre está destrozado a base de golpes y tiene las manos atadas a la espalda. Todavía no lo hemos identificado formalmente, no tenía cartera, y el teléfono de Ström estaba en casa, pero la edad y la foto coinciden con el desaparecido.

—Mierda. Procura enviar a Sohlman cuanto antes. ¿Tú ya vas de camino?

—Iba a salir ahora mismo, llevo a Karin. ¿Quieres que te recojamos?

Knutas dudó un instante antes de responder. Desde que lo dejaron, Karin y él se habían estado evitando todo lo posible.

—Sí, perfecto —dijo al fin—. Esperaré en la acera, así irá rápido.

POR SUERTE, ERA Karin quien conducía y Wittberg iba en el asiento del copiloto, así que Knutas pudo sentarse detrás sin problemas. Le lanzó a Karin una mirada furtiva. Ella iba con la vista fija en la carretera. Knutas trató de adivinar lo que pensaba, pero su rostro no desvelaba nada en absoluto.

—¿Hasta qué punto podemos estar seguros de que se trata de Tobias Ström? —preguntó Knutas mirando a Wittberg.

—No tenía ningún documento de identidad, pero sí llevaba una cadena en el cuello. Acabo de hablar con Evelina, su mujer, y me ha dicho que tanto la cadena como la indumentaria coinciden con lo que llevaba puesto cuando desapareció. Además, me ha descrito un tatuaje, que es el que tiene la víctima en el hombro.

Había dejado de llover, pero aún estaba nublado. Ya florecían los campos de amapolas, los sembrados se extendían como mantos de oro y una multitud de corderos grises pacía en los verdes prados estivales. Iban en el coche cruzando la isla y, casi una hora después, se detuvieron ante la valla de Hummelbosholm. Wittberg salió del coche y la abrió. No eran más que las ocho de la mañana, y los vecinos de la zona no habían descubierto aún lo sucedido.

Tampoco los medios. La policía podría trabajar en paz, pero seguramente solo contarían con unas horas.

Pasaron con el coche al otro lado de la valla y continuaron por el terreno irregular del camino para tractores que cruzaba los prados. Cientos de aves sobrevolaban el terreno, y en los islotes que había mar adentro chillaban las gaviotas y las golondrinas de mar. Cuando llevaban un rato conduciendo divisaron el velero que estaba anclado en la bahía. A bordo se adivinaban unos tripulantes.

—De ellos nos ocuparemos luego —dijo Knutas—. ¿Está en camino la forense?

—Claro —dijo Wittberg—. Tomará el primer vuelo que pueda. Sohlman ya ha llegado, pero él vive en Ljugarn, claro.

En el cabo había aparcados varios coches de policía, y habían montado una lona blanca sobre el cadáver. Pasaron por debajo del cordón policial que rodeaba el lugar del hallazgo y encontraron a Sohlman bajo la lona, sentado en cuclillas al lado del muerto. Al oírlos llegar levantó la vista.

—Buenas. Este pobre desgraciado ha acabado fatal.

Knutas observó a la víctima. Vio enseguida que se trataba de Tobias Ström. El cadáver estaba empapado y lleno de suciedad, barro, piedrecillas, algas, plantas marinas y excrementos de aves. Estaba tendido con la cabeza de lado y tenía la coronilla cubierta de heridas y de sangre. El pelo húmedo, enredado y sin vida.

—Por Dios —murmuró Knutas horrorizado—. Atado y asesinado a golpes.

—Ya lo ves —constató con sequedad el técnico de la científica.

—Fíjate en el ojo —dijo Karin en voz baja y apartó la vista.

—Han sido los pájaros —aseguró Sohlman.

El hombre tenía el ojo picoteado y destrozado. Solo quedaba una cuenca vacía. A Knutas se le encogió el corazón. Recordaba perfectamente la noche que él y Gunnar, el padre de Tobias, se tomaron una cerveza en el Gute aquel verano. Gunnar estaba muy orgulloso de su hijo. Habían estado hablando del restaurante y de los planes que tenía su hijo para el negocio. A Knutas se le hizo un nudo en la garganta. ¿Cómo iba a superar aquello el padre de Tobias? Se volvió hacia el técnico.

—¿Tú qué opinas? —le preguntó a Sohlman.

—Es indudable que lo han asesinado.

—¿Cómo describirías las heridas?

—La que tiene en la parte posterior del cráneo es tan grande como la palma de la mano. Es obvio que recibió varios golpes, seguramente infligidos con un objeto romo; una porra, un bate de madera o algo parecido. Los bordes están desgarrados y son irregulares.

Sohlman indicó a los dos policías que se acercaran. Karin hizo una mueca y se apresuró a sacar un pañuelo con el que taparse la boca.

—¿Cuánto hace que murió? —preguntó con tono lastimero a través del pañuelo.

—Pues… —dijo Sohlman, y se pasó la mano por los rizos pelirrojos—. La rigidez cadavérica ha desaparecido, de modo que podemos constatar que lleva muerto más de veinticuatro horas. El cadáver está frío y muy sucio y, como decía, los pájaros lo han picoteado a base de bien. La impresión general me induce a suponer que lleva aquí bastante tiempo. Varios días, quizá.

—¿Otras lesiones?

—Nada que pueda apreciar a simple vista.

—¿Habéis tenido tiempo de echar un vistazo por la zona? —preguntó Karin mirando a su alrededor—. ¿Algún rastro?

—Pues estamos en ello. Es que los técnicos acaban de llegar —dijo Sohlman con cierto retintín en la voz y la miró indignado. Señaló hacia atrás con la cabeza—. Como veis, hemos acordonado una zona muy extensa, y nos vendrá bien que la gente se mantenga alejada de aquí el mayor tiempo posible.

—Solo una cosa más —dijo Knutas—. Tengo entendido que no llevaba encima ningún documento de identidad, ¿alguna otra cosa de valor?

—Nada —respondió Sohlman—. Ninguna joya, salvo la cadena, ni reloj tampoco, aunque eso no es muy raro hoy por hoy. Lo del reloj, quiero decir. Los jóvenes solo miran el móvil. La tarjeta bancaria y el documento de identidad estaban en la funda del móvil, que se había dejado en casa.

—¿Homicidio por intento de robo, quizá?

—Desde luego, no es imposible, puesto que no llevaba encima nada de valor.

Karin y Knutas salieron de la tienda. En medio de la conmoción y el desconsuelo, no pudo evitar pensar en lo cerca que la tenía. Al menos, físicamente.

Se paró un instante delante de la tienda, pues necesitaba serenarse. Se sentó en una piedra y sacó la pipa. La cargó y la encendió. Karin no decía nada, se limitó a esperar mirando para otro lado. Él empezó a fumar mientras trataba de calmarse en su fuero interno.

—¿Tú llegaste a conocer a Tobias? —preguntó al cabo de unos instantes.

Ella se volvió hacia él.

—Lo vi varias veces en el restaurante, parecía amable. Simpático. ¿Y tú?

—Sí, varias veces, en compañía de su padre. Gunnar Ström y yo somos viejos conocidos. No tanto como amigos, pero nos conocemos y, siempre que nos vemos, nos paramos a hablar un rato. Una vez le compré un cuadro. Bueno, ya sabes, el que tengo colgado en el salón, en la pared del sofá.

—Ah, sí, ese.

Karin se ruborizó un poco y en el cuello le afloraron unas manchas rojizas, como siempre que algo le afectaba o la enojaba.

—Karin —comenzó él en voz baja y le tendió la mano. Ella no reaccionó como esperaba, sino que volvió la cara.

—¿Seguimos con esto? —preguntó la subcomisaria con voz monocorde.

—Claro —dijo él. Apartó la vista y se esforzó por hablar con un tono profesional y neutro—. Tenemos que hablar con la tripulación.

El periodista Johan Berg iba sentado en el bus de la televisión junto con la fotógrafa Pia Lilja. A través de un comunicado de prensa de la policía recibido aquella mañana, conocieron la noticia de que habían encontrado a un hombre muerto, seguramente asesinado. Pia llamó a un conocido que vivía por la zona de Hummelbosholm que le confirmó que, en efecto, había visto pasar varios coches de policía a lo largo de la mañana. Pia conocía a media Gotland, esa era la realidad y, a esas alturas, Johan ya se había acostumbrado.

—Me pregunto si la víctima no será Tobias Ström —murmuró Pia mientras conducía por el sendero de grava sin curvas que desembocaba directamente en el cabo de las aves donde habían encontrado el cadáver.

—Pues sí, porque ya lleva varios días desaparecido. Por cierto, ¿no lo conocías?

Pia lanzó una mirada fugaz a Johan. Como de costumbre, llevaba los ojos pintados de negro con una línea de trazo grueso en los párpados. Como Audrey Hepburn, decía ella siempre. A Pia le encantaba la antigua estrella de cine. Ese día llevaba el pelo negro en una coleta, con un pañuelo color lila claro.

—Bueno, un poco. Evelina, su mujer, y yo estábamos en el mismo curso. Íbamos a Solbergaskolan, en el centro. Además, las dos trabajamos de camareras en el Gute un verano, varios años después, así fue como conoció a Tobias. Por Dios, ojalá no sea él.

Meneó la cabeza y frenó delante de la cancela que daba paso al cabo. Allí mismo empezaba el cordón policial.

—Mierda, si no podemos pasar de aquí, no habrá fotos.

Un policía uniformado vigilaba junto a la cinta de la policía para controlar que no entrara nadie. El cabo seguía adentrándose en el mar varios cientos de metros, así que no había la menor posibilidad de ver más allá. En la bahía había un velero con el mástil roto.

—Bueno, a lo mejor podemos acercarnos un poco por lo menos —dijo Johan—. O rodear la zona de alguna forma.

—¿Has probado a llamar a Knutas?

—No contesta —dijo Johan antes de salir del coche—. Con quien sí he hablado ha sido con el nuevo jefe de prensa. Es un tipo divertido, habló un montón, aunque no del caso en sí. Por otro lado, ahora mismo no podrán decir mucho, claro. Hace solo unas horas que han encontrado el cadáver. Yo creo que lo mejor es empezar por las fotos, luego ya veremos.

—Eh, ahí viene alguien —lo interrumpió Pia señalando el borde del cabo acordonado.

Un hombre de edad con una gorra y unas botas se acercaba con un *border collie* pisándole los talones. Al ver a Pia se le iluminó la cara.

—¡Hombre, hola, cuánto tiempo! Ya me imaginaba que aparecerías. En fin, teniendo en cuenta lo que ha pasado.

Pia sonrió abiertamente y le dio un abrazo. Otro conocido.

—Hola, Arne, ¿cómo estás?

—Muy bien, gracias. Aparte de este horror.

Señaló al final del golfo.

—¿Esos animales de ahí son tuyos?

—Claro que sí, todos. Pero ahora que ha ocurrido esta desgracia, tengo que encerrarlos. La policía tiene que buscar rastros, me han dicho.

—Hola, yo soy Johan Berg y trabajo con Pia en las noticias regionales —dijo el periodista al tiempo que le daba la mano.

Notó que se le aceleraba el pulso. El granjero sabía más de lo que la policía quería difundir.

—¿Sabes quién es?

—Es el propietario del restaurante que llevaba unos días desaparecido. El chico de Ström, el de Fide.

Johan asintió, eso era lo que él sospechaba.

—¿Estás seguro?

—Por completo. Oí cómo hablaban los policías. Aunque no creo que quisieran que yo lo escuchara.

—¿Y qué más oíste? —preguntó Pia mientras sacaba la cámara.

—Nada, que va a venir la forense de Estocolmo para examinar el cadáver mientras sigue ahí fuera.

Y no alcanzó a decir más, pues en ese momento oyeron un helicóptero cuyo motor zumbaba en el aire. Pia empezó a filmar enseguida.

—Vaya suerte —murmuró.

—Ven aquí —dijo Arne—. No podemos pasar al otro lado del cordón, ni siquiera yo, que soy el propietario, pero sé de un sitio desde donde veréis muy bien el escenario.

Los dos periodistas siguieron ansiosos al hombre, que los llevó más allá de la valla que discurría alrededor del cabo. Luego giró hacia el claro del bosque. Entre dos arboledas había una torre de madera enorme y cuadrada. Era un torreón para el avistamiento de aves y mediría diez metros de altura por lo menos. Johan y Pia subieron la escalera a toda prisa; desde allí arriba veían toda la zona. Vieron el velero en la bahía, la tienda de campaña que habían montado sobre el cadáver y a varios policías que iban y venían por allí. El helicóptero había aterrizado y pudieron presenciar cómo la forense corría en dirección a la tienda con la cabeza gacha.

—Por Dios —dijo Pia sin aliento desplegando el trípode a toda prisa—. Esto es una maravilla. Desde aquí lo vemos todo.

El granjero le dio a Johan unos prismáticos, que él le agradeció con un gesto. Vio a Knutas y a Karin Jacobsson en el golfo junto a Erik Sohlman, el técnico de la científica. Además, en ese momento la forense entraba en la tienda. Acto seguido, Knutas y Karin se encaminaron al barco y hablaron con un par de personas que, supuso, serían miembros de la tripulación. Acercó la imagen del barco. *Mother of Dragons*. «Perfecto —pensó—. Pues también tenemos esa foto.» Unos metros más allá descubrió una casa de piedra que se alzaba solitaria en el golfo.

—¿Qué es eso? —le preguntó al granjero.

—Es propiedad de un tipo que se llama Jon. Viene solo de tarde en tarde. La construyeron hace muchos años, antes de que se regularizara la protección de la costa y todo eso.

—Entonces, ¿la tiene como casa para las vacaciones?

—Sí, pero no es que venga mucho, la verdad.

Johan enarcó las cejas.

—¿Cómo se apellida?

—Boström.

—¿Y dónde vive?

—En Slite. Yo todavía no lo he visto este verano, pero sí he notado que ha habido alguien en la casa. Un día vi una bicicleta aparcada fuera, en otra ocasión había ropa en el tendedero… Aunque no he visto el coche de Jon, así que pensé que la habría alquilado. Suele hacerlo.

—¿Sabes quién la tiene alquilada ahora?

—No, ni idea. Nunca me entero de quiénes son sus inquilinos.

El velero estaba allí solo, en la bahía, a una veintena de metros de tierra firme. El sol había traspasado las nubes, que parecían a punto de pasar de largo, y ya empezaba a hacer bastante calor. En la plácida bahía de aguas relucientes, aquel barco tan elegante y liso con el mástil partido y la gran vela destrozada ofrecía un espectáculo extraordinario. La tripulación estaba sentada en la cubierta, en pantalón corto y camiseta. Algunos con los ojos cerrados y la cara vuelta al sol, otros hablando apaciblemente. Joel Kjellman, el capitán, miró con atención al ver que los policías se acercaban.

—¿Quieren subir a bordo? —les preguntó.

—No es necesario —respondió Knutas—. Tendremos que hablar con todos ustedes, pero ante todo nos gustaría oír lo que puedan contarnos quienes encontraron el cadáver.

—Sí, Klara y Erik —respondió Joel—. Pero Erik no está en condiciones de hablar en estos momentos. Se llevó tal impresión que se ha tomado un tranquilizante y se ha metido en la cama. Ahora mismo está como un tronco. Klara, en cambio, sí está aquí. Bueno, también se ha metido en la cama a descansar, pero voy a buscarla.

Desapareció bajo la cubierta unos minutos y enseguida volvió en compañía de una mujer alta y musculosa, que saltó al agua sin dudar y se acercó a los policías nadando un poco y también andando hasta llegar a la orilla. Llevaba unos pantalones cortos de buceo y una camiseta, y parecía no importarle nada el hecho de que se le hubieran mojado. Tenía el pelo corto y rubio, y una perla en la aleta de la nariz. Unas pecas diminutas le cubrían la cara y los brazos.

—Hola, soy Klara —dijo presentándose.

—¿Le importaría que nos sentáramos allí? —preguntó Knutas al tiempo que señalaba unos bloques de piedra algo más allá.

Klara se encogió de hombros.

—Claro.

—¿Podría contarnos cómo lo encontraron? —le preguntó el comisario.

—Habíamos conseguido atracar aquí, después de tanto caos, y estábamos todos destrozados. Además de decepcionados por haber tenido que abandonar la competición. Joel era de la opinión de que debíamos esperar a bordo hasta que vinieran en nuestra ayuda, pero a Erik le entró el pánico y quiso bajar a tierra. Antes de que pudiera reaccionar, había saltado por la borda. No podía dejarlo, así que fui tras él. Y entonces encontramos al chico ahí, en el suelo.

—¿Qué fue lo que vieron exactamente? —preguntó Karin.

—Pues… —dijo la joven algo dudosa—. Estaba boca abajo en la orilla, vestido de pies a cabeza y con un buen agujero en la cabeza. Le faltaba un ojo. —Se estremeció y cerró los ojos con fuerza antes de continuar—. Entonces nos dimos cuenta de que tenía las manos atadas a la espalda con cinta adhesiva y de que también le habían tapado la boca.

Klara guardó silencio. Había un no sé qué irreal en su persona. Y tenía una integridad que se detectaba enseguida, una especie de orgullo y obstinación. Tras una breve pausa, continuó:

—Al principio nos quedamos totalmente conmocionados, y creo que no pensamos que deberíamos dar la voz de alarma, llamar a la policía. Era obvio que estaba muerto y enseguida comprendimos que lo habían asesinado.

Meneó la cabeza.

—Ahora no puedo dejar de recordar su cara.

Knutas estaba sentado en su despacho de la comisaría, balanceándose ligeramente en la silla. Se retiró de la boca la pipa apagada, la limpió y la dejó en el cajón del escritorio. Lanzó una mirada a la foto de los niños. Eran mellizos y, aun así, muy diferentes. Petra era alta, fuerte, pecosa, y tenía el mismo pelo rojo fuego que su madre. Y Nils tampoco se le parecía en nada: era más bajito que la media, delgado y casi endeble. Solo coincidían en el color azul intenso de los ojos y en el pelo negro y abundante. Los echaba muchísimo de menos. Los dos estudiaban en la península y en la actualidad solo iban a verlo de tarde en tarde. Él pensaba que los dos irían a trabajar a Gotland los veranos, pero estaban más que ocupados con sus respectivas parejas, sus amigos y sus viajes, así que nunca hubo posibilidad. Además, siempre pasaban alguna semana con su madre en Dinamarca. Por lo menos habían planeado ir a Gotland dos semanas a mediados de julio, pasarían la mayor parte del tiempo con él en la cabaña de Lickershamn. Estaba deseándolo. Recordó una melancólica canción de Ulla Billquist, de los años cuarenta, *Cuenta solo los momentos felices*. Por un instante estuvo a punto de volver a ponerse sentimental. Eso era lo que le esperaba, seguramente. Cuidar de los restos de felicidad que quedaban. Se le vino a la cabeza la imagen de Karin. Tal vez debería hablar con ella, pero le daba miedo recibir un «no» por respuesta. No podría resistir otro revés en esos momentos, se sentía demasiado frágil.

Ahora, en todo caso, tenía otras cosas en las que pensar. Alargó la mano en busca de la carpeta de documentos y salió del despacho. Ya era hora de celebrar la reunión con el equipo de investigación. Mientras se dirigía a la sala de reuniones, fue mirando por las ventanas. El cielo se había despejado después de la tormenta de la noche, y el sol trataba de abrirse paso con timidez por los ventanales que daban a la cara sur de la muralla y al barrio de Östercentrum, donde había mucha animación y movimiento. No era solo la competición de la Gotland Runt, sino que era obvio que ya había dado comienzo la Semana de Almedal; la ciudad estaba a rebosar de turistas, pero también de líderes políticos, de colectivos sociales, prensa y representantes de los empresarios y de todo tipo de organizaciones. El espectáculo político duraría una semana, y acababa de empezar. Los hoteles estaban al cien por cien de ocupación y apenas se podía transitar por las calles empedradas de Visby.

En el Departamento de Investigación Criminal, sin embargo, lo que atraía toda la atención era el asesinato de Tobias Ström, el propietario del Gute, y mucha gente había reaccionado ya espantada ante la noticia, que había empezado a difundirse en las redes sociales. El teléfono del comisario Knutas sonaba sin cesar mientras él se apresuraba por el pasillo. La policía había hecho público un primer comunicado de prensa muy preliminar, pero él sabía que sería preciso ampliar la información, y que deberían publicarlo inmediatamente después de la reunión.

Knutas llegó él último a la sala, saludó a sus colegas y se sentó en un extremo de la mesa antes de tomar la palabra.

—Como ya sabéis, el desaparecido Tobias Ström fue hallado muerto en la zona de protección de aves de Hummelbosholm a primera hora de esta mañana.

Y no pudo decir más cuando lo interrumpieron.

—¿Dónde demonios se encuentra ese lugar? —preguntó Victor Ferreira, el nuevo portavoz, que había ocupado el puesto cuando Lars Norrby decidió jubilarse de forma anticipada. Knutas enarcó las cejas ante su forma de hablar. Desde luego, aquel hombre era la cara opuesta del estricto, reservado y algo rígido Norrby. Victor Ferreira era abierto, hablador y ruidoso, y tenía una risa que retumbaba por los pasillos. El comisario solo esperaba que no fuera demasiado solícito con la prensa. Ferreira había trabajado antes como ayudante del jefe de prensa del Departamento de Investigación Criminal de la provincia de Estocolmo y venía muy recomendado. La cuestión era cómo funcionaría en Visby. Para Knutas, parecía el galán de una película con la camisa demasiado abierta, el pelo negro reluciente peinado hacia atrás y una gruesa cadena colgada al cuello. Con aquellos suaves ojos castaños y un cuerpo bien entrenado, el chileno constituiría sin duda una amenaza para Wittberg y su posición de Casanova de la comisaría, pensó el comisario mirando a este último, que acababa de lanzar una mirada cómplice a Karin. «Vaya dos gallitos —pensó Knutas—. Va a ser todo un reto.»

—Bueno... Eh... —continuó el comisario—. El lugar del hallazgo se encuentra en Bandlundviken, enfrente de la playa Herte, en la parte este de Gotland —añadió con una mirada elocuente a Ferreira—. Al norte de Ronehamn. Aquí vemos el lugar en el mapa.

Apartó a un lado la silla y le hizo una seña al técnico de la científica Erik Sohlman, que estaba sentado al ordenador, para que empezara a mostrar las imágenes. En la pantalla blanca que había al fondo de la sala apareció un mapa del escenario. Erik fue mostrando fotografías de la zona. También una foto del velero que estaba anclado en la bahía.

—La tripulación de uno de los barcos que participaban en la Gotland Runt encontró el cadáver —continuó

Knutas—. Tuvieron que abandonar cuando se les quebró el mástil en plena tormenta y buscaron refugio en Bandlundviken. De no ser por esa circunstancia, habríamos tardado en encontrar el cadáver: en realidad, está prohibido acceder a la zona precisamente porque es un área de aves protegidas. La víctima yacía en la orilla, entre troncos, piedras y algas. Según la forense, que ha hecho allí mismo un primer reconocimiento, la víctima recibió una gran cantidad de golpes con un arma roma. Tenía las manos atadas a la espalda y la boca cubierta con cinta plateada. En otras palabras, no cabe duda de que se trata de un asesinato. Por lo demás, el cadáver no presenta más heridas, salvo unos arañazos que con toda probabilidad se hizo al caer y ser arrastrado por el suelo. Los pájaros se han ensañado con él, ya veis que le falta un ojo.

Aparecieron imágenes del cadáver desde distintos ángulos. Un murmullo de horror unánime recorrió la sala y Karin se cubrió la mitad de la cara con la mano, como para protegerse de aquellas fotos tan espantosas.

—No hay heridas defensivas, lo que indica que lo pillaron por sorpresa. Lo más probable es que recibiera un primer golpe de frente, porque presenta lesiones en la frente y en la sien. Luego seguramente cayó al suelo y el agresor continuó golpeándolo en la parte posterior de la cabeza.

—¿Y lo de que tenga las manos atadas a la espalda? —preguntó Wittberg—. ¿Qué significará? ¿Y la cinta que tiene en la boca?

—Exacto, ¿cómo lo interpretamos? —dijo Knutas rascándose la cabeza—. ¿El agresor habrá intentado sacarle información?

—Aparte de las lesiones en el cráneo, ¿hay indicios de que lo hayan torturado o agredido de otro modo? —preguntó Karin.

—Ninguna que la forense haya señalado por el momento —respondió Knutas—. Aunque, por otro lado, por ahora solo ha realizado una inspección ocular. Ya veremos lo que nos dice el examen forense. Y la autopsia.

—Robo con homicidio es una posibilidad que ya hemos contemplado. No llevaba ni cartera ni móvil, ni nada más de valor encima —continuó Wittberg.

—El móvil lo encontró la mujer —intervino Sohlman—. Se ve que lo había olvidado o se lo había dejado en casa cuando se fue al restaurante el miércoles.

—Quizá se trate de un robo, sí, pero parece raro que alguien que solo vaya buscando dinero se moleste en trasladar el cadáver hasta ese islote desierto —objetó Ferreira—. Y, además, ¿para qué atarlo?

—Si es que lo trasladaron —observó Knutas—. Todavía no lo sabemos. Puede que lo asesinaran en la isla.

—También podría ser que lo hubieran retenido primero —dijo Sohlman—. Llevaba varios días desaparecido.

—¿Cuánto tiempo llevaba muerto cuando lo encontraron? —preguntó Ferreira.

—Varios días, probablemente.

—La cuestión es a quién le podía interesar retenerlo —dijo Knutas.

—¿Y no podría tratarse de una extorsión? —sugirió Karin.

—Quizá algún tipo de negocio sucio en el restaurante —intervino Wittberg.

—Podríamos seguir especulando eternamente —atajó Knutas con impaciencia—. Pero ahora se trata de averiguar los hechos. ¿Qué sabemos de la víctima?

—Era el dueño de uno de los restaurantes más populares de Gotland. Y ya sabemos cómo son las cosas en esos ambientes —dijo el fiscal Birger Smittenberg con tono de sabiondo—. Podría ser alguien de ese mundillo.

El fiscal era un hombre distinguido de unos sesenta años, estocolmense casado desde hacía muchos años con una cantautora de Gotland. Lo habían nombrado jefe de la investigación preliminar, lo que implicaba que tomaba las decisiones de todas las medidas coercitivas de la investigación, como los acordonamientos, los registros domiciliarios, las privaciones de libertad y los requerimientos. Knutas era el jefe de la investigación, y él y Smittenberg llevaban muchos años trabajando juntos. A Knutas le gustaba que el fiscal fuera tan participativo y apreciaba el hecho de que, siempre que podía, participara de manera voluntaria en las reuniones del equipo.

Karin miró los papeles.

—La víctima tenía treinta y siete años, casado con Evelina Ström desde hace tres. Aparte de encargarse del restaurante, trabajaba de sustituto en el colegio Högbyskolan, de Hemse. Enseñaba principalmente Ciencias Sociales. Junto con Evelina, llevaba también un huerto ecológico. Venden verdura en verano, pero solo a pequeña escala. Bueno, y es hijo de un artista célebre, al menos entre la generación mayor, o como queramos llamarla. Es todo lo que tengo por el momento.

—¿Qué sabemos de su estado en las horas previas a la desaparición? —preguntó Wittberg, se pasó la mano por los rizos de surfista y echó una ojeada a Ferreira—. Nada sobrio, ¿no?

—Iba muy entonado —dijo Karin—. Pero contento, según sus amigos.

—¿Y nadie lo vio desde que se despidió de ellos? —preguntó Smittenberg.

—Qué va, parece que no —dijo Karin.

—Puede que lo agredieran con un solo golpe de camino a casa desde el restaurante y que luego lo retuvieran, o que lo mataran en el acto. La cuestión es por qué tenía las manos atadas a la espalda y la boca cubierta con cinta adhesiva —dijo Sohlman—. ¿No será un mensaje?

—¿Hay rodadas en el lugar del hallazgo? —preguntó Ferreira—. Rodadas u otras huellas.

—No, al menos, que se hayan descubierto por ahora —dijo Sohlman—. Pero en las últimas veinticuatro horas ha llovido y ha soplado un viento tan fuerte que, a estas alturas, las posibles rodadas se habrán barrido.

—Ahora mismo estamos preguntando puerta a puerta por la zona para averiguar si alguien vio algún coche o cualquier cosa que llamara la atención últimamente —dijo Knutas.

—¿Y una búsqueda de rastros? —preguntó el jefe de prensa—. ¿Estaría justificado ordenar una búsqueda con la unidad canina? Puede que al asesino se le cayera algo por allí.

—Mira, ya está bien —saltó Wittberg—. Lo tuyo es la prensa, nada más. No te vayas a creer que eres el jefe de la investigación. Limítate a tu campo, Ferreira.

—Oye, ¿qué demonios quieres decir? ¿Te pasa algo, nena?

Ferreira miró a su colega con altanería.

A Wittberg se le encendió la cara de rabia.

—Mide tus palabras.

—Bueno, ya vale, vamos a calmarnos un poco —atajó Knutas furioso—. Creo que tenemos cosas más importantes que hacer que empezar a discutir entre nosotros. Vosotros dos, si tenéis algún problema, ya lo podéis resolver fuera del trabajo. —Soltó un gruñido y miró furibundo a los dos gallitos de pelea—. En cuanto a la búsqueda de rastros, lo hemos estado comentando y todavía no es tarde —continuó Knutas—. Puede que valga la pena, quién sabe.

—¿Es posible que lo llevaran allí en barco? —preguntó Smittenberg.

—Claro, no podemos descartarlo.

—Mi mujer y yo hemos estado paseando por la zona varias veces —dijo el fiscal—. Creo recordar que hay una cabaña de piedra con una parcela cercada. Parece una casa de veraneo que, al menos, está habitada de vez en cuando. ¿No vivirá allí alguien ahora?

—Tienes razón —respondió Knutas asintiendo con vehemencia—. Y sí, no parece que ahora esté vacía, pero cuando llamamos no nos abrió nadie. Lógicamente, tendremos que volver a investigarlo.

Marzo de 1995

Vio a su padre a lo lejos. El anorak azul, el gorro del AIK en azul y negro, los zuecos negros. Estaba sentado con otros borrachos en los bancos de piedra de la plaza donde se encontraban el teatro y la biblioteca de Slite. Unos muchachos jugaban al baloncesto y un grupo de niños practicaban skateboard *algo más allá, sin prestar atención a las voces de los hombres reunidos delante de la pizzería. La gente entraba y salía del supermercado ICA y se dirigía deprisa al coche que tenían en el aparcamiento, sin dignarse a mirarlos siquiera. Los habitantes de Slite estaban acostumbrados a que los borrachos se sentaran allí, como una característica más de aquel ambiente tan penoso. Algo más allá se alzaba la fábrica de cemento, como un coloso de hormigón con sus chimeneas y sus cisternas. Ni la persona más bienintencionada del mundo podía decir que Slite era un pueblo bonito.*

Le bastaba una ojeada para saber que su padre había bebido. Incluso pudo ver que el viejo tomaba un trago fugaz de una botella escondida en una bolsa de plástico. La decepción le ardía en las entrañas, no podía evitarlo. Siempre que iban a verse le pasaba lo mismo, no podía evitar tener esperanza, al menos un poco, esperar que pudieran pasar un rato juntos. Que su padre pensara que valía la pena mantenerse sobrio unas horas. Por él. Pero eso no había sucedido ni una sola vez en trece años.

—Hola, papá —le dijo cuando llegó a su lado.

—Hombre, campeón. Muy buenas.

El padre se levantó tambaleándose del banco y lo abrazó con torpeza.

—¿Cómo vas, muchacho? —le preguntó algo gangoso.

Allí estaba el tic de la mejilla, como siempre. Los temblores de la cara eran incontrolados y le daban de vez en cuando, a intervalos más o menos largos. Siempre cuando había bebido, y más fuertes cuanto más bebía. Como una protesta silenciosa del cuerpo contra ese maltrato constante.

—Bueno, bien —le respondió él.

Se quedó algo perdido delante del banco, sin saber si sentarse o no. ¿Qué iban a hacer ahora? No tenían costumbres compartidas, ningún hábito común. Ninguna historia, ningún futuro. Ni más ni menos. Él se encontraba allí con su padre en ese momento porque su madre quería estar sola en el piso con su nuevo novio. Le dijo que ya era hora de que lo viera y organizó un encuentro. Había prometido que estaría fuera al menos tres horas. Habían pasado diez minutos desde que había salido de casa y ya se preguntaba cómo conseguiría que pasara el tiempo con aquel hombre que era para él un perfecto desconocido. Claro que de algún modo tenía que funcionar, se lo había prometido a su madre. Se sentó y esperó unos instantes sin decir nada. Se quedó mirando a la pandilla del campo de baloncesto y pensó que ojalá pudiera estar con ellos, ojalá fuera uno de esos que jugaban al baloncesto y luego se iban a casa, con una familia normal, donde la cena esperaba en la mesa y todos se reunían a comer.

Su padre tomó otro trago de la botella antes de volverse a mirarlo con los ojos empañados.

—Venga, muchacho, ¿nos vamos a casa a preparar algo de comer?

—Vale —dijo él dudoso.

Aunque vivían en el mismo pueblo, y a tan solo diez minutos el uno del otro, nunca había visitado su casa. Había estado entrando y saliendo de distintas cárceles y centros de rehabilitación, y solo se veían una o dos veces al año. Por lo general, en la pizzería del pueblo, para que él pudiera estar con sus compañeros de borrachera y tomarse unas cervezas al mismo tiempo. Por eso esta vez sintió una tímida alegría y expectación en el pecho ante la idea de que su padre quisiera llevarlo a su casa.

Dejaron atrás a los demás y fueron paseando hacia los maltrechos bloques de pisos de alquiler donde tenía su vivienda. El enlucido blanco de la fachada estaba pintarrajeado de palabras malsonantes y de tacos, y estaba resquebrajado aquí y allá. Los minúsculos balcones de chapa estaban oxidados y torcidos. Había un parque infantil desierto, con unos columpios que se mecían tristes al viento. La puerta estaba abierta y en el portal olía a pescado frito. Subieron dos plantas mientras su padre resoplaba y maldecía quejándose de que el ascensor se hubiera estropeado de nuevo. La pintura se había caído de las paredes y colgaba en grandes porciones por todas partes. A través de varias de las puertas por las que pasaron se oían música y voces que hablaban muy alto.

Su padre sacó el llavero y, no sin cierta dificultad, logró por fin abrir la puerta. Eran más de las siete y no había comido nada desde el almuerzo de las doce en el colegio. En casa apenas se atrevía a prepararse un bocadillo, su madre siempre se quejaba de que la dejaría sin techo con todo lo que comía, que le salía demasiado caro. Él realmente intentaba no salirle tan caro, pero no era fácil, le dolían los huesos de tanto como estaba creciendo y el estómago le rugía de hambre.

Su madre le había dicho que él había sido un error. Su padre y ella se conocieron en un centro de rehabilitación y ella se quedó embarazada al cabo de tan solo unas semanas. En términos bastante crudos, le contó lo desesperada que se sintió cuando supo que estaba embarazada. Nunca había tenido ninguna relación con su padre, y dejaron de verse mucho antes de que diera a luz. Él se sentía como un aborto ambulante. Poco más.

El apartamento constaba de un vestíbulo estrecho y oscuro, una cocina alargada con una ventana que daba al aparcamiento y una sala de estar con una cama sin hacer en un rincón. Su padre se encaminó a la cocina, abrió el frigorífico y murmuró insatisfecho algo que él no pudo oír. En la despensa había una lata de raviolis con salsa de tomate que abrió y colocó directamente en el fogón. Luego sacó dos platos de un armario.

—Ahora verás, muchacho, lo que te prepara tu padre. Suculento de verdad.

Lo miró con una amplia sonrisa y alargó el brazo para darle a su hijo una palmadita en el hombro, pero en ese momento sufrió un ataque de tos tan fuerte que estuvo a punto de vomitar. El fogón empezó a echar humo, así que tuvo que ayudar a rescatar los raviolis.

El padre volcó el contenido en los platos, sacó un par de tenedores del cajón de los cubiertos y se sentaron a la mesa de la cocina. Acto seguido engulló la pasta sin decir nada. Cuando terminó, se levantó, sirvió un whisky de una botella que había en la estantería y, con el vaso y un paquete de tabaco, se sentó en la sala de estar. Aún sin decir una palabra. Él se levantó, dejó el plato en el fregadero, fue al vestíbulo y se puso los zapatos. Dejó el apartamento y decidió que nunca más volvería. Ni siquiera le dijo gracias.

Solo había pasado una hora, así que aún no podía ir a casa. Fue al trastero, sacó la bicicleta y recorrió los cuatro kilómetros. Se tranquilizó en cuanto salió a la carretera que conducía a la casa flanqueada a ambos lados por aquellos árboles tan altos que infundían seguridad. Allí siempre lo recibían con los brazos abiertos.

Knutas cerró la puerta del despacho después de la reunión, abrió un cajón del escritorio y sacó la pipa. Sentía una necesidad enorme de encenderla, aunque rara vez lo hacía. Por lo general se limitaba a trastearla, a cargarla y limpiarla, aunque había excepciones. Como esa. Y las excepciones habían ido en aumento últimamente, no podía sino reconocerlo.

Suspiró hondo y se acercó a la ventana. Contempló la muralla medieval, las tres torres negras e imponentes de la catedral y el amplio aparcamiento que se extendía junto al supermercado Coop, que estaba lleno de coches. La gente salía y entraba al centro comercial de Östercentrum. La Semana de Almedal estaba en pleno apogeo y la ciudad era un hormiguero de gente. Qué lejos se le antojaba ahora. Qué irrelevante.

Abrió la ventana y se apoyó en el alféizar, frotó la cerilla con el rascador y encendió la pipa. Aspiró profundamente el humo y cerró los ojos. Recreó en su cabeza el rostro de Tobias Ström y pensó en Nils. ¿Cómo se sentiría si a su hijo le pasara algo así? Se estremeció solo de pensarlo, procuró apartar la imagen de la cabeza. Pobre Gunnar. Y pobre Mona, su mujer. ¿Cómo iban a superar aquello? ¿Cómo iban a seguir adelante? Tenían dos hijos más, pero era imposible hacerse una idea de cómo sería la vida cuando le ocurría algo a un hijo. Había hablado con Gunnar brevemente, pero estaba destrozado. Los interrogarían a los dos ese mismo día, algo más tarde.

Se quedó un rato junto a la ventana mientras terminaba de fumar y luego volvió a la mesa. Se llevó un chicle a la boca y se limpió las manos con una toallita al limón, para eliminar el olor a tabaco. Aún sentía cargo de conciencia cuando fumaba, y se avergonzaba como un escolar que hubiera hecho una travesura si lo sorprendían. Sabía que era absurdo. Era un hombre hecho y derecho, y podía hacer lo que quisiera mientras no molestara a nadie.

Se sentó ante el escritorio e introdujo la contraseña en el ordenador para ver lo que se estaba diciendo en la red sobre el asesinato. La identidad de Tobias Ström ya se había filtrado, y por las redes sociales cundían los rumores. En páginas xenófobas especulaban con la posibilidad de que Reza fuera el culpable del asesinato. Knutas bajó en la página para ver los comentarios, que eran a cuál más desagradable.

Claro que la policía pensaba interrogar al chico, pero sospechar de él solo por su origen era puro racismo. Nada más.

Llamaron a la puerta y Karin asomó la cabeza. Una grata sensación de calidez lo invadió por completo cuando vio su delicada figura y sus ojos castaño oscuro.

—¿Se puede?

—Por supuesto, claro que sí, pasa.

No pudo evitar que se le acelerase el pulso. Hizo lo posible por mirar a Karin con una expresión puramente amistosa, de colegas.

—Estaba pensando en cómo iría a parar el cadáver a Hummelbosholm —dijo al tiempo que se sentaba en la silla que Knutas tenía enfrente, pero sin mirarlo a los ojos.

—¿Ajá?

—No han encontrado rodadas de coche en el cabo. Si el autor de los hechos no fue allí en coche, tuvo que llegar en barco. Primero pensé que tal vez hubiera ido desde Ronehamn, pero hay bastante distancia hasta allí. Para eso hace falta un barco más bien grande, y entonces el riesgo de ser descubierto es mayor, aunque trasladara el cadáver a media noche. Estuve comprobando las playas de alrededor. A un lado está el pueblo pesquero de Herte, con una playa larga de arena fina, esa es una opción; pero al otro lado está el pueblo pesquero de Tomtbod, y esa zona es mucho más solitaria, por ese motivo sería también más adecuada.

Karin desplegó un mapa sobre la mesa.

—Deberíamos comprobarlo. Es posible que el asesino saliera de allí en barco.

Cuando Johan y Pia volvieron a la redacción del primer piso del edificio de radiotelevisión, justo al otro lado de la muralla, estaban exaltados con el material que habían conseguido reunir.

—Ahora supongo que Grenfors estará satisfecho, por una vez en la vida —dijo Johan cuando se sentaron para empezar a redactar la noticia.

Marcó el número del editor de mesa de la oficina principal de Estocolmo mientras Pia iba cargando las imágenes. Eran las cuatro de la tarde.

—Hola, Max, soy Johan —comenzó.

—¡Buenas! ¿Qué tal ha ido? —preguntó ansioso el editor—. ¿Cuándo podréis enviar las fotos? Hemos escrito un texto sobre lo ocurrido, ya está en la web.

Johan le contó lo que habían conseguido reunir y también que sabían que quien había aparecido asesinado era Tobias Ström, aunque la policía no quería desvelar su identidad.

—Hombre, no cabe duda de que podemos publicar que todo indica que la víctima es el desaparecido Tobias Ström, aunque la policía no lo haya confirmado. Es sabido por todos que lleva varios días desaparecido.

—Vale —dijo Johan.

Se pusieron manos a la obra, montaron una primera versión para la web y luego se concentraron en un texto bien elaborado para la emisión de las siete y media. A pesar de que cada vez había más personas que se enteraban de las noticias por el móvil, la emisión principal de *Rapport,* el programa de las noticias televisadas, acaparaba un millón de telespectadores cada noche. Para muchos mayores, *Rapport* era una institución.

Seguían sin mencionar nada de cómo habían llevado a cabo el asesinato ni de qué armas habían utilizado. El hecho de que el padre de Tobias Ström fuera un artista conocido y de que hubieran sido dos miembros de la tripulación de un barco participante en la Gotland Runt quienes encontraran a la víctima elevaba el valor mediático, y la noticia encabezaba todas las listas de emisiones televisivas y de sitios de noticias.

Johan no volvió a casa, en el barrio de Roma, hasta bien entrada la tarde. Ya había empezado a oscurecer. Había luz en el interior y vio a Emma por la ventana de la cocina mientras subía por el camino de grava que llevaba hasta la puerta. Su pelo color arena brillaba a la luz de la lámpara de la cocina y estaba muy guapa, a pesar de que iba vestida con sencillez, con un pantalón de chándal y una camiseta. Lo había llamado para preguntarle si quería cenar cuando llegara. Johan adoraba que fuera tan considerada. Adoraba a Emma.

Hacía un año que habían vuelto a Gotland después de un intento fallido de establecerse en Estocolmo. Lejos del pulso de la gran ciudad y de todas las cosas emocionantes que sucedían, del gran edificio de la televisión y de todos los compañeros de trabajo. De vuelta a la pequeña redacción local y a la tranquilidad de Gotland y, en el caso de Emma, a su trabajo de profesora en el barrio de Roma. Y sí, claro que Johan se encontraba a gusto en la vieja casa, pero ella la había comprado con su exmarido y en ella habían vivido ellos dos y sus dos hijos. Luego Emma y él se conocieron y se enamoraron. Ella se separó de Olle, que falleció unos años después en un accidente de tráfico, no muy lejos de allí. Aunque habían pintado la casa y habían comprado muebles nuevos, era como si su espíritu aún estuviera flotando por allí. En ocasiones Johan se imaginaba a Olle y Emma trajinando en la cocina o sentados tranquilamente en el sofá. Era como si nunca pudiera librarse de esa idea. Quizá si compraran algo juntos se le pasaría, pero aún no se habían puesto manos a la obra. Emma le tenía mucho cariño a aquella casa, y puede que él no hubiera comprendido hasta ahora lo importante que era para ella.

Nada más entrar se le acercó el perro moviendo el rabo y gimiendo de alegría. *Stina*, el *golden retriever* de la familia, siempre lo recibía igual de contento. Enseguida apareció Emma.

—¡Hola! ¿Qué tal te ha ido? —le preguntó con el acento cantarín típico de Gotland.

—Pues ha sido un día muy completo —dijo al tiempo que la abrazaba con fuerza—. Pero ya estoy en casa. ¿Tienes ganas de quedarte un rato despierta conmigo?

—Pues claro. He preparado té y unos bocadillos.

Se sentaron en el sofá y Johan le contó cómo le había ido en el trabajo.

—Por Dios —dijo Emma—. Yo conocía a Tobias. Nos vimos varias veces en reuniones de profesores y en algún que otro acto del colegio. Y estuvo un tiempo saliendo con una amiga mía. Es terrible, no puedo creer que sea verdad.

—Ya, me pregunto qué habrá pasado. ¿Quién sabe? Quizá tenía algún chanchullo con el negocio. El dinero negro es algo común en ese sector. Creo que iremos allí mañana a echar un vistazo.

—Claro —dijo Emma—. Aunque me cuesta creer que estuviera implicado en nada ilegal. No parecía ese tipo de hombre.

LA PREOCUPACIÓN LO mantenía despierto las noches enteras. Daba vueltas tendido en la cama sin poder pegar ojo. Pensaba en lo que había hecho, lo revisaba paso a paso. Tenía que conseguirlo, tenía que llevar a cabo lo que se había propuesto. Ahora que sabía que habían encontrado el cadáver, era peor aún. Una y otra vez volvía a repasar si se le había pasado algo por alto, algo que no hubiera visto, algún detalle que pudiera poner a la policía sobre la pista.

Cambió el plan en el último momento. Sintió que debía encontrar un lugar más seguro, un lugar que conociera. Cambió el sitio donde debería haber dejado el cadáver, el sitio que había preparado. Llegado el momento, sintió que quería deshacerse del cuerpo en un lugar con el que estuviera más familiarizado, donde se sintiera más seguro. No era tan espectacular, pero se decantó por él de todos modos. Luego, todo sucedió muy deprisa.

Iba de acá para allá por el apartamento. Volvía con el pensamiento a cómo lo había hecho. Fue en coche hasta Tomtbod. Sabía de antemano que aquello estaba vacío por las noches, los cobertizos solo se usaban para los aperos de pesca, como antaño. Allí no vivía nadie. Corrió el riesgo.

Tal como había imaginado, todo estaba tranquilo cuando llegó. Los árboles del lindero, no muy altos y de ensortijadas ramas, estaban prácticamente inmóviles, como a la expectativa. La hilera de cobertizos apenas se distinguía en la niebla nocturna cuando llegó traqueteando con el coche por el estrecho camino de tractores.

Aparcó en la hierba y se bajó. En los muelles, al pie de los cobertizos, había amarrados varios barcos. Algo más allá se veía un muelle apartado, apenas visible entre las cañas y la hierba recrecida, y allí había descubierto un bote de aluminio que parecía abandonado. Cabeceaba en soledad, amarrado con una sencilla cadena. En el cobertizo, junto al muelle, encontró el motor. No tenía más que forzar el candado y entrar.

Había abierto el maletero del coche. Se hizo patente una sensación de irrealidad, como si aquello no sucediera de verdad. Como si se encontrara fuera de sí mismo y quien actuara fuera otra persona. El cadáver estaba envuelto en una manta. Lo había atado bien con cuerdas y con una correa. Tuvo que recurrir a todas sus fuerzas para sacarlo del coche, luego lo arrastró como pudo hasta el barco. Le llevó un rato bajar al muerto al pañol, pero al final lo consiguió, y el motor arrancó sin problemas. Las apacibles aguas que lo rodeaban se extendían como un espejo, que se quebró cuando la proa hendió la superficie.

Hizo lo que tenía que hacer, pero tal vez después se apresuró demasiado. Dejó el motor en el bote, quería alejarse de allí lo antes posible. La verdad era que el muelle estaba apartado, a un trecho de los demás y casi totalmente escondido entre las cañas, pero aun así. Si se paraba a pensarlo, lo mejor habría sido ponerlo todo en orden en la medida de lo posible. La frente se le llenó de sudor. Demonios. ¿Iba a arriesgarse a volver?

Fue al baño y encendió la luz. Una mosca zumbaba alrededor de la bombilla desnuda del techo. La cara que lo miraba desde el espejo estaba gris y tenía negras sombras cercándole los ojos. Se enjuagó la cara con agua fría, se humedeció el pelo. Se sintió agobiado unos instantes, sin saber qué hacer. La idea de que alguien se diera cuenta de que el motor seguía en el bote y empezara a sospechar lo tenía inquieto. ¿Y si hubiera perdido algo en el muelle o hubiera dejado otras huellas? Cuando volvió, limpió la sangre que había impregnado el casco, sí, pero estaba demasiado conmocionado y desecho para estar seguro ahora de haberla lavado del todo. ¿Qué demonios iba a hacer? No se le iba de la cabeza el dichoso motor. Mierda. Tenía que volver allí. Se vistió a toda prisa y salió del apartamento.

NOTÓ LA PRESENCIA de la policía en cuanto se acercó. Vio varias patrullas por el camino. Primero tenía que comprobar qué estaba pasando en Hummelbosholm. Aparcó en una arboleda, a un buen trecho del lugar, y bajó hasta el agua por el otro lado de la bahía. La playa estaba desierta. Tan solo una mujer paseaba con un perro a lo lejos. Se llevó los prismáticos a los ojos y enfocó el cabo, vio un grupo de personas moviéndose en tierra. La cinta blanca y azul del cordón policial aleteaba al viento. Siguió con la mirada a la gente que se movía por allí.

El corazón empezó a latirle con fuerza en el pecho mientras observaba la escena. Claro que habría podido arrojar el cadáver al mar, pero entonces no habría cumplido su propósito. La cuestión era, eso sí, cómo habían logrado encontrarlo tan rápido, en tan solo unos días. El acceso a la zona estaría prohibido aún otras dos semanas.

Giró la mira de los prismáticos y contempló el entorno, escudriñando el cabo. Y entonces lo descubrió: el barco. Había un velero anclado en el golfo. Ajustó los prismáticos para ver mejor. El mástil estaba partido en dos, se veía claramente. Claro, por eso había entrado en el golfo. Y, lógicamente, fue la tripulación quien había descubierto el cadáver y dado el aviso. Era un barco muy bonito y deportivo, como cualquier embarcación de recreo. Este era muy bueno y veloz, se veía a la perfección.

Bajó los prismáticos, los dejó a un lado y miró a su alrededor. La policía había encontrado el cadáver, la cuestión era si él habría dejado alguna huella. Había utilizado guantes, por si acaso. También porque así había sido más fácil cometer el asesinato, porque creó algo parecido a cierta distancia entre él y la víctima. Entre él y lo que ocurría, casi como si no fuera él.

De repente, vio un coche de policía que se acercaba. Mierda. No tendría la menor posibilidad de borrar sus huellas. Agazapado, se apresuró hasta su coche y se metió dentro a toda prisa.

Karin y Wittberg aparcaron a las afueras del pueblo pesquero de Tomtbod, que constaba de una veintena de cabañas, de madera y también de piedra, alineadas cerca del mar. En el muelle había un muchacho en vaqueros con el torso desnudo cargando las artes de pesca en un barco.

—Hola —dijo Karin, y se presentó a sí misma y a su compañero—. ¿Vas a salir a pescar esta noche? ¿Tienes cabaña aquí?

—Sí, una de esas es de mi familia. ¿Por qué preguntáis?

—Somos de la policía y estamos examinando los lugares cercanos a la zona donde encontraron al hombre asesinado. Te habrás enterado, ¿no?

—Sí, claro, un horror —dijo y continuó con su tarea.

—¿Has visto algo que te haya llamado la atención en los últimos días? —preguntó Karin—. ¿O a alguna persona desconocida?

—Pues no, no he notado nada raro, aunque Kalle me dijo una cosa que me extrañó. Es el propietario de la última casa de la primera fila.

Señaló una de las cabañas de piedra, cuya puerta estaba abierta al mar.

—Me dijo que había visto a alguien en un barco.

—¿Y eso?

—Pues sí, pero no sé nada más. Lo mejor será que le preguntéis a él.

Fueron paseando por el pintoresco paisaje de chamizos con varios siglos de antigüedad. En la actualidad, la mayoría de las cabañas de pesca de Gotland se habían convertido en casas de verano, que se vendían carísimas a los turistas que querían disponer de una vivienda junto al mar, sin exigencias de un espacio amplio, cómodo y moderno. No había ni baño ni ducha, sino una letrina y la posibilidad de lavarse en el mar. Sin embargo, había varios pueblos pesqueros cuyas cabañas habían mantenido la función originaria. Y Tomtbod era uno de ellos.

—¿Sabías que hay cincuenta y siete pueblecitos pesqueros a lo largo de la costa de Gotland? —preguntó Wittberg, que desde hacía muchos años tenía una en Nisseviken a la que solía llevar a sus novias.

El colega de Karin, un seductor nato diez años más joven que ella, siempre alardeaba del cebo perfecto que resultaba ser el chamizo con las jóvenes turistas: todas querían entrar en una auténtica cabaña pesquera de Gotland. «Con un auténtico gotlandés dentro —solía añadir Wittberg en broma—. Y, además, con una auténtica tableta de chocolate», añadía satisfecho al tiempo que se levantaba sonriente la camiseta para mostrar la musculatura de sus abdominales. Wittberg era un caso cuando se trataba de mujeres. Nunca había tenido pareja ni una relación que durase más de un año. No quería tener niños, los críos eran ruidosos, decía. Siempre andaba cambiando de ligue, no se cansaba nunca, a pesar de que pronto cumpliría los cuarenta. Karin le chinchaba diciéndole que era de teflón, porque nada se le pegaba… Bueno, salvo los musculitos.

—¿En serio? —preguntó Karin dudando—. ¿Tantos?

—Bueno, ¡son ochocientos kilómetros de costa! —exclamó Wittberg—. La pesca siempre ha sido crucial para los gotlandeses. Incluso para los campesinos de pequeños municipios cercanos a la costa. Aumentaban sus ingresos con la pesca, y guardaban las redes y pasaban la noche en las cabañas.

—Ya, hombre, ya lo sabía —murmuró Karin—. Yo también soy de aquí, como bien sabes.

—Entonces sabrás lo que es eso, ¿no? —preguntó señalando unos soportes de madera rodeados por una valla.

—Pues claro —dijo ella bostezando—. Son para poner a secar las redes.

—¿Y cómo se llaman? ¿Lo sabes? —insistió su colega.

—No —respondió Karin cansada y con cara de aburrimiento.

—Pues se llaman *gistgarden*. O *gistgardu*, si lo decimos en gotlandés, claro.

—Ajá —dijo Karin.

No le interesaban mucho los conocimientos de Wittberg.

—¿Y qué me dices de aquello? —insistió el inspector—. ¿Sabes lo que es?

Señalaba una estaca de madera larga y fina que estaba clavada más cerca del agua.

—Mmm, no sé —reconoció dudosa.

—Es una estaca de alumbrado. Colgaban un farol del extremo y lo utilizaban para señalar el punto por el que los barcos que se habían hecho a la mar podían arribar a tierra cuando no había ningún faro cerca.

—Muy bien —respondió Karin—. Si lo hubiera pensado un poco, yo también lo habría deducido.

—¿Y sabes cómo se llaman esas áreas? —continuó Wittberg impasible, señalando a un lado de los muelles.

—No —contestó Karin con impaciencia mientras contemplaba los largos surcos que se adentraban en la tierra desde el mar.

—Arribaderos. Creo que nunca había visto uno tan perfecto —exclamó él con entusiasmo—. Antiguamente se utilizaban para que atracaran los barcos, eran zonas a las que arribar, o vías de acceso a tierra firme para las embarcaciones. En la actualidad son más estables y están hechos de cemento.

—Estupendo —respondió Karin, harta ya de las clases magistrales de Wittberg—. En fin, creo que ya hemos llegado a la cabaña del tal Kalle.

Llamó a la puerta, a pesar de que estaba abierta.

—Hola —dijo.

Desde detrás de la esquina apareció enseguida un señor mayor con una gorra negra, el pelo blanquísimo y rizado y una larga barba blanca.

—¿Sí? —respondió el hombre, inspeccionando curioso con sus claros ojos azules a los dos policías, que iban vestidos de civiles.

Los agentes le dijeron sus nombres y le expusieron el motivo de su presencia allí. «Es como una variante veraniega del gnomo de Navidad», pensó Karin. El hombre, que se presentó como Kalle Norrman, se sentó en el raído banco de madera que había delante de la cabaña y sacó una pipa del bolsillo del chaleco marrón que llevaba encima de la camisa blanca sin cuello.

—Pues sí —dijo—, lo que pasó fue lo siguiente. —Hizo una pausa para encender la pipa—. Gustav, que es propietario de una de estas cabañas, también tiene un bote de aluminio que está varado ahí, entre las cañas, en un muelle propio. Resulta que se fue al extranjero hará dos semanas, y metió el fueraborda en la cabaña y la cerró con llave. Pero el jueves, cuando llegué aquí por la mañana, habían roto el candado y el motor estaba montado en el bote. Y se veía que lo habían utilizado, porque estaba sucio por dentro. Así que parece que alguien lo ha usado sin pedir permiso.

Tanto Karin como Wittberg lo escuchaban con creciente interés.

—¿Podríamos echar un vistazo al bote y a la cabaña? —preguntó Karin.

—Claro, es por aquí. Gustav sigue en Mallorca, así que nadie ha tocado nada.

Empezaron a caminar hacia la orilla y pasaron por delante de los muelles, que se extendían limpios y perfectos al pie de las hileras de cabañas. Dejaron atrás una zona de cañas y se acercaron a un lado del lindero del bosque. Un viejo muelle de madera flotaba solitario, medio oculto entre las cañas. Y allí, anclado, se veía el bote.

—¿Y por qué decidió Gustav dejarlo aquí? —preguntó Karin—. Con los espacios tan adecuados que tenéis al pie de las viviendas…

—Este muelle es suyo, lo construyó él mismo.

Accedieron al dique, que se balanceó ominoso bajo su peso. De pronto, Kalle se paró en seco.

—Pero ¿qué demonios?

—¿Qué ocurre? —preguntó Karin.

—Miren el muelle.

Karin se inclinó, allí se distinguían claramente unas manchas. De sangre reseca.

Cuando Knutas entró en la sala de interrogatorios situada en el sótano del edificio de la policía, Reza Attai ya estaba allí esperándolo. Lo primero que notó Knutas fue el miedo en los ojos del joven, era como si creyera que el comisario estuviese a punto de abalanzarse sobre él en cualquier momento. Miraba vacilante de un lado a otro, se frotaba las manos y se humedecía los labios sin cesar. Tenía el pelo abundante y moreno, la cara pálida con los rasgos muy marcados. Era bastante delgado, pero musculoso, y llevaba una camisa azul bien planchada y abotonada hasta el cuello.

Knutas lo saludó y le dio la mano, tratando de mostrar toda la amabilidad posible, de infundir confianza, para que el pobre muchacho se calmara. En la mesa, entre ellos, habían puesto una jarra de agua y dos vasos, y también una caja de pañuelos de papel, como si se tratara de una sesión de terapia con el psicólogo. El suelo estaba reluciente, las paredes se alzaban gruesas y silenciosas, aisladas, como si todo lo que se dijera entre ellas fuese a permanecer allí. Knutas puso en marcha la grabadora y pronunció las frases con las que habitualmente se iniciaba un interrogatorio en toda regla antes de cruzar las manos y mirar a Reza.

—Soy Anders Knutas, comisario de policía. Y soy el responsable de la investigación del asesinato de Tobias.

Reza asintió.

—¿Comprendes lo que estoy diciendo? Tengo entendido que solo llevas un año en Suecia.

—Sí, sin ningún problema. He estado estudiando sueco desde que llegué.

—Empezaré por decirte que lamento lo ocurrido —continuó el comisario—. ¿Cuánto tiempo llevas viviendo con la familia Ström?

—Al principio estuve en un campamento de refugiados a las afueras de Slite durante seis meses, sin dejar de ir al colegio. Luego me mudé a casa de Tobias y Evelina. Aún estoy esperando la respuesta de la Dirección General de Migraciones de Suecia para saber si puedo quedarme o no.

—Entiendo —dijo Knutas—. ¿Y estás a gusto con la familia Ström?

—Mucho, tanto Evelina como Tobias son estupendos.

Al chico que estaba sentado al otro lado de la mesa se le llenaron los ojos de lágrimas. Bajó la vista y sollozó mirándose las manos.

—Comprendo que esto no es fácil —dijo Knutas comprensivo—. Pero tenemos que interrogar a todas las personas del entorno de Tobias para tratar de comprender qué ha podido ocurrir.

—¿Creéis que he sido yo? —preguntó Reza, y se presionó el pecho con las yemas de los dedos—. He visto que la gente ha estado escribiendo en las redes que he sido yo. Pero ¡yo no soy ningún asesino!

Reza levantó la voz y miró a Knutas muy alterado.

—Por ahora no hay ningún sospechoso, o más bien todos son sospechosos. Depende de cómo se mire. ¿Cuándo fue la última vez que viste a Tobias? —continuó Knutas.

—El miércoles. Estuve ayudándole en el restaurante, pero me fui a casa a las seis. Y él se quedó. Y luego… Nunca volvió a casa.

—¿Y cómo lo viste ese día?

—Como siempre. No noté nada raro. Había bastante gente y teníamos mucho que hacer.

—¿Y cómo es el ambiente en casa? Entre Evelina y Tobias, quiero decir, ¿va todo bien?

—Pues... No sé si entiendo bien la pregunta...

—¿Van bien las cosas entre ellos o discuten y se pelean mucho? —le aclaró Knutas.

—No, no, no discuten nunca. Siempre están felices y se portan bien el uno con el otro.

Knutas guardó silencio e hizo una breve pausa. Sirvió agua en los dos vasos y tomó un trago.

—¿Has notado alguna otra cosa que pudiera ser extraña? ¿Algo que pudiera guardar relación con el asesinato? ¿Alguna persona que Tobias conociera recientemente, alguien que los visitara en casa?

—Bueno, cuando yo me mudé allí pasaron algunas cosas... —respondió Reza bajando la vista al tablero de la mesa—. Una mañana, cuando Tobias salió, vio que alguien había rajado los neumáticos de mi bicicleta; otro día Evelina salió a tender la ropa y, cuando fue a recogerla, la habían tirado al suelo y la habían pisoteado.

—Vaya —dijo Knutas con el ceño fruncido—. ¿Y qué tal te ha ido en el colegio?

—Con la mayoría de la gente, bien. Tengo varios amigos con los que entreno artes marciales. Tobias y yo solíamos entrenar en casa.

Al joven se le quebró la voz y sollozó de nuevo. Knutas le dio un pañuelo de papel.

—Comprendo —dijo el comisario—. Volvamos a la noche del miércoles, la noche en que Tobias desapareció. ¿Qué hiciste cuando llegaste a casa?

—Evelina había preparado la cena, así que nos sentamos a comer y estuvimos viendo una película.

—¿Estabais solos ella y tú?

—Sí —respondió Reza—. Siempre vemos una peli cuando Tobias se queda trabajando. Él siempre se queda hasta tarde.

—Así que Evelina y tú pasáis mucho tiempo solos, ¿no?

—Sí, así es.

El chico se ruborizó. Knutas tuvo la sensación de que estaba avergonzado. ¿No serían sus sentimientos hacia Evelina más fuertes de lo debido?

El silencio invadió la sala. Reza se retorcía incómodo en la silla, sin apartar la vista del suelo.

Knutas lo miró con curiosidad antes de concluir el interrogatorio.

Era cerca de la medianoche cuando Knutas alargó el brazo en busca de la americana para irse a casa. Había sido un día largo y lleno de emociones, y se sentía agotado. Aún le costaba asimilar el hecho de que hubieran encontrado muerto a Tobias Ström. La presión para que la policía resolviese el caso cuanto antes y encontrara al autor del crimen era enorme. Un asesinato que apareciera en todos los medios era lo último que necesitaba Gotland justo al comienzo de la temporada alta. La isla dependía de los ochocientos mil visitantes que recibía cada año, la mitad de los cuales acudían durante las semanas más calurosas y atractivas. La temporada no era larga, aproximadamente seis semanas, en las que podían esperar un flujo masivo de turistas. Y ahora ocurría aquello.

A primera vista era algo completamente inexplicable. Un profesor responsable, dueño de un bar que abría los veranos, de una familia respetable, casado, con una vida estable y desconocido en los archivos policiales.

Y esos padres, pobres ancianos. Karin y Wittberg los habían interrogado esa tarde, después de que hubieran identificado el cadáver de su hijo en el depósito de Visby y antes de que se lo llevaran en el transbordador al Instituto de Medicina Legal de Solna. Knutas aún no había recibido ningún informe del interrogatorio. Ya lo vería en la reunión de la mañana siguiente, pensó. Justo dentro de siete horas y media. No pudo contener un bostezo, tenía que irse a casa a descansar.

Cuando salió al pasillo, advirtió que había luz en el despacho de Karin. Entornó la puerta y asomó la cabeza. La vio sentada al ordenador escribiendo algo, la preciosa melena le resplandecía a la luz del flexo.

—¡Eh! —dijo—. Yo creía que te ibas a casa después de Tomtbod. Buen trabajo, por cierto. Parece que tenías razón con respecto a cómo transportaron el cadáver hasta Hummelbosholm.

Karin levantó la vista y sonrió. Él sintió una punzada por dentro y vio que estiraba la espalda en la silla.

—Estoy escribiendo el interrogatorio con los Ström. Tiene que estar listo para primera hora de la mañana.

—Ah, pues me encantaría que me lo contaras. ¿Te queda mucho?

—Qué va, acabo enseguida.

—Entonces te espero, así salimos juntos. ¿Tú también te vas andando?

Karin asintió y lo miró brevemente antes de volver al ordenador. El flequillo oscuro le caía sobre la cara.

«Qué extraño», pensó Knutas. Se sentía torpe y confuso, no estaba seguro de lo que Karin pensaba o sentía. Ni su tono de voz ni la expresión del rostro dejaban entrever nada.

Cuando salieron de la comisaría sintieron la calidez del aire estival. Hacía una noche calurosa y percibían el aroma de las flores y los arbustos de alrededor. Empezaron a caminar. Karin parecía muy pequeña a su lado, solo le llegaba por el hombro.

—Entonces, ¿cómo ha ido el interrogatorio con los padres? —le preguntó.

—Ha sido difícil, están desolados. Se han pasado casi todo el tiempo llorando.

—¿Averiguasteis algo útil?

Karin negó con la cabeza.

—Pues no. Aparte de que Tobias había mencionado algo de una pandilla de moteros que, al parecer, están instalándose en la isla. Los Patriotas, o The Patriots, ¿has oído hablar de ellos?

—Con ese nombre no, pero de vez en cuando recibimos información sobre pandillas de motoristas que quieren establecerse en Gotland.

—A mí me dio la sensación de que era otra cosa. Se notaba que había algo de lo que preferían no hablar. Al menos, ella.

—Entiendo, pues eso es interesante. Además, iremos a verlos de nuevo.

—Ya, la verdad es que siento no haber podido presionarlos más, pero hay que tener un poco de consideración, después de todo, su hijo acaba de aparecer asesinado. ¡Madre mía!

—No te preocupes —respondió Knutas con la mano en el brazo de Karin—. Ya volveremos sobre ello más adelante.

Él mismo se dio cuenta de la ternura que le resonó en la voz.

—¿Y cómo te ha ido a ti en el interrogatorio? ¿Qué tal es el chico, el refugiado que vive con ellos? ¿De dónde era, de Afganistán?

—Sí, se llama Reza y tiene diecisiete años. Muy simpático, y es impresionante lo bien que habla el sueco. Se ve que la familia ha tenido algunos problemas de acoso, pero parece que la cosa ya se ha calmado. Se nota que aprecia mucho a Evelina.

—¿Ah, sí? —preguntó Karin—. ¿Y eso? ¿Más de lo conveniente, quieres decir?

—Bueno, no sé —dijo Knutas—. Es solo que me dio la impresión de que estaba medio enamorado de ella. Puede ser algo totalmente inocente.

—¿En qué se le notaba?

—No te sé decir. —Knutas se retorció un tanto incómodo—. Bueno, esas cosas se notan. Cuando a alguien le gusta otra persona.

—¿Tú crees? —dijo Karin mirándolo a los ojos. Le resonó un nuevo timbre afilado en la voz—. ¿De verdad que se nota?

Knutas no sabía qué responder. De pronto aquello adquirió un tono muy personal, como si se tratara de ellos dos. Se quedó mudo. Era un tormento ir caminando tan cerca de ella. Debería ser de otro modo. No así. ¿Y si se atreviera a invitarla a una copa de vino en casa? Tomó aire y, justo cuando iba a hacerle la propuesta, Karin levantó la vista hacia él.

—Yo tiro por aquí.

Habían llegado al estadio de Gutavallen. Karin quería cruzar por la estación de autobuses, como siempre hacía, y entrar por la puerta Kajsar, en la calle de Södra Murgatan, en la parte sur de la muralla. Su apartamento de la calle Mellangatan se encontraba por esa zona. Knutas sintió un ardor en el estómago, no quería despedirse de ella. Había sido demasiado lento, había pasado la oportunidad.

—Buenas noches —dijo ella—. Nos vemos mañana. —Se empinó un poco y le dio un beso en la mejilla—. Vete a casa y acuéstate unas horas, anda.

Luego se dio media vuelta y se fue.

Él se quedó allí con los brazos caídos viendo cómo se alejaba.

Julio de 1997

SU MADRE ESTABA acurrucada bajo el edredón, tenía resaca y no era capaz de levantarse de la cama. Sonó el teléfono.

—¿Diga? —respondió cansado.

—Hola.

Esa voz gruñona que le resultaba tan familiar le infundió seguridad en el acto.

—¿Cómo te encuentras?

—Bueno, bien. Pero mamá tiene resaca, tengo que ir a hacer la compra.

—Vaya, ¿y cómo está?

—Mal, como de costumbre.

—¿Quieres venir esta noche? Tenemos guiso de carne con puré de patatas. Es uno de tus favoritos. Y he pensado que no podemos preparar tu comida preferida sin preguntarte si quieres cenar con nosotros.

Se sintió reconfortado por dentro al pensar que siempre lo tenían en cuenta. Enseguida se puso algo más contento.

—Claro, allí estaré.

Salió enseguida rumbo al supermercado ICA antes de que su madre se despertara y empezara a refunfuñar. Tendría que devolver algunas latas vacías para poder comprar leche, queso y pan. Y tabaco para su madre. De todos modos, sabía que hoy tampoco tendrían una comida guisada en la mesa. Ni siquiera recordaba cuándo fue la última vez que su madre había cocinado algo para la cena. Por lo general comían yogur, cereales y bocadillos. Los espaguetis con tomate triturado era un plato económico que estaba bien y lo más parecido a una comida casera.

Cuando estaba en la entrada del supermercado devolviendo los envases, apareció aquel chico al que había visto en varias ocasiones últimamente, que entró en la tienda con sus amigos. Supuso que serían bastante mayores que él, rondarían los dieciocho o diecinueve años. Buena ropa, un peinado chulo. Iban hablando y riendo en voz alta, parecían muy seguros de sí mismos, como si el mundo entero les perteneciera y no tuvieran ningún tipo de problema. Uno de ellos estaba bebiéndose una lata de refresco y lo miró con superioridad al verlo junto a la máquina de devolución de envases vacíos.

—Aquí tienes, chico. Así sacarás algo más de dinero para golosinas.

El joven apuró la bebida, se dio media vuelta, lanzó la lata e hizo canasta en el saco de plástico que él tenía delante. Los demás se rieron, todos salvo el rubio, que le dio una palmadita en el hombro y le metió con disimulo algo en el bolsillo. Estaba convencido de que sería algo malo, alguna nota insultante o simplemente basura de la que quisiera deshacerse.

Cuando entraron y los perdió de vista se metió la mano en el bolsillo. Para su sorpresa, vio que lo que el chico le había dejado en el bolsillo era dinero. Un billete de veinte coronas nuevecito. Sintió que le ardían las mejillas, no podía comprender que aquel chico fuera tan amable con él, que le hubiera dado nada menos que veinte coronas. Con eso tendría para los bollos de pan recién hechos y para el jamón ahumado que tanto le gustaba a su madre, pero que tan rara vez podían permitirse. Así podría darle una sorpresa. Quizá incluso le alcanzara para unos tomates frescos. Se apresuró a devolver el resto de los envases. Cuando volviera a casa ordenaría un poco, ventilaría el cuarto y mandaría a su madre a la ducha, le diría que se vistiera y se peinara. Y así podrían desayunar con bollos, jamón y café recién hecho como una familia normal y corriente. Como todo el mundo.

Al llegar a la caja vio que los chicos estaban hacia el principio de la cola. Allí siempre había cola en verano debido a la multitud de turistas que invadían el pueblo. Él solía observarlos con disimulo, la ropa de marca, los coches nuevos y la actitud relajada. Se pasaban el día en la playa, sentados en los bares y restaurantes, y se los veía totalmente despreocupados. Estaban de vacaciones. Él no sabía ni lo que era eso. Había cumplido quince años y nunca había tenido vacaciones después de terminar el colegio: su madre siempre estaba ahí y tenía que ocuparse de ella. Era capaz de pasarse en la cama varios días seguidos, sin levantarse para nada. En algunas ocasiones, los vecinos habían llamado a los servicios sociales, que iban a visitarlos, pero siempre llamaban para avisar antes de ir a verlos, de modo que su madre y él tenían tiempo de arreglar un poco la casa antes de que llegaran. Y dado que él iba al colegio, llevaba bien el curso y se portaba bien, y además no tenía ningún defecto físico, los dejaban en paz. En muchas ocasiones tenía que ir a la oficina de los servicios sociales a pedir dinero cuando se les terminaba y, por lo general, le daban un extra. Siempre resolvían el problema, al menos por el momento. Era lo más fácil. Él sabía que a las señoras de la oficina les gustaba su pelo largo y rizado, que a buen seguro ayudaba bastante. Siempre tuvo el pelo largo en su infancia, como una niña, su madre se negaba a cortárselo, le parecía precioso. En las épocas en las que se encontraba mejor, era capaz de pasar horas sentada delante del televisor peinándoselo.

Él llevaba preocupado toda la vida. Nunca pudo relajarse y, simplemente, ser un niño. Nunca fue como los demás, que cenaban a una hora determinada con su familia, que realizaban actividades a las que iban varias veces por semana, que hacían excursiones con sus familiares o que recibían en casa a sus parientes y amigos. Ellos nunca recibían a nadie, para ellos esa vida no existía. Él siempre tuvo la sensación de que eran diferentes, de que, en cierto modo, eran inferiores.

Ahí estaba ahora, observando a los chicos que se encontraban a unos metros delante de él en la cola de la caja. Habían comprado helados, patatas fritas y refrescos. Cuando salían, el rubio se volvió y lo miró a los ojos. Le guiñó y le sonrió. Y él intentó devolverle la sonrisa.

Un ruidoso murmullo reinaba en la sala cuando Knutas entró en el Departamento de Investigación Criminal para la reunión del equipo. Había dormido mal y había tenido pesadillas. Otra noche solo en la cama. Echó una ojeada a Karin, que estaba sentada al lado de Wittberg y hablaba despreocupadamente mientras daba golpecitos en la mesa con un bolígrafo. Llevaba unos vaqueros y una camisa suelta. El pelo, esponjoso y brillante, parecía recién lavado. En la retina se le apareció una imagen: Karin desnuda en la ducha con los brazos en alto, lavándose el pelo. Esos pechos bonitos, menudos, ese cuerpo ágil y flexible… Recordó su aroma… Ahora la tenía tan cerca y, al mismo tiempo, tan lejos.

De repente, Karin levantó la vista y sus miradas se encontraron. Un fugaz segundo de contacto, un sentimiento de unidad que desapareció enseguida. Sintió un ardor en los párpados y tuvo que hacer un esfuerzo para mostrarse como siempre cuando empezó a hablar.

—Buenos días. Espero que hayáis podido dormir unas horas, aunque sé que varios de vosotros habéis pasado trabajando la mayor parte de la noche. Gracias, por cierto, todos sabemos lo importantes que son las primeras veinticuatro horas en la búsqueda del asesino. Ya han trasladado el cadáver al Instituto de Medicina Legal para la autopsia. La forense, Kristina Hammarström, nos ha prometido avisar esta mañana en cuanto haya hecho un examen preliminar. Los medios nos acosan como buitres, Ferreira es el encargado de todo contacto con la prensa. Esta misma mañana han publicado un comunicado en el que la policía confirma la identidad de la víctima, Tobias Ström, debido al interés general y a que ya están informados todos los familiares.

Lanzó una mirada al nuevo portavoz de la policía, que se había sentado a un lado de Karin. Vestía con elegancia, llevaba una camisa recién planchada, corbata y chaleco; había participado en la emisión en directo de las noticias de la mañana y había estado muy bien. Knutas tenía que reconocer que Ferreira era un pelín más agudo, más elocuente y más claro que Norrby, su predecesor, y llevaba con brillantez lo de las emisiones en directo. Le gustaba ser el centro, estar en el foco. Exactamente igual que Wittberg, sentado al otro lado de Karin, que llevaba una camiseta más ajustada de lo normal sobre los fuertes pectorales, si es que eso era posible. Las líneas del cuerpo se apreciaban a la perfección a través de la tela. Y también un colgante nuevo en el cuello que recordaba al que llevaba Ferreira unos días atrás. Knutas no pudo evitar sonreír para sus adentros. Ahora Karin tenía a un combatiente a cada lado, y cada uno se esforzaba por destacar más que el otro.

Knutas estaba a punto de continuar cuando a Karin le sonó el teléfono.

—Perdón, tengo que responder —dijo antes de salir por la puerta. Knutas se la quedó mirando. Por un segundo se preguntó preocupado a qué obedecería la llamada. Resultaba frustrante no formar ya parte de la vida de Karin, no tener ni idea de a qué se dedicaba fuera de la comisaría.

Se aclaró la garganta, se irguió un poco y miró a sus colaboradores.

—Hemos recibido información variada de distintas fuentes. Entre lo más interesante tenemos una pista que está siguiendo Karin. Bueno, ella acaba de irse, pero Wittberg, tú quizá puedas exponer lo esencial mientras vuelve, puesto que ibas con ella ayer.

—Sí —contestó Wittberg, y se apartó el flequillo antes de empezar a hojear los documentos.

Knutas se percató de que Ferreira le lanzaba una mirada de indignación a su colega.

—Pues sí, a Karin se le ocurrió que Tomtbod se encuentra estratégicamente situado si el agresor llegó por mar y dejó el cadáver de Tobias Ström en Hummelbosholm. Estuvimos con el propietario de una de las cabañas, un tal Kalle Norrman. Se había percatado de que habían utilizado uno de los barcos, a pesar de que el propietario está en el extranjero y de que tenía el motor guardado bajo llave en una cabaña. Habían roto el candado y la cadena que sujetaba el bote al muelle estaba cortada. El motor seguía montado en el barco, lo habían dejado allí, cosa que Kalle Norrman descubrió la mañana del jueves.

—Interesante —dijo el fiscal Smittenberg—. Conozco Tomtbod. Un sitio precioso, uno de los pueblos pesqueros mejor conservados de Gotland.

—En fin —continuó Wittberg—. El caso es que descubrimos que había sangre, no solo en el muelle, sino también en el bote, así que Sohlman fue a inspeccionarlo.

—Ya hemos enviado pruebas al Instituto de Medicina Legal para que las analicen, así como el candado, la cadena y otros objetos —aseguró el inspector—. Había rodadas y también marcas de arrastre. Seguramente, Karin tenía razón: el autor de los hechos partió de Tomtbod —constató Wittberg.

—Buen trabajo —lo felicitó Knutas—. Esto nos permite avanzar.

—Pero ¿por qué iba a tomarse tantas molestias? —objetó Ferreira mirando a su compañero con suspicacia—. Y, además, corriendo semejante riesgo.

Wittberg se volvió a Ferreira con tono de superioridad.

—El barco que utilizó se encontraba entre las cañas, a un buen trecho de los demás muelles del pueblo, así que el riesgo de que lo vieran allí a media noche era mínimo. Los propietarios no han reformado esas cabañas para convertirlas en casitas de veraneo, como tantos otros, así que no hay nadie que duerma allí. Sin embargo, es bastante habitual que la gente pesque de noche en esa zona, así que a nadie le resulta extraño oír el motor de un barco a esas horas.

Ferreira enarcó las cejas. Knutas se volvió hacia Sohlman, el técnico de la científica.

—¿Puedes decirnos algo de las rodadas?

—Es difícil, puesto que ha llovido, pero se aprecia que entre las rodadas hay más distancia de la habitual en un turismo. Podríamos suponer que se trata de un utilitario deportivo, un *jeep* o algo similar. Más no puedo decir por ahora, lo siento. Hemos efectuado un examen técnico de la cabaña, el motor y también del barco, donde, como se ha dicho, encontramos rastros de sangre en varios lugares. Por lo demás, se ve que el asesino ha utilizado guantes y que ha sido muy cuidadoso para no dejar rastro. Lo de las pisadas es complicado, ya que ha llovido, pero se ve que han pisoteado la tierra arenosa. Hay pisadas borrosas en la arena, algo más allá de la cabaña, de un tipo de bota, según parece, seguramente del número cuarenta y dos, pero eso no nos dice demasiado.

—Bueno, aparte de que podría tratarse de un hombre de baja estatura, ningún hombre alto tiene unos pies tan pequeños —dijo el fiscal Smittenberg—. O podría tratarse de una mujer alta de pies grandes.

La puerta se abrió y Karin entró y volvió a sentarse en su puesto. Por un instante, Knutas perdió la concentración.

—Claro —dijo al fin—. Aunque no parece verosímil que se trate de una mujer. Una persona muerta pesa muchísimo, y es preciso tener mucha fuerza para cargar un cadáver en un coche y luego sacarlo, arrastrarlo por el suelo, subirlo a un muelle y meterlo y sacarlo de un barco. Lo más probable es que en este caso se trate de un hombre.

—Sí, en eso tienes razón —convino Wittberg—. A menos que fueran dos, o más.

—Otra cosa —dijo el técnico Sohlman—. Ya tenemos el resultado del análisis de la sangre hallada en la carretera de Fide por la que caminaba Tobias Ström la noche que desapareció. Es su sangre.

—Cabe imaginar que lo abatieron por el camino y que luego lo trasladaron en un coche —apuntó el fiscal Smittenberg—. Además, no es seguro que lo mataran a la primera. Puede que el agresor pensara secuestrarlo o asustarlo, y que luego la cosa se torciera. ¿Todavía no hemos interrogado a la mujer?

—No, yo pensaba hablar con Evelina Ström hoy mismo, más tarde —dijo Knutas—. Pero, que nosotros sepamos, su marido no había recibido ninguna amenaza directa. Sin embargo, el chico que vive con la familia nos contó que hubo algún que otro problema cuando él estaba recién llegado. Les rajaron los neumáticos de la bicicleta y les ensuciaron la ropa que tenían tendida.

—Thomas y yo pensamos ir luego al instituto de Högbyskolan para ver al director —dijo Karin mirándolo directamente—. Después iremos a Fide para hablar con los empleados del restaurante.

—Bien —dijo Knutas.

Miró a Karin seguramente más tiempo del justificado y, por un instante, olvidó de qué estaban hablando. Se perdió en sus grandes ojos castaños. Ella no apartó la vista, y en la cabeza de Knutas se hizo la calma durante unos segundos. Tuvo que continuar antes de que la situación resultara embarazosa, pero todos los presentes debieron de sentir la tensión que existía entre los dos, porque durante unos instantes el silencio fue absoluto. Hizo un esfuerzo por mirar en otra dirección.

—Hay que interrogar a todos los tripulantes del barco —dijo al fin—. Por el momento solo hemos hablado con Erik y Klara, que fueron quienes hallaron el cadáver. ¿Quién se encarga?

—Yo acabo de hablar con Joel Kjellman, el capitán del barco —dijo Karin—. Llegará dentro de media hora.

—Entonces, ¿te encargas tú de interrogarlo?

Ella asintió y se apartó el flequillo. Knutas sintió una punzada en el estómago. La echaba de menos, esa era la verdad. Pronto tendrían que hablar en serio. ¿Y si la invitaba a cenar? «Venga ya —se dijo—. Céntrate en la investigación, de eso ya te encargarás fuera del horario laboral.»

—Sí, me dará tiempo antes de irnos.

—¿Algo más?

Knutas miró a todos los reunidos.

—Hemos rastreado la zona con perros —dijo Sohlman—, pero por ahora no hemos encontrado nada interesante. Salvo un montón de cagadas de pájaro.

—¿Y los amigos con los que estuvo bebiendo hasta tarde aquella noche?

—Esos interrogatorios no nos han dado ninguna información —dijo Wittberg—. Son amigos de una de las empleadas, Veronica algo, y ninguno de ellos conocía a Tobias en realidad. Aparte de ella, claro, pero estaba tan alterada que apenas podía hablar.

—Bueno, y hay otra cosa —dijo Smittenberg—. La casa de piedra, ¿qué sabemos de ella?

—Resulta que pertenece a un tal Jon Boström que vive en Slite —dijo Wittberg—. Estamos tratando de localizarlo, parece que está de vacaciones en el extranjero.

—¿Y ahora no vive nadie allí?

—Una pareja joven de la península que la alquila por semanas —dijo Knutas—. No habían visto ni oído nada.

Joel Kjellman se retrepó en la silla cuando Karin entró en la sala de interrogatorios. Cruzó las piernas y también se cruzó de brazos. Empezó a mover los relucientes náuticos de color marrón, que parecían recién comprados. Se mostraba un tanto impaciente, con cara de querer acabar con aquello cuanto antes. Tenía un aire rebelde, como si pensara que él no pintaba nada allí. Debía de rondar los cuarenta, adivinó Karin. Alto y atlético, ni rastro de pelo en la cabeza, pero era guapo, con un hoyuelo en la marcada barbilla y una barba de tres días. Bronceado por el sol y de aspecto deportivo con el polo azul marino. El típico navegante.

El capitán del naufragado *Mother of Dragons* observaba a Karin con una mirada azul intenso. Ella se presentó y encendió la grabadora.

—Un estilo algo anticuado, ¿no? —dijo él sonriendo y señalando el aparato que estaba sobre la mesa—. Como en las viejas novelas de Mankell.

—Sí, puede ser —respondió Karin con sequedad y apretó los labios—. Pero cumple su función, todo lo que diga quedará registrado y guardado para su análisis posterior.

A ver si ahora se comportaba. Solo ver la cara de satisfacción del sujeto la indignaba, y el que tuviera valor de ponerse a bromear en semejantes circunstancias le parecía excesivo. Claro que tal vez solo fuera una forma de afrontar los nervios. El caso es que a ella le disgustaba ese tipo de persona. Esos esnobs de clase alta que parecían haber nacido con la cuchara de plata en la boca y cuya confianza en sí mismos parecía congénita. Sin tener que mover un dedo conseguían esa suficiencia que procedía del poder, el dinero y la posición de la familia. Tan ajenos a la realidad, tan alejados de la vida de la gente corriente, tan inconscientes, con esas ínfulas.

Antes incluso de que empezara el interrogatorio, se sintió irritada ante la actitud del hombre que tenía sentado enfrente. Se arrepentía de haberse puesto unos simples vaqueros y una camiseta negra. No era habitual que ella fuera así vestida, pero hacía muchísimo calor en pleno julio y, como de costumbre, el aire acondicionado de la comisaría funcionaba regular. En todo caso, ante la mirada escrutadora de Joel Kjellman, Karin se sintió de pronto desnuda.

—Dígame qué ocurrió en el barco —comenzó—. Qué fue lo que ocasionó que acabaran entrando en Bandlundviken.

—El viento arreció muchísimo durante la noche por el este, los pernos que sujetan los cables de la vela mayor terminaron saltando y, cuando se partió el mástil, la situación pasó a ser de emergencia. En medio de la desgracia, tuvimos la suerte de que nos encontrábamos muy cerca de Hummelbosholm y logramos entrar en la bahía, donde las aguas estaban más tranquilas. El plan era quedarnos allí, o sea, que todo el mundo se quedara a bordo, hasta que vinieran a socorrernos.

—¿Quiere decir que contactaron con Salvamento Marítimo?

—Sí, y con la dirección de la competición, para que supieran dónde nos encontrábamos.

—¿Y después?

—Como sabrá, uno de los tripulantes, Erik, sufrió un ataque de pánico y saltó del barco. Klara, otra compañera, fue tras él. Así fue como encontraron el cadáver.

—¿Acaso no comprueba que la tripulación que lleva a bordo sea competente? Dado que, además, parece que usted aspiraba a ganar, debería haber sido particularmente cuidadoso al respecto, ¿no?

—Sí, supongo —dijo Joel con una sonrisita—. Pero ya contaba con cuatro hombres con los que había navegado en numerosas ocasiones y, en términos generales, funcionamos muy bien juntos, con la salvedad de que uno de ellos tiene tendencia a marearse. En principio, podemos ocuparnos de la travesía nosotros solos, pero había sitio para otros dos tripulantes, un tipo al que conozco me recomendó a estos dos, así que les di el visto bueno. Y Klara ha demostrado estar totalmente a la altura; en cambio, Erik ha resultado ser un incompetente.

Joel meneó la cabeza.

—¿Quién le recomendó a los dos nuevos?

—Un tipo de Slite con el que llevo un montón de años navegando. Se llama Adam. Adam Hedberg.

Karin anotó el nombre, aunque seguramente no tendría la menor importancia, pero sentía el deseo algo infantil de hacer que el hombre que tenía delante se sintiera inseguro. Ignoraba a qué se debía, ella nunca se dejaba provocar de esa manera. La cuestión era que había algo en Joel Kjellman que le molestaba. Tal vez su modo de mirarla tan intenso, como si la viera por dentro. Tenía la sensación de que, en realidad, a Kjellman le importaba muy poco el interrogatorio. Para volver a centrarse, Karin llenó los vasos con agua de la jarra que había en la mesa y tomó un trago.

—¿Notó algo en particular mientras estaban en la bahía de Bandlundviken?

—La verdad, a mí lo que más me preocupaba era el barco. Hasta que oí los gritos de Erik.

—¿Y qué hizo entonces?

—Salté al agua enseguida y me dirigí a tierra. Al principio creí que se habría lesionado, pero cuando llegué adonde se encontraban vi a aquel hombre allí muerto. Fue una visión horrible, la verdad, y Erik estaba al borde de un ataque de nervios. A Klara y a mí nos llevó un buen rato tranquilizarlo. Luego llamamos a la policía, y la verdad es que acudieron bastante rápido, teniendo en cuenta lo lejos que se encuentra el lugar. —Kjellman meneó la cabeza—. Qué nochecita pasamos... Primero, el drama en el barco, la tormenta y el mástil que se partió en dos, y luego encontramos a un hombre asesinado. Si lo piensa un poco es una locura, no es de extrañar que me haya sentido totalmente agotado después.

—¿Dónde vive usted? ¿Cuál es su ocupación? —preguntó Karin—. Es una mera formalidad —añadió.

¿Por qué tuvo que decir aquello?, pensó irritada.

—Trabajo a tiempo completo en el KSSS, el Real Club Náutico de Suecia —aclaró con retintín, subrayando cada sílaba—. La secretaría se encuentra en Saltsjöbaden, cerca de Estocolmo. Y vivo en el barrio de Östermalm. Solo —añadió—. Sin hijos, soltero. Así que soy libre como un pájaro.

Le lanzó una mirada llena de intención, como si quisiera que supiera que estaba disponible.

Karin sintió que le ardía el cuello y se ponía colorada hasta las orejas. ¿Tenía la cara dura de flirtear con ella durante el interrogatorio de una investigación de asesinato?

—Pues eso es todo —dijo al fin—. ¿Quiere añadir algo antes de terminar?

—Sí —respondió Kjellman mirándola directamente a los ojos—. ¿Cuál es tu número de teléfono?

El camino hasta Fide discurría por un ondulante paisaje de campos de rojas amapolas, cercados de piedra que serpenteaban entre las parcelas, arbustos de enebro y sinuosos pinos de ramas retorcidas al viento; granjas enormes y extensos pastizales con rebaños de corderos negros y grises, y de vacas de colores claros. A Johan nunca dejaba de fascinarle el hecho de que, en Gotland, ciertas cosas fueran al revés. Él estaba acostumbrado a que las ovejas fueran de color claro y las vacas de color oscuro, marrones o negras, o moteadas, quizá. En Gotland llamaban borregos a las ovejas y a las crías las llamaban corderos, y casi siempre eran negros o grises, mientras que las vacas eran blancas. Seguía sin saber por qué, y siempre se le olvidaba preguntar. Hablaría con algún ganadero, quizá la próxima vez que viera al granjero de Hummelbosholm.

Johan y Pia continuaron bajando hacia el estrecho istmo de Fide, donde vivía y trabajaba Tobias Ström. Johan no se había atrevido a contactar a los familiares de la víctima, sino que había optado por hablar con los empleados del restaurante. Veronica Gahne, que pasó con Tobias la última noche, le había prometido prestarse a hacer una entrevista.

El restaurante Gute era un amplio edificio de piedra caliza que se encontraba a la orilla de la carretera, junto a la singular iglesia de Fide, construida en piedra mineral en el siglo XIII, con su torre cuadrangular desde cuya cima podía verse el mar al este y al oeste. Aquella era la parte más estrecha de la isla, y solo unos kilómetros separaban la orilla oriental de la occidental. El restaurante se encontraba situado en la antigua casa rectoral.

Aparcaron delante, en el césped, y accedieron al acogedor ambiente del local. Había un bar muy agradable, el suelo era precioso, hecho con piedra de la zona, y alrededor de las viejas mesas de madera había sillas del mismo color azul que los marcos de puertas y ventanas.

Una joven muy bonita con el pelo corto y moreno y una gorra se les acercó enseguida. Los saludó sin sonreír, se notaba que había estado llorando.

—Hola, soy Veronica. ¿Quieren algo de beber? —preguntó por inercia—. ¿Café? ¿Agua?

—Las dos cosas, por favor —dijo Pia.

Johan quería lo mismo. Había cambiado el tiempo y ahora hacía un calor de pleno verano. El sol brillaba y la temperatura iba subiendo bastante por encima de los veinte grados, a pesar de que no eran ni las diez de la mañana. Se sentaron a una mesa de la terraza, a la sombra.

—Gracias por sacar tiempo para atendernos —comenzó Johan—. Nos gustaría hablar un poco primero, antes de filmar la entrevista, si le parece bien.

—Claro —respondió Veronica—. El restaurante está cerrado por el momento. A saber cuándo volveremos a abrir. De todos modos, los empleados estamos aquí y hemos hablado de lo ocurrido. Estamos esperando que Evelina decida si mañana abrimos o no.

—¿Qué ambiente diría que hay después del asesinato de Tobias? —preguntó Johan.

—Estamos hundidos, por supuesto —dijo la chica con un suspiro—. Todos están tristes por lo ocurrido y nadie entiende nada. Quiero decir, ¿quién querría matar a Tobias?

—¿Qué clase de jefe era?

—Era estupendo —contestó con vehemencia—. Confiaba en sus colaboradores. Era más un compañero que un jefe.

—Usted estuvo con él la última noche antes de que se marchara. ¿Cómo lo encontró?

—Como siempre —dijo la joven, y las lágrimas afloraron a sus ojos—. Animado y agradable.

—¿Qué hicieron?

—Habían venido unos amigos míos y, después de cerrar, estuvimos tomando algo juntos, lo pasamos fenomenal. La verdad es que Tobias estaba un poco estresado porque pensaba que debía irse a casa, pero eso no era ninguna novedad. Siempre tenía que irse derecho a casa —dijo con acritud.

Johan frunció el ceño.

—¿Qué quiere decir?

Veronica se removió algo nerviosa. Parecía incómoda, como si hubiera hablado de más.

—Tal vez no debería decir esto, pero Evelina era celosa. Era capaz de aparecer de pronto en el restaurante para preguntarle por qué no se había ido a casa. Una vez tuvo un ataque tremendo una noche que nos encontró aquí de fiesta después de cerrar. Gritaba y vociferaba sin parar. Tobias se sentía totalmente vigilado. Ella le miraba el Facebook y todo, y él no se atrevía a tener amigas, porque Evelina se ponía furiosa.

Johan y Pia intercambiaron una mirada.

—¿Amigas como usted? —preguntó Pia.

Veronica se puso rígida.

—Exacto. Por eso estaba tan estresado aquella noche.

—¿Cuándo se despidieron?

—Pues se hizo bastante tarde, la verdad. Tobias reaccionaba así muchas veces, cuando se sentía presionado, hacía lo contrario de lo que se esperaba. Así que se quedó bebiendo hasta que se hizo más tarde aún. Creo que nos despedimos sobre las tres de la madrugada.

Johan tomó un trago de agua. Unos turistas aparecieron en la entrada y se pusieron a mirar, como buscando al responsable. Veronica les dijo que estaba cerrado.

—¿Qué te parece, Pia? ¿Hacemos la entrevista aquí? —preguntó Johan.

—Claro —dijo su colega levantándose—. Espera, que voy a montar la cámara.

Johan se dirigió a Veronica.

—¿Cuánto hacía que conocía a Tobias?

—No mucho —dijo—. Es el primer verano que trabajo aquí, así que solo desde hace un par de meses.

—Pero parece que habíais intimado bastante, ¿no?

—Sí, puede que sí —respondió sonrojándose.

Durante la entrevista, Johan hizo una serie de preguntas más directas, más sensibles, que no había querido malgastar en la conversación previa. Era un error que ya había cometido muchas veces, utilizar las preguntas que tenía preparadas durante la primera toma de contacto con el entrevistado antes de encender la cámara, de modo que, a la hora de la verdad, ninguna respuesta resultaba espontánea. Veronica les contó que había una pandilla de moteros que tenía muy preocupado a Tobias.

—¿Sabes a qué club pertenecen? —preguntó Johan.

—Llevan escrito «The Patriots» en el emblema, y suelen ir con los Road Warriors de Visby. Trataban mal a Reza, un chico de Afganistán que vive acogido en casa de Tobias y Evelina. Uno de ellos se negaba a que Reza lo atendiera solo porque es extranjero y decía que hablaba muy mal el sueco. Tobias lo echó de aquí.

Pia filmó el restaurante y Johan apareció recorriendo el camino por el que Tobias se fue a casa la noche del miércoles.

Sabía que la redacción querría colgar algo lo antes posible, y pensaba enviarlo en cuanto terminaran:

> Aquí desapareció Tobias Ström hace apenas una semana, cuando volvía a casa después de la jornada de trabajo en su célebre restaurante. Aquí encontró la policía rastros de sangre que pueden pertenecer a la víctima. Es decir, hay indicios de que aquí, en algún punto, Tobias se cruzó con su asesino. Lo que sucedió después sigue siendo un misterio.

—¿Qué impresión te han causado Veronica y los demás? —le preguntó a Pia ya en el coche camino a casa, mientras enviaba con el móvil la noticia grabada a la redacción.

—Que la chica se había encaprichado de Tobias está más claro que el agua. A lo mejor las cosas no iban tan bien entre él y su mujer, después de todo. Y luego está lo del grupo de motoristas —dijo sin apartar la vista de la carretera—. Creo que deberíamos hacer una visita a los Road Warriors. Conozco a Sonny, el líder.

—Yo también, ¿recuerdas? —dijo Johan—. Es verdad que hace ya unos años, pero ¿te acuerdas del caso aquel de los tres muchachos que robaron el banco de Klintehamn?

—¿Cómo se me iba a olvidar una historia así? —respondió Pia con los ojos muy abiertos—. Fue horrible. ¿Cómo se llamaba la chica?

—Terese.

—¡Eso! Uf, fue una historia espeluznante, desde luego. Y durante un tiempo pensamos que los moteros estaban involucrados, pero luego se demostró que no era el caso.

—Exacto, entonces no —dijo Johan—. La cuestión es si lo estarán ahora.

Knutas decidió ir él mismo a Fide a ver a Evelina Ström. Había un trecho en coche, pero la mujer de Tobias le había asegurado que se encontraba tan mal que no era capaz de conducir hasta la ciudad. Solo habían transcurrido veinticuatro horas, quizá poco más, desde que habían encontrado el cadáver de su marido. Y claro que de ese interrogatorio podría haberse encargado otro colega, pero como él era conocido de la familia y se sentía más afectado que los demás, prefería hacerlo personalmente.

Mientras se dirigía al sur en el coche sus pensamientos volaron de forma irremediable hacia Karin. Se daba cuenta de que no podía quitársela de la cabeza. Iba empeorando casi cada día que pasaba.

La pequeña granja de la familia Ström se encontraba no muy lejos del restaurante Gute. Knutas aparcó en la explanada. Unas gallinas se paseaban por allí picoteando el suelo.

La granja constaba de una vivienda, un cobertizo pequeño y la cabaña de invitados. A un lado crecían plantaciones de patatas, de fresas y de remolacha de azucarera. Al otro había una huerta con plantaciones en largas hileras que se extendían más allá de donde alcanzaba la vista. Por un momento se preguntó cómo podía Tobias Ström con todo aquello. Un perro lanudo de raza indefinida lo miraba tumbado en el porche, sin hacer amago de ir a saludar. Subió los peldaños, le dio al animal la obligada palmadita en el lomo y llamó a la puerta. Knutas no era precisamente un amante de los perros.

Tuvo que esperar un rato hasta que por fin abrieron la puerta. Evelina Ström era una mujer imponente y corpulenta, alta y ancha de hombros, con una abundante melena rubia que le llegaba por la cintura. Llevaba un sencillo vestido sin mangas. Iba sin maquillar y tenía los ojos hinchados por el llanto.

—Adelante —dijo en voz baja—. ¿Quiere un café o algo de beber? Yo pensaba tomarme una copa de vino.

—Agua, si puede ser —dijo Knutas, y se aflojó el cuello de la camisa. Había ido a la granja con su viejo Mercedes, que no tenía aire acondicionado. Seguro que fuera estaban a cerca de veinticinco grados, y con la americana no paraba de sudar.

Evelina le indicó que pasara a una cocina amplia y acogedora. Tenía un aspecto profesional y moderno, con casi todo el equipamiento en acero inoxidable, una enorme encimera de gas de color negro con un montón de mandos y el mayor extractor que había visto en la vida. Había utensilios de cocina colgados de clavos por todas partes. Paseó la mirada por las paredes. Allí había varios cuadros de Gustav Ström, reconocía los motivos a la perfección. Descubrió una fotografía de Evelina y Tobias juntos con Reza. Estaban delante de los *raukar* de Langhammars, en la isla de Fårö, rodeándose los hombros con los brazos y sonriendo alegres a la cámara. En una de las paredes dominaba un retrato enorme de Evelina y Tobias, abrazándose felices en una playa de arena.

Evelina se acercó a un tetrabrik que tenía en la encimera y se sirvió una buena copa de vino tinto. Luego sacó una jarra con agua helada y dos vasos, que puso encima de una mesa rústica y antigua, rodeada de sillas de distintos colores y modelos. En la mesa había un paquete de tabaco y un cenicero que, era obvio, habían utilizado sin parar a lo largo del día.

—Espero que no le importe que fume, pero es que no puedo evitarlo. También podemos sentarnos fuera.

—No me importa —dijo Knutas—. Así la acompaño.

Sacó la pipa del bolsillo. El dolor de aquella mujer era tan denso y tangible que se sentía en toda la cocina.

—¿Dónde está Reza? —preguntó.

—En casa de un amigo —respondió y encendió un cigarrillo—. Es un consuelo que por lo menos tenga amigos a los que acudir.

Dicho esto, se llevó la copa a los labios y tomó un buen trago. Knutas miró por la ventana. La vista de la belleza estival de los prados a la luz del sol resultaba idílica y contrastaba radicalmente con la cuestión que lo había llevado allí a hablar con ella. Centró la mirada en Evelina Ström. Aunque él había estado muchas veces en el Gute, no se habían visto nunca.

Salieron por la puerta del porche a la fronda del jardín con los vasos en la mano, y allí se sentaron a la sombra.

—Quisiera empezar dándole el pésame —dijo Knutas—. Es terrible lo que ha ocurrido, pero haremos cuanto esté en nuestra mano por encontrar al asesino y averiguar qué hay detrás de la muerte de Tobias. Siento tener que molestarla, pero es importante para la investigación.

Knutas puso en marcha la grabadora.

—Lo entiendo —dijo Evelina.

—¿Podría hablarme de la noche que desapareció Tobias? Sé que ya ha hablado de ello con la policía, pero ¿no habrá recordado algún detalle nuevo desde entonces?

—Voy recordando cosas nuevas continuamente, pero no sé si serán relevantes o no.

Dio una honda calada al cigarrillo.

—Cualquier cosa puede ser importante.

—Bueno, no hubo nada de particular el miércoles, pero he estado dando vueltas y más vueltas a estos días en general, y había algunas cosas de las que Tobias me había hablado últimamente y que le preocupaban.

—¿Por ejemplo?

—Habían empezado a venir bandas de moteros al restaurante. Tipos con traje de cuero y con pinta peligrosa. La mayoría pertenecían a un grupo que se hace llamar Los Patriotas, que tienen la base en Estocolmo pero tienen mucha relación con el club de los Road Warriors de Visby.

—Los conozco, sí —dijo Knutas—. Ya he tenido que vérmelas con ellos antes. ¿Y por qué estaba Tobias preocupado por esos tipos? O bueno, también hay chicas, claro —se corrigió enseguida.

—Pues no era exactamente que molestaran, solo que venían en grupos muy numerosos y armaban mucho jaleo. Y lo cierto es que pueden infundir mucho miedo cuando entran con el equipo de cuero, los cascos y esas botas enormes. Terminan dominando todo el local y muchos clientes se sienten incómodos en su presencia.

Evelina guardó silencio y alargó la mano en busca de la copa.

—Comprendo —dijo Knutas—. ¿Sabe si Tobias recibió amenazas de esos tipos o si se originó alguna pelea o alguna riña en el restaurante?

—Una vez Tobias echó a la calle a un motorista de Estocolmo. No quería que Reza le sirviera y Tobias se enfadó, pero esa fue la única vez, que yo sepa.

Tomó un par de tragos de vino seguidos y observó pensativa el contenido de la copa.

—Aunque algo lo tenía inquieto en los últimos días. Algo había…

Knutas la miró con atención.

—¿Qué?

—No lo sé, no llegó a decirlo… Yo pensaba que tal vez estuviera preocupado por nuestra situación económica. Al principio de la temporada se invierte un montón, y no es seguro que vaya a recuperarse. Yo se lo pregunté, pero me dijo que no era eso.

—¿Qué pudo ser entonces?

—No lo sé… A mí se me metió en la cabeza que era una cuestión de dinero.

Se le apagó la voz y se le desfiguró la cara. Las lágrimas empezaron a rodarle por las mejillas y echó mano de un trozo de papel de cocina que había en la mesa. Knutas alargó la mano en un intento de consolarla. Ella la agarró sin vacilar y la apretó con tal fuerza que le hizo daño.

—No sé de dónde voy a sacar las fuerzas —dijo en voz baja.

—Lo comprendo —aseguró Knutas.

—Lo vi en el depósito. Tuve que identificar el cadáver y despedirme de él. Tobias estaba allí tendido, y era él, sí, pero al mismo tiempo no lo era. —Se quedó con la mirada perdida en la lejanía—. Y, además, no pude verlo entero, habían ocultado parte de la cabeza con un trozo de tela que me dijeron que no podía tocar. Lo habían destrozado a golpes, ¿verdad? —De pronto volvió la cara hacia Knutas—. ¿Qué fue lo que le pasó en realidad? Nadie me cuenta nada.

Knutas se retorció un tanto incómodo.

—Pero usted sabe cómo murió, ¿no?

—Le golpearon la cabeza —dijo antes de romper a llorar de nuevo.

—Sí —respondió Knutas.

—¿Sabe si sufrió mucho antes de morir? —preguntó Evelina entre sollozos.

No intentaba ocultar el rostro, como hacían muchas personas, sino que miraba al frente mientras las lágrimas le corrían por las mejillas.

—No lo creo. Según el forense, recibió un primer golpe que lo dejó inconsciente en el acto. Con toda seguridad se desmayó, no creo que alcanzara a comprender lo que sucedía.

—Espero de verdad que así fuera.

Knutas se quedó en silencio unos instantes, dio una calada a la pipa y esperó hasta que la mujer se hubo calmado.

—¿Y cómo van las cosas con Reza?

—Bastante bien, aunque, por desgracia, siempre hay gente llena de prejuicios. Muchos desconfían de lo que les resulta desconocido.

—¿Cómo se ha manifestado esa desconfianza?

—Tuvimos que soportar algunos comentarios desagradables en la tienda, en el instituto… A Reza le rajaron los neumáticos de la bicicleta y alguien ensució la ropa que tenía tendida fuera.

—¿Lo denunciaron a la policía?

—No, y quizá no fue muy inteligente por nuestra parte —dijo con un suspiro—. Pero Tobias no quería que saliera en el periódico. Tampoco quería darle tanta importancia, porque creía que solo conseguiría ponérselo todo más difícil a Reza.

—Dice que eso fue al principio. Han transcurrido seis meses desde que él llegó, según tengo entendido. ¿Cuál es la situación ahora?

—Mucho mejor. Hace poco empezó a enseñar a sus compañeros de clase un tipo de arte marcial afgana, y a muchos, tanto alumnos como profesores, les gustó ese gesto. A través del deporte hizo un par de amigos y empezó a sentirse más aceptado. Ahora tiene sus sesiones de entrenamiento, tanto en el instituto como en el pueblo, aunque siempre hay algún huevo podrido, claro está, gente que no aprecia a Reza solo porque tiene un aspecto diferente. A mí eso me frustra, pero no sé qué hacer.

—Lo entiendo —dijo Knutas—. ¿Y cómo se llevaba Reza con Tobias?

—Estupendamente. Se llevaban de maravilla. Tobias había empezado a enseñarle a conducir.

A Evelina se le quebró la voz otra vez y de nuevo empezó a llorar con amargura. Knutas cortó un trozo de papel de cocina y se lo ofreció.

—Lo intento, de verdad que lo intento, pero es muy duro.

—La comprendo. Podemos hacer una pausa. Beba un poco de agua, pronto habremos terminado.

—No, continúe. Más vale terminar cuanto antes.

—De acuerdo. ¿Hay algo más que haya notado y que se apartara de lo normal? Alguien nuevo a quien hayan conocido, un nuevo empleado en el trabajo, alguna otra cosa que haya ocurrido y de la que le hablara su marido.

—Creo que no. Al menos, nada que yo recuerde. No sé si pudo tener que ver con el colegio, algo que ocurrió allí y que no me contó. Tobias era un profesor muy querido, pero, lógicamente, siempre hay alumnos problemáticos. Como en todas partes.

—Gracias —dijo Knutas dando una palmada—. Creo que ya está bien por hoy. Solo una cosa más. ¿Quiénes diría usted que eran los mejores amigos de Tobias, aquellos con los que se relacionaba y a los que quizá se confiaba de forma más abierta?

—Pues conocidos tenemos muchos, pero Tobias solo tenía un amigo íntimo de verdad.

—¿Quién?

—Se llama Adam Hedberg y vive en Slite. No sé exactamente a qué se dedica los meses de invierno, pero en verano trabaja de profesor de vela en los campamentos que suelen organizar allí. A Adam le encanta navegar.

A KNUTAS LE rugía el estómago. Hacía ya un buen rato que era hora de comer, pero no había podido parar ni un momento. Después de interrogar a Evelina Ström, se había pasado todo el tiempo al teléfono hablando con periodistas y colegas, y con algunas personas que tenían una información tan interesante que los de emergencias le pasaban la llamada al mismísimo jefe de la investigación. Sin embargo, la valoración de Knutas era algo distinta de la de sus colaboradores, pues hasta el momento solo se trataba de observaciones sueltas que podían referirse a cualquier cosa.

Sacó la pipa para aplacar el hambre. El sol brillaba a raudales al otro lado de la ventana y hacía un precioso día de pleno verano. La temporada había empezado en serio, y pronto empezarían sus vacaciones. Estaba deseando que llegaran sus hijos, por fin tendrían tiempo de estar juntos. Aunque si no resolvían el caso antes, sería difícil pasar tiempo con ellos. Por nada del mundo quería verse obligado a posponer la visita.

Después de cargar la pipa se levantó y abrió la ventana. No se molestó en ponerse a fumar junto a la ventana, como había empezado a hacer últimamente, sino que se sentó delante del escritorio. Esperaba la llamada de la forense. Miró el reloj, la una y cuarto. Debía de estar a punto de llamarlo. Mientras tanto, intentó localizar a Adam Hedberg una vez más, el mejor amigo de Tobias Ström. Él no recordaba haber oído su nombre, pero, por otro lado, su relación con Gunnar

Ström y su familia era más bien superficial. Aunque, de haber sido otras las circunstancias, le habría gustado cultivar la relación con Gunnar. La distancia física hacía lo suyo. Fide se encontraba a sesenta kilómetros de Visby, y no era un lugar por el que uno pasara a menos que tuviera algún asunto que resolver en uno de los rincones más al sur de Gotland.

Knutas había intentado llamar a Adam varias veces, pero siempre le respondía un contestador automático no personalizado. Buscó su nombre en Google, que lo llevó a la página de un club de vela de Slite. La foto mostraba a un hombre en buena forma física vestido con ropa deportiva, con una expresión abierta y agradable y la mirada despierta. Trabajaba los veranos como instructor de vela, pero nada se decía de a qué se dedicaba en invierno. Knutas encontró una dirección del centro de Slite y otro número de teléfono. Estaba a punto de marcarlo cuando recibió la llamada de Kristina Hammarström.

—Buenos días —le dijo la forense con tono formal y voz algo seca—. ¿Cómo te encuentras?

A pesar de que ya habían colaborado en varias ocasiones y se conocían bastante bien, la forense mantenía siempre un claro tono profesional en las conversaciones con él. Knutas la apreciaba por su pericia indiscutible, pero pensaba que ya podía relajarse un poco. En todo caso, no decía nada, cada cual tenía su forma de ser.

—Gracias, bien. Aquí, trabajando a tope. Qué bien que hayas llamado.

—El cadáver nos llegó en barco anoche y he efectuado un primer reconocimiento esta mañana, así que ahora mismo solo puedo proporcionarte un informe oral preliminar.

—Claro —dijo Knutas—. Y te agradeceré mucho cualquier dato que pueda arrojar algo de luz sobre lo ocurrido.

—¿Cómo va la investigación? —preguntó ella—. ¿Algún sospechoso?

—Ninguno por el momento —se lamentó Knutas con un suspiro—. Hay un montón de pistas que llevan a esto o a aquello, pero nada que destaque sobre el resto. ¿Qué puedes decirnos de las heridas de Tobias?

—Parece que recibió varios golpes en la nuca, diría que con un objeto romo. Las heridas que rodean los hematomas presentan bordes irregulares, y el cuero cabelludo está dañado alrededor. Tiene el cráneo resquebrajado, así que lo golpearon con verdadera violencia.

Knutas se estremeció al oír la descripción. La forense pronunció aquellas palabras con la misma voz monótona de siempre.

—¿Otras heridas? —le preguntó, y carraspeó un tanto incómodo.

Trataba de no pensar en que quien había sufrido aquellos horrores era Tobias Ström.

—Se diría que primero recibió un golpe de cara, la lesión se extiende desde la frente y la base de la nariz hasta la sien izquierda, lo que hace sospechar que tenía delante al agresor. El primer golpe lo abatió al suelo. Luego el agresor siguió golpeándolo en la nuca. Ninguna herida defensiva, lo que indica que lo pilló desprevenido. Presenta heridas abrasivas en la frente y en una mejilla, en el antebrazo y el codo, pero seguramente se produjeron cuando cayó al suelo.

—¿Crees que había intención de matar?

—Sí, sin duda. Estamos ante un caso de violencia extrema. El agresor siguió golpeando incluso después de que la víctima muriera.

—¿Y lo de que tuviera las manos atadas a la espalda? ¿Es posible deducir en qué orden sucedió todo? ¿Lo ataron antes o después de la muerte?

—Tenía mucha sangre cuando lo encontraron, a pesar de que buena parte debió de desaparecer con la lluvia. Y en la cinta adhesiva apenas había nada de sangre, así que diría que lo ataron después.

Knutas se estremeció.

—Pero ¿por qué? —preguntó atónito—. ¿Por qué haría nadie algo así?

—Bueno, una vez más, son especulaciones, pero no creo que tengan ninguna repercusión en la práctica, claro: podría tratarse de algún tipo de ritual, de algo simbólico.

—¿Hay algún indicio que apunte a un delito sexual?

—En absoluto. Está intacto por lo que a la indumentaria y demás se refiere.

—¿Simbólico, dices? —preguntó Knutas pensativo, y dio otra calada a la pipa—. ¿Y qué puede significar el que le ataran las manos y lo amordazaran después de muerto?

—Sí, es raro.

—¿Podría ser algo relacionado con los celos?

—Es posible. De todos modos, está claro que el agresor actuó con una violencia excesiva. Diría que había sentimientos de por medio.

Knutas se había colocado de nuevo junto a la ventana y observaba el aparcamiento abarrotado del supermercado Coop. Mira que quedarse en el centro, con el tiempo tan espléndido que hacía... Claro que también se debía a la Semana de Almedal. Recordó la cara de Evelina Ström. Había algo en ella que se le escapaba. Era alta y musculosa. ¿Tendría la fuerza necesaria para matar a golpes a su marido?

—El agresor, decías. ¿Partes de la base de que el asesino es un hombre?

—Bueno, segura no puedo estar, claro, pero se precisa mucha fuerza física para infligir esas lesiones, y después, para trasladar el cadáver como se hizo. Si no se trata de un hombre, tiene que ser una mujer muy fuerte. A menos que fueran varios, claro está.

El colegio de Högbyskolan se encontraba en el centro de Hemse. En un soleado día de julio como ese los edificios se veían abandonados, y el aparcamiento estaba desierto, al igual que el patio asfaltado. Ni rastro de niños hasta donde alcanzaba la vista, aparte de algunos muchachos ociosos que alborotaban junto a los balancines de los alumnos de primaria. Las voces broncas de los chicos; las chicas, sentadas en los columpios, fumando y agitando la melena. «Hay cosas que no cambian nunca», pensó Karin y, por un instante, vio su propia juventud con cierta melancolía. Ella jamás perteneció al grupo de la gente chula y guay, los que gozaban de la seguridad de pertenecer a la pandilla. Después de la violación que sufrió a los quince años, se volvió taciturna e introvertida. Le arruinó toda la adolescencia y jamás volvió a ser ella misma, de modo que no consiguió vivir la camaradería. Quizá por esa razón se había convertido en un lobo solitario. Era una estrategia de supervivencia, sencillamente. Nada más.

Una mujer los llamó y vino a interrumpir sus pensamientos. Karin y Wittberg se apresuraron a acudir. La directora del colegio de Högbyskolan se llamaba Amanda Rosvall y era una mujer alta de unos cuarenta años, con el pelo corto y moreno y los labios pintados de rojo, llevaba una falda de volantes y unas sandalias. Les dio la bienvenida y los invitó a pasar a su despacho. Se sentó desplegando la amplia falda en la silla.

—He puesto café, no sé si querrán, con este calor…

—Sí, gracias —dijeron a coro los dos policías mientras se sentaban en el sofá.

—Un momento —se disculpó la directora antes de marcharse. Los dos oyeron el taconeo de sus zapatos por el pasillo.

Enseguida volvió con una bandeja de café, galletas de almendras amargas y una jarra de agua helada.

—Un dulce un poco anticuado, quizá, pero las ha hecho mi madre, así que son caseras. La verdad es que ya no las venden en ningún sitio.

Karin y Wittberg intercambiaron una mirada. Un poco raro, quizá, centrarse tanto en las galletas cuando acababan de encontrar a un colega brutalmente asesinado, pensó Karin. Claro que la gente reaccionaba de formas muy distintas ante una muerte repentina, y había que estar preparado para casi cualquier cosa. En todo caso, se notaba que había estado llorando. Tenía la cara enrojecida y algo hinchada bajo el bronceado, y el abundante rímel ocultaba solo de forma parcial que tenía los ojos irritados.

—Como habrá supuesto, estamos investigando la vida de Tobias Ström para así encontrar la causa o el móvil del asesinato. El trabajo en el colegio formaba parte de su vida, ¿cómo describiría usted a Tobias?

—Bueno, nunca trabajó aquí a jornada completa, era sustituto y cubría las bajas cuando algún profesor enfermaba o se ausentaba por otras razones. Él era una persona capaz de entusiasmar a los alumnos… Conseguía que se implicaran en las tareas escolares.

—¿Y cómo lo conseguía? —preguntó Karin.

—Solía recurrir a procedimientos prácticos y evitaba el material escolar al uso, lo que, la verdad, a veces irritaba a los demás profesores. —Dejó escapar un suspiro—. Lo vamos a echar de menos, no solo por lo buen profesor que era, sino también como colega y amigo. Su muerte deja un gran vacío.

La directora echó mano de un pañuelo de papel que sacó del bolso y se enjugó las lágrimas.

—¿Ha notado algo raro últimamente? ¿O sabe de algo que preocupara a Tobias?

—No, en absoluto. He pensado una y otra vez en quién querría hacerle daño y la verdad es que no se me ocurre nadie. Era de esas personas a las que todo el mundo aprecia.

—¿Había alguien con quien hubiera tenido un desencuentro? ¿O quizá hizo algo que provocó algún problema o que alteró los ánimos? —preguntó Wittberg.

La policía no había querido hacer público el hecho de que Tobias Ström tuviera las manos atadas a la espalda y la boca amordazada, pero, desde luego, eran circunstancias notables que con toda seguridad tendrían algún significado.

Amanda Rosvall puso la mano sobre la de Wittberg y se la apretó un poco. Y ahí la dejó mientras le respondía:

—Tobias era un defensor convencido de que había que aumentar la integración en el colegio, aunque no era el único, claro. Nosotros trabajamos activamente contra el racismo, y casi me atrevería a afirmar que en ese terreno estamos muy por delante. No sé si eso puede guardar relación con lo ocurrido.

—¿Se han encontrado con algún problema relacionado con esa actitud? ¿Han recibido amenazas o algo parecido?

—Bueno, en cuanto haces algo relacionado con la recepción de refugiados o con el antirracismo, no te queda más remedio que aguantar que digan pestes de ti. Forma parte de lo cotidiano. Sobre todo son imbéciles anónimos que sueltan sus exabruptos en la red, pero no suelen hacer realidad sus amenazas. Tobias trabajaba en cuestiones de integración dentro y fuera del colegio. Organizó un café lingüístico en la biblioteca, ayudaba a buscar vivienda para los refugiados y ponía en marcha actividades donde los lugareños y los recién llegados podían coincidir y conocerse. En abril fueron de excursión al Centro Bergman, en la isla de Fårö, y más avanzado el verano iban a visitar la laguna Azul. Además, tenían a un chico con ellos, Reza. Yo no lo conozco, así que no sé mucho, salvo que al principio no fue fácil. Sin embargo, por lo que pude averiguar, no fue por Reza, sino por los vecinos. La desconfianza de siempre con respecto a todo lo desconocido. —Amanda meneó la cabeza y cerró los ojos—. La gente puede ser horrible. A veces, por las noches, siento verdadero miedo, porque yo vivo sola, claro —añadió y se inclinó hacia Wittberg, de modo que el escote dejó a la vista su pecho.

A él se le pusieron los ojos como platos. Karin puso cara de resignación. Se levantó.

—Bueno, pues muchas gracias, creo que ya tenemos la información que necesitábamos. Venga, Wittberg, nos vamos.

Visby era un hervidero de gente, una mezcla de turistas con políticos, periodistas, representantes de distintas organizaciones profesionales, grupos de presión y gente normal. Cada tarde a las siete en punto, el líder de uno de los partidos subía al escenario de Almedalen para dar un discurso.

Las terrazas de bares y restaurantes estaban llenas de gente. Y esa semana no solo hablaban, sino que también bebían de lo lindo. Los encuentros informales con barra libre eran habituales y él había logrado colarse en una. Le resultó bastante sencillo. La fiesta tenía lugar en las ruinas de San Clemente y él se limitó a seguir a lo que parecía un grupo de periodistas de la radio sueca. Nadie se había percatado de que él no pertenecía al grupo. El local estaba a rebosar de gente que charlaba y reía con la copa de vino y el canapé en la mano. Se abrió paso hasta las mesas donde servían vino rosado sin parar y, con una copa en la mano, se mezcló con la multitud. Se veía que muchos se conocían y conversaban formando grupos. Nadie pareció advertir su presencia, nadie sabía quién era ni por qué se encontraba allí. A muchos los reconocía, había periodistas célebres de la radio y la televisión, varios políticos de primera fila y personalidades de la cultura, escritores y actores. Él se limitó a deambular por allí como si se encontrara en su medio natural. Se acabó la copa y un camarero se la llenó enseguida. Un hombre de su edad, con chaqueta, camisa blanca y gafas le preguntó si pensaba ir a escuchar el discurso de Björklund, y él le respondió que sí y siguió su camino. No quería ponerse a conversar con nadie.

Continuó hacia el interior de las ruinas. Buscó con ojo atento entre americanas, vestidos de verano y sonrisas enlatadas. La buscaba a ella en particular, sabía que estaría allí, lo había leído en la información de prensa. Pensaba seguirla cuando dejara la fiesta y así averiguar dónde vivía. Su dirección no figuraba en ningún registro, no había podido localizarla en ninguna parte. Sabía que, junto a un actor famoso, iba a pronunciar un discurso informal en el discreto escenario que habían montado en el interior de las ruinas. Él se colocó de modo que pudiera tener vigilado el escenario y permaneció allí, a la espera. Ella aparecería tarde o temprano.

En efecto. No llevaba mucho rato cuando la persona a la que esperaba se presentó. Llegó abriéndose paso entre la multitud, acompañada del actor. Los dos subieron al escenario y empezaron a hablar. Él reconoció la voz. Era más alta de lo que parecía en la tele. Y más vieja. La observó con atención, escuchó lo que decía, vio cómo se movía. Y pensó en lo que le haría llegado el momento.

El club de motos se encontraba al final de un solitario camino de grava, a las afueras de Visby. Un edificio gris de hormigón con unos huecos no muy grandes por ventana, una cerca de alambre de espino y unos letreros escritos en rojo que advertían de que querían que los dejaran en paz: «Zona privada», «Cuidado con el perro», «Keep out», «Cámaras de vigilancia», «Acceso bajo responsabilidad propia». Un cartel enorme con el nombre del club cubría toda la fachada: Road Warriors MC Visby, con calaveras pintadas a los lados. A través de la valla se divisaban varias motocicletas de la marca Harley Davidson a lo largo de la pared. En cuanto aparcaron delante de la alta valla oyeron ladrar a unos perros y enseguida aparecieron dos *rottweiler* y un dóberman con las fauces chorreantes de saliva. Estuvieron ladrando salvajemente hasta que un hombre alto y flaco con la cabeza rapada y cubierto de *piercings* y de tatuajes apareció doblando la esquina.

—¡Buenas, Sonnyboy! —dijo Pia al tiempo que salía del coche.

Ella misma tenía un aspecto bastante roquero con el pelo muy oscuro, los ojos pintados de negro, las largas piernas embutidas en vaqueros negros y un top lila sin mangas. Le dio un abrazo a Sonny, que también la abrazó con cariño.

—Buenas, encanto, cuánto tiempo. Tan guapa como siempre.

Sonny era uno de los muchos conocidos de Pia Lilja, y hasta había tenido un rollo con ella años atrás. Pia procedía de una familia muy numerosa, tenía un montón de hermanos y su red de contactos era enorme. Sonny llevaba pantalones de cuero y camiseta de manga corta que dejaba a la vista sus brazos, totalmente cubiertos de tatuajes, al igual que la cara y el cuello. Tenía *piercings* en las cejas, el lóbulo de las orejas y la nariz. Apenas se lo distinguía debajo de tanto adorno.

—¿Cómo va la cosa? —preguntó Sonny, dejando así al descubierto el *piercing* vertical de plata que le atravesaba la lengua. Johan no pudo evitar quedarse mirando. Se habían visto antes, pero no recordaba la cantidad de tatuajes que tenía. Los de la cara eran nuevos, se los habría hecho después. Johan lo miraba sin duda con demasiado descaro, porque el propietario del club reaccionó y le dijo:

—Seguro que no has visto muchas caras totalmente tatuadas —dijo—. No es muy común en la vieja Suecia, pero el mundo es mucho más grande, como sabemos.

Johan se sintió algo avergonzado y se apresuró a quitarle hierro a la cosa.

—Está muy chulo, desde luego, no es nada común.

—Ya, pero me imagino que no habéis venido a admirar mis tatuajes, ¿no?

Y, sin esperar respuesta, entró en el local. Ellos lo siguieron por la escalera y llegaron al salón donde celebraban las fiestas, que tenía una barra y las paredes cubiertas de estanterías llenas de botellas de todo tipo de bebidas alcohólicas, sillas altas con las patas cromadas y el asiento tapizado de piel negra y varias mesas junto a las ventanas, que daban por un lado a un espeso bosque y por el otro a un sembrado. Sonny se situó detrás de la barra y sacó tres cervezas de un frigorífico.

—Tomaos una cerveza, hombre, que no es para tanto —dijo al tiempo que les daba las botellas.

Johan y Pia se sentaron delante de una mesa.

—Te acuerdas de Johan Berg, ¿verdad? —dijo Pia.

—Estuve aquí hace muchos años —intervino Johan—. Había una chica muy joven, Terese, y sus amigos, uno de ellos se llamaba Jocke, andaba mucho por aquí. Se pasaba aquí los días enteros.

—Pues claro —dijo Sonny, y se le ensombreció la mirada—. Claro que me acuerdo de Jocke, se convirtió en miembro de pleno derecho a los veintiún años. Bueno, y antes de cumplir los veinte ya se había agenciado la primera HD. Luego pasó aquella mierda, joder, mira que acabar sus días de aquel modo, con el cuello rajado en una puta letrina. Una injusticia, con lo buen chico que era. Sí, Jocke era un hermano de verdad. Salud por Jocke, y que la paz sea con su recuerdo.

Sonny alzó la botella hacia los dos periodistas, invitándolos a brindar. Johan tomó un sorbo de cerveza. «Que la paz sea con su recuerdo» no era una frase que uno esperase del jefe de un club de moteros superduros, precisamente, pero así era Sonny. Aunque habían pasado siete años desde la última vez que Johan estuvo en el club, recordaba cómo se expresaba. Por un lado, era una firme autoridad y un verdadero líder en el difícil mundo de los motoristas, por otro, también presentaba un lado más blando.

Johan le refirió lo que los empleados del Gute les habían contado del club y del enfrentamiento que había provocado el que uno de sus miembros se negara a que Reza lo atendiera.

A Sonny se le ensombreció la cara.

—Sí, es verdad que hay racismo en el mundo de los clubs, como en todas partes. Aunque, personalmente, yo hago todo lo que puedo por contrarrestarlo, pienso que hay que respetar a todo el mundo, con independencia de cuál sea su procedencia. The Patriots, o Los Patriotas, como algunos de ellos tan patrióticamente quieren llamarse, son más extremos, por así decir. Muy nacionalistas, en fin, como su nombre indica.

—¿Tú estabas cuando ocurrió?

—Sí, recuerdo aquel día. Fue de lo más absurdo.

—¿Qué pasó?

—Éramos un montón, íbamos a comer y habíamos pedido cerveza y comida a otro camarero. Pero luego vino ese otro chico a servirnos. Y lo hizo bien, pero Robban se mosqueó porque no entendía lo que el chico le decía.

—Reza solo lleva un año en Suecia.

—Ya, pero para la gente que no soporta a los extranjeros eso no tiene importancia —dijo Sonny—. Ellos solo piensan en sí mismos.

—¿Y qué fue lo que hizo el tal Robban?

—Se negó a aceptar el plato que le daba. O le servía la comida un sueco o no se la comería. Tobias trató de hacerle entrar en razón, pero no hubo forma. Al contrario, empezaron a discutir y al final Robban se quedó sin comer. Siguió allí bebiendo cerveza y a la hora de irnos casi no podía conducir de lo borracho que iba.

—¿Eso cuándo ocurrió?

—A principios del verano, en junio o por ahí.

—Dime, Robban, ¿qué más? —preguntó Pia.

—Ni idea. Es miembro de The Patriots, pero yo no lo había visto antes.

—¿Ellos por dónde andan?

—Por la zona sur de Estocolmo. En Bagarmossen, creo. Y por aquí no ha vuelto desde entonces. Al menos, que yo sepa.

Julio de 1998

Era el primer día de actividades en la naturaleza para chicos de entre catorce y dieciséis años. Iban a estar tres semanas en una granja de Othem y se pasarían los días aprendiendo un montón sobre animales y explotación forestal, de la mañana a la noche. Desde ordeñar vacas hasta llevar un tractor, pastorear ovejas, saber montar y cuidar caballos e ir a ver corderos. Su madre jamás habría podido permitirse mandarlo de campamento, pero, por suerte, ese era gratuito. La cuenta corría a cargo del ayuntamiento, para que los pobres muchachos como él tuvieran la oportunidad de hacer algo en verano. Sería estupendo estar al aire libre y con gente de su edad. Y, desde luego, pasar un tiempo lejos de casa, librarse durante unas semanas de estar en aquel apartamento tan pequeño con su madre alcohólica. Era casi demasiado bueno para ser verdad.

Una veintena de muchachos y de monitores se habían reunido en el jardín para celebrar un primer encuentro, con salchichas a la parrilla y un poco de información sobre el campamento. Se habían sentado en gruesos tocones dispuestos alrededor de la hoguera que habían montado para la ocasión. Le habían dicho que escuchara bien la introducción, pero cuando llegó la hora de las presentaciones, tenían que ir poniéndose de pie uno tras otro para decir su nombre y unas palabras sobre sí mismos.

Parecía haber llegado de los primeros, así que se sentía algo despistado y miró furtivamente a los participantes que, como él, ya estaban allí. Parecía que varios ya se conocían, hablaban entre sí y reían, mientras que otros estaban solos y callados. Había casi el mismo número de chicas que de chicos, y parecían tener más o menos su edad. La mayoría estudiaban secundaria y estaban de vacaciones. Él acababa de terminar la educación primaria. Ahora quería empezar a trabajar cuanto antes e irse de casa. Soñaba con el día en que pudiera marcharse para siempre. Trataba de no pensar en su madre ni en el desastre que era su casa. Detuvo la mirada en una chica que se había sentado sola, un tanto apartada de los demás. Se mordía las uñas y tenía el pelo largo y oscuro, y una perla en la nariz. De pronto, la chica levantó la vista y sus miradas se encontraron.

Un segundo después lo interrumpió la entrada de los monitores, que venían cargados de salchichas y pan, de refrescos y patatas fritas. El primero de la fila era Andreas, un tipo estupendo que tendría unos treinta años, y luego dos chicas de su edad con las que él ya había hablado antes. Todos parecían encantadores. Uno de los monitores más jóvenes le resultaba familiar, un chico alto y ancho de hombros con el pelo muy rubio. Llevaba pantalón corto y un polo azul marino, y parecía contento.

—Hola a todos, ¡aquí está la comida! —gritó.

Al chico rubio solo lo veía parcialmente detrás de la enorme caja que llevaba, hasta que la puso en el suelo y se dio media vuelta. Entonces lo vio. Era el chico que, el verano anterior, le había dado un billete nuevo de veinte coronas en el supermercado ICA. El corazón le dio un vuelco, por nerviosismo, pero también porque le daba vergüenza haber aceptado el dinero. Como si él fuera pobre. Y sí que lo era, claro, pero de todos modos hacía que se sintiera más inferior aún. Se preguntaba si el chico rubio lo reconocería. Seguro que no. Solo se habían visto un segundo hacía casi un año, así que decidió hacer como si nada.

Andreas empezó dándoles la bienvenida y luego se presentaron todos los que iban a trabajar allí aquel verano. Después llegó el turno de los participantes, donde cada uno debía presentarse. Cuando dijeron su nombre, se levantó tratando de mostrarse tan alegre y desenvuelto como los demás. Observó de nuevo con discreción a la chica morena, se llamaba Paulina y era de Tensta, según dijo con voz apagada.

Alguien encendió la barbacoa, uno de los monitores sacó una guitarra. Poco a poco fue cayendo el atardecer y se quedaron un buen rato sentados alrededor del fuego. Él no quería irse de allí jamás. No se atrevía a hablar con Paulina, estaba sentada demasiado lejos, pero los dos se miraban de vez en cuando. Por ahora, era suficiente. Era más que suficiente. Se sentía relajado y casi feliz. Después de comer, el rubio se acercó y se sentó a su lado. Le contó que lo llamaban Lillen, el pequeñín, a pesar de lo alto que era. Lo llamaban así desde que era niño, porque había sido bajito hasta que llegó al instituto.

—Yo creo que crecí veinte centímetros de golpe entre primero y segundo —dijo sonriendo de buena gana—. Ahora mido casi un metro noventa, pero les da igual, me siguen llamando así.

Estaba pensando si mencionar que ya se habían visto antes, pero no le dio tiempo. Lillen se le adelantó.

—¿Verdad que tú y yo nos hemos visto antes? —preguntó—. ¿Vives en Slite? ¡Me suena muchísimo tu cara!

—Sí, nos vimos una vez en el ICA, el verano pasado.

A Lillen se le iluminó la cara.

—¡Claro, eso es! Ahora caigo. Pues qué bien que hayamos coincidido también en el campamento. ¿Sabes montar o llevar un coche de caballos?

—No, solo he montado una vez cuando era pequeño, fue en un poni, delante del ICA, el Día del Niño.

—¡Ja, ja! Vaya, ¡eso y nada es lo mismo! —Lillen le dio amigablemente en el costado—. Pues entonces tenemos que salir alguna tarde. ¡Tienes que aprender a montar!

Notó una sensación muy agradable por dentro. Era un chico muy bueno, parecía importarle y le interesaba lo que tuviera que decir. Estaba tan poco acostumbrado que no sabía muy bien cómo manejar la situación. Lo único de lo que estaba seguro era de que se sentía muy bien. Se sentía fenomenal.

Por primera vez en la vida, le encantaba que fuera verano.

KARIN ACABABA DE decirle adiós a *Vincent*, su cacatúa, y de cerrar la puerta del apartamento de Mellangatan cuando le sonó el móvil. No reconoció el número, pero respondió de todos modos. La voz le resultaba familiar, aunque no lograba identificarla.

—Hola, ¿es la subcomisaria Karin Jacobsson?

—Sí, soy yo. ¿Quién pregunta?

—Soy yo, Joel Kjellman. El capitán del *Mother of Dragons*. Nos conocimos ayer.

—Ah, sí, hola —respondió ella algo insegura—. ¿Qué quería?

—Recordé algo que quizá les sea útil en la investigación, pero no querría contarlo por teléfono, es demasiado complicado. ¿Podríamos vernos para que pueda explicárselo cara a cara?

—¿De verdad es tan importante? —preguntó Karin con cierto escepticismo.

—Eso no lo puedo determinar yo, que no soy policía —respondió él medio riendo—. Sencillamente, tendrá que probar suerte y ver si nuestro encuentro vale la pena. Después de todo, supongo que parará para almorzar, ¿no?

¿Estaría flirteando con ella? Karin no estaba acostumbrada a que la cortejaran. Y, por si fuera poco, un testigo. Tal vez no fuera muy apropiado, aunque, por otra parte, Joel Kjellman era un elemento periférico en la investigación. Claro que tal vez tuviera información importante.

—De acuerdo —dijo al fin—. Nos vemos a la hora de almorzar.

—Estupendo. La recojo en la comisaría. ¿A qué hora?

—No, es mejor que nos veamos en el restaurante —respondió ella enseguida. No era necesario dar lugar a que los colegas le hicieran preguntas—. ¿En la plaza a la una?

—Perfecto.

Karin lo vio enseguida cuando llegó a la plaza de Stora Torget. Estaba sentado con una cerveza en un rincón de la terraza, buscándola con la mirada. Al verla, le hizo una seña.

Se levantó y le estrechó la mano.

Joel Kjellman llevaba un polo blanco y pantalón corto azul marino. En la cabeza tenía unas Ray Ban.

—Muy buenas —le dijo mientras la escrutaba brevemente con la mirada—. Perdone, pero es que tengo que decirle que está preciosa cuando sonríe, con ese hueco tan bonito que tiene entre los dientes.

«Madre mía —pensó Karin—. ¿Quién se ha creído que es?» Adoptó una expresión profesional.

—¿Qué era lo que quería contarme?

—¿No podemos pedir primero? —le rogó y abrió la carta que estaba encima de la mesa—. Tengo muchísima hambre.

Karin no tuvo tiempo de responder cuando, un segundo después, apareció una camarera y les preguntó qué querían beber. Pidieron el menú del día y cerveza sin alcohol.

—Muy bien, pues ya puede hablar —dijo Karin mirándolo a los ojos.

Eran claros y azules, con las pestañas oscuras y las cejas marcadas.

—Pues sí —comenzó, se inclinó hacia delante y miró rápidamente a ambos lados, como si temiera que alguien los estuviera escuchando—. He estado pensando en una cosa. He leído en el periódico que el tal Tobias Ström era hijo de Gunnar Ström.

—Sí... ¿Y?

—¿Y cómo lo ven ustedes? La policía, quiero decir.

—¿A qué se refiere? —preguntó Karin sorprendida.

—El hecho de que primero estuviera desaparecido unos días y que luego lo encontraran muerto, ¿no ha suscitado la cuestión de que se tratara de un secuestro?

—Bueno, es una teoría que barajamos en nuestras reuniones, por supuesto. ¿Por qué lo pregunta?

—Verá, mis padres y yo estuvimos hablando de lo que pasó durante la Gotland Runt con el barco y el asesinato y demás. Y, bueno, resulta que tenemos una casa en Hammars, y ellos suelen pasar allí los veranos. El caso es que mi padre me contó que Simon Adler, que es un viejo amigo de la familia, ha oído rumores de que el bueno de Gunnar Ström es ludópata y que se pasa la vida en el hipódromo de Visby. Se conoce que ha perdido grandes sumas apostando a los caballos.

Karin frunció el ceño, aquella era una información totalmente nueva. Y, a decir verdad, la policía había abandonado demasiado pronto la teoría del secuestro. ¿Se habría equivocado la forense en su estimación del tiempo que Tobias Ström llevaba muerto? ¿Estarían chantajeando a Gunnar Ström?

En ese momento les sirvieron el aromático guiso de pescado, que era el plato del día, y vio interrumpidos sus pensamientos.

—¿A usted qué le parece? —preguntó Joel después del primer bocado y de tomar un trago de cerveza—. ¿Cree que algún tiburón del mundo del juego secuestró a Tobias para chantajear a su padre?

—Bueno, eso es algo de lo que no puedo hablar —dijo Karin—. Debo reconocer que no estaba al corriente de lo del juego.

La comida estaba muy rica, pero a Karin le costaba concentrarse. La información que acababa de conocer la puso a cavilar y sintió el impulso de llamar a Knutas de inmediato, pero decidió esperar a después del almuerzo. Además, tenía que ser discreta y no mostrarse demasiado interesada, ningún extraño debía saber cómo iba la investigación. Se arrepintió enseguida de haber desvelado que ignoraba que Gunnar Ström tuviera problemas con el juego. Por otro lado, ¿quién sabía si era verdad lo que Joel Kjellman decía o lo que había oído? Bien podía no ser así.

—¿Cómo se llamaba el amigo de la familia? —le preguntó mientras comía.

—Simon Adler. Un señor de unos setenta años. Un borrachín elegante que vive de una fortuna heredada y que seguramente también pasa bastante tiempo en las carreras. No me sorprendería que él mismo hubiera tenido contacto con Gunnar Ström en el hipódromo y que fingiera que le había llegado el rumor para no manchar su fama.

—Puede ser.

Joel Kjellman sacó el móvil.

—Tengo su número, se lo mando. Pero, por lo que más quiera, no vaya a decirle que se lo he dado yo. Considéreme un informador anónimo.

—Muy bien —respondió Karin—. Pero al equipo de investigación tengo que decirle la verdad.

—Claro, me parece bien. Simplemente quiero evitar que se enturbie la relación entre mis padres y Simon, son amigos desde hace cuarenta años por lo menos.

Guardó silencio y se terminó lo que había en el plato. Luego apuró la cerveza y la miró.

—Además, he oído algo... Aunque puede que no tenga importancia.

Le había cambiado el tono de voz. Karin levantó la vista hacia él.

—¿Qué?

—Pues... La verdad es que no me gustaría ir por ahí difundiendo habladurías, pero dicen que el chico al que Tobias había acogido en casa tenía una relación con su mujer.

Karin lo miró sorprendida.

—¿Y dónde ha oído tal cosa?

—Pues... no sé... La gente habla. Cuando pasa algo así, siempre surgen un montón de rumores. Ya sabe, como lo de la mujer que se suponía que acogía a niños refugiados, pero que luego abusaba de ellos, y que indujo a uno a que matara a su anciano padre. Eso fue hará un par de años.

—Ya, bueno, es un caso en el que no quiero entrar —replicó Karin secamente e hizo un poco de ruido al dejar los cubiertos.

Empezaba a sentirse incómoda. La idea no era que se pusieran a comentar la investigación. Joel Kjellman pareció advertirlo y levantó las manos, como disculpándose.

—En fin, ustedes dirigen la investigación, yo no soy quién para inmiscuirme. Hablemos de otra cosa. ¿No puede...? —le dijo en un tono más suave—. ¿No puede hablarme de usted? ¿Vive sola? ¿Tiene hijos? ¿Qué hace cuando no ejerce de policía?

—¿Por qué empiezo a intuir que no quería verme solo para informar a la policía? —le dijo con una mirada elocuente.

—Perdón, es que no puedo evitar pensar que es una mujer interesante —respondió con una amplia sonrisa—. ¿Hago mal?

—No exactamente, aunque quizá no sea muy adecuado dadas las circunstancias. Estoy trabajando en un complejo caso de asesinato en el que usted está involucrado.

—¿Involucrado? —repitió Joel riendo—. Cualquiera diría que soy sospechoso.

Le sonrió con cariño.

—En estos momentos todo el mundo es sospechoso —dijo Karin, aunque se le escapó una sonrisita—. Nunca se sabe. En las aguas más tranquilas…

—En las aguas más tranquilas no creo que nos hubiéramos encontrado. Está hablando con una persona que ha circunnavegado el mundo cuatro veces, que ha estado cerca de estrellarse con un iceberg en la Antártida, que se ha ido a pique en plena tormenta en las costas de Brasil, que ha volcado a causa de una ballena en el mar de Barents…

—¡Madre mía! —exclamó Karin, impresionada a su pesar—. ¿Y cuántas veces ha participado en la Gotland Runt?

—Esta era la número veinte, pero no ha sido para celebrarlo precisamente. ¿Café?

—Sí, por favor.

Se quedaron sentados un rato charlando. En cuanto dejaron de hablar de la investigación, Karin notó que le gustaba su compañía. Era divertido e interesante, y de trato fácil. Cuando se despidieron, él le dio un abrazo y sus labios le rozaron fugazmente la mejilla. Karin sintió un pellizco.

—Adiós —le susurró él al oído—. Espero que volvamos a vernos pronto.

Karin no fue capaz de responder y apremió el paso en dirección a la comisaría.

Llamaron a la puerta del despacho de Knutas. Una vez más lo invadió un sentimiento de ternura al ver que era Karin. Su delicada figura en camiseta y vaqueros. Parecía acalorada y tenía las mejillas encendidas. A pesar de que iba camino de los cincuenta, tenía en cierto modo el aspecto de una chiquilla.

—¿Tienes un momento? —le preguntó.

—Claro —respondió él invitándola a pasar.

—He estado hablando con Joel Kjellman, el capitán del barco. Me ha contado un detalle interesante.

—¿Ah, sí?

Karin le contó lo de la dependencia que padecía Gunnar Ström y la teoría de que había sufrido amenazas a causa de las grandes deudas de juego que había contraído.

—Vaya —dijo Knutas enarcando las cejas—. No tenía ni idea. No sabía que Gunnar apostase a los caballos, no me había dado cuenta.

—No, pero tampoco es que os veáis mucho —dijo Karin—, así que no es nada raro.

—Puede ser… —respondió Knutas rascándose la barbilla pensativo—. Entonces, ¿tú qué crees, que alguien lo perseguía por deudas de juego y que enviaron a un matón para que secuestrara a su hijo y así poder sacarle el dinero?

—Eso es lo que cree Joel Kjellman, pero no es imposible que sucediera así.

—Ya, pero entonces, ¿por qué lo mataron enseguida? Según la forense, llevaba varios días muerto.

—Los forenses también se equivocan —objetó Karin—. Y ten en cuenta que varios días también puede significar dos, y lo encontraron cinco días después de que desapareciera. Y supongo que el mal tiempo unido al hecho de que estuvo bastante tiempo en la playa a merced de las aves ha dificultado la valoración. Además, solo contamos con un informe preliminar. Puede que Kristina Hammarström llegue a la conclusión de que lo asesinaron el sábado o el domingo.

—Sí, en eso tienes razón. Y claro que es posible que lo mataran por error, que sucediera en un impulso involuntario.

—Bueno, está claro que hubo sentimientos de por medio, como bien certificó la forense —dijo—. Y, además, Joel me dijo otra cosa…

Karin guardó silencio.

—¿Qué?

—Pues… que corrían rumores sobre Reza y Evelina, que había habido algo entre ellos… No sé, la verdad, no sé si creerlo.

A Knutas le cambió un poco la cara.

—Acabamos de saber que Tobias Ström tenía un seguro de vida de un millón de coronas cuya beneficiaria es Evelina Ström.

—Bueno, eso es un móvil, sin lugar a dudas —dijo Karin—. Aunque cabe preguntarse en qué se basan los rumores de una supuesta relación entre ella y Reza. ¿No será el típico chismorreo malintencionado?

—De eso no sabemos nada por el momento —respondió Knutas—. Aunque no me sorprendería que al chico le gustara Evelina.

—Ya que hablamos de sentimientos —dijo Karin mirándolo directamente a los ojos, como si se refiriese a un asunto distinto de la investigación—. Wittberg y yo estuvimos en Fide ayer. La chica del restaurante, Veronica Gahne, parecía sentir un gran afecto por Tobias Ström. A lo mejor estaban liados.

—Hay muchas líneas que seguir —constató Knutas, y empezó a revolver entre sus papeles al mismo tiempo que se le empañaban los ojos al pensar en lo que él mismo le había hecho a Karin no hacía tanto tiempo.

Se hizo el silencio en el despacho y, de pronto, cambió el ambiente. Se miraron en silencio.

—¿Tú cómo estás, mi niña? —le preguntó Knutas.

Solía llamarla así cuando estaban los dos a solas.

—Gracias, estoy bien —dijo sonrojándose.

Knutas se sintió inseguro, no sabía qué decir. Lo mejor sería volver al tema de la investigación. Era un terreno más seguro. Para recuperar el control, volvió a centrarse en los documentos.

—Tobias tenía también un buen amigo en Slite —continuó—. ¿Cómo se llamaba...? Adam Hedberg. He intentado contactar con él y le he dejado varios mensajes, pero no ha contestado.

—Adam Hedberg... —dijo Karin pensativa—. Espera, yo he oído antes ese nombre. —Frunció el ceño con cara de concentración—. Y lo he oído hace muy poco.

Los interrumpió Thomas Wittberg, que apareció en la puerta.

—Por fin he localizado a Adam Hedberg. Al parecer, estaba escondiéndose a propósito, no quería involucrarse.

—¿Y dónde se encuentra ahora? —preguntó Knutas.

—Camino de la comisaría, directo a la sala de interrogatorios —dijo Wittberg señalando con la cabeza.

—Pero ¿dónde lo has encontrado? —preguntó Karin.

—En Estocolmo. En las carreras de trotones de Solvalla, imagínate.

ADAM HEDBERG YA estaba sentado con la frente apoyada en las manos cuando Knutas entró en la sala de interrogatorios. Era un hombre alto que rondaba la treintena, escuálido, con los vaqueros rotos y una camiseta desgastada. Levantó la vista con la mirada cansada hacia Knutas cuando el comisario entró por la puerta. Tenía el pelo rubio alborotado y se le veía pálido y demacrado. Llevaba la barba descuidada, y Knutas notó enseguida que olía a tabaco y a haber estado bebiendo varios días seguidos.

Knutas abrió el interrogatorio con las frases habituales y se presentó.

—¿Sabe lo que le ha ocurrido a Tobias? —comenzó.

—Pues claro que lo sé —contestó Adam Hedberg irritado—. No creo que haya nadie que no lo sepa en el país.

—¿Y usted dónde ha estado? Varios agentes lo han estado buscando.

—Pues lejos, joder, era lo único que podía hacer.

—¿Qué quiere decir? —preguntó Knutas.

—¿Aquí se puede fumar? Tengo que fumarme un cigarrillo, estoy fatal.

Knutas vio que le temblaban las manos. Pensó que más valía acceder y le pidió a un vigilante que fuera en busca de un cenicero.

—¿Por qué creía que debía mantenerse apartado? —le preguntó al cabo de unos instantes.

—Vamos a ver, la cosa es así. Yo apuesto a los caballos, y hace medio año más o menos perdí un montón de dinero y contraje una deuda con un tío. Como no le podía pagar, empezó a amenazarme.

Knutas cruzó las piernas, se retrepó en la silla y escrutó a Adam con la mirada.

—Muy bien.

—Me asusté y le pregunté a Tobias si él podía prestarme el dinero.

El vigilante volvió con un cenicero, y Adam Hedberg sacó temblando un cigarrillo de un paquete arrugado y lo encendió. Cuando dio la primera calada, chupó tan fuerte que casi se quedó bizco.

—¿Y Tobias le ayudó?

—Sí, sí que me ayudó. Me prestó cincuenta mil coronas.

A Adam empezó a temblarle una pierna. Knutas sintió que se le aceleraba el pulso.

—¿Eso cuándo fue?

—Pues hará tres meses.

—¿A quién le debía el dinero?

—Eso no. Si lo digo, estoy perdido.

—¿Y eso era todo lo que debía?

—No, era el primer pago parcial.

—¿Cuándo tenía que hacer el segundo pago?

—Para el solsticio.

—¿Y no podía pagar?

—No, imposible. Volví a pedirle dinero a Tobias, pero qué va, tenía un montón de gastos con los preparativos para abrir el restaurante en verano.

—¿Quiénes son las personas a las que debe dinero?

—¿Es que no lo pillan? Si digo algo, ¡me matarán a mí también!

—¿Sabe Evelina que su marido le había prestado dinero?

—No, ella no sabe nada. Ni los padres de Tobias tampoco.

Adam Hedberg sucumbió al llanto y, revolviéndose el pelo, miró al comisario con desesperación.

—Ha sido culpa mía, ¿comprende? ¡Tobias está muerto por mi culpa!

Agosto de 1998

El edificio que pertenecía a la compañía de viviendas municipales Gotlandshem se encontraba en la calle Storgatan, en el centro de Slite. Al otro lado de la calle había una casa muy bonita de color rosa en cuya planta baja acababa de abrir un sencillo bar de comida tailandesa, y a su lado se hallaba la tienda de decoración de interiores Eternell, que vendía artículos nuevos y también usados. Más allá se veía el letrero rojo del supermercado ICA a un lado y el del Konsum al otro. Más céntrico, imposible. Cierto que no estaba lejos del piso de su madre, en la calle de Stationsgatan, pero no importaba. Era como empezar una nueva vida. La suya.

Se detuvo y contempló la fachada antes de entrar. Respiró hondo de pura satisfacción. En realidad, no era ninguna maravilla. Una casa de ladrillo visto color amarillo sucio de tres plantas, con las puertas estropeadas, sin portero automático ni cerradura. La escalera era oscura y sombría, los nombres de los vecinos estaban indicados con simples notas de papel, y por todas partes se veían bolsas de basura y cajas de cartón vacías. Su piso se encontraba en la segunda planta; tampoco había ascensor. En el rellano pasó unas ventanas que daban a la parte trasera, donde había un taller mecánico, y desde allí podía ver el tejado del viejo bloque de alquiler en el que vivía su madre. Tan cerca y, aun así, tan lejos de ella. Jamás tendría que aguantar su presencia en contra de su voluntad, jamás tendría que volver a oírla toser por las mañanas, el chorro del pis en el retrete, puesto que nunca cerraba bien la puerta, su eterno beber alcohol, sus voces y sus gritos. Todos los hombres que iban y venían, toda aquella histeria. Ahora sería dueño de sí mismo. Acababan de darle las llaves y el casero ya había puesto su nombre en la puerta. Se le antojaba irreal.

Abrió con la llave y contempló el vestíbulo. Un estante para sombreros con ganchos para colgar el abrigo. Encendió la lámpara esférica que habían dejado en el techo y entró. Un cuarto de veintiocho metros cuadrados con una cocinita en el rincón. La habitación era cuadrangular y las ventanas daban a la calle. Al fondo estaba la minúscula cocina, con su encimera, el frigorífico y un congelador. Recorrió el apartamento, lo inspeccionó todo, cerró los ojos unos instantes, los abrió de nuevo. Estaba limpio, vacío y totalmente silencioso. Se hundió en un rincón, se sentó en el suelo y pensó que aquel era ahora su hogar. Él decidiría quién entraba allí y quién no. Llevaba en la cola de la vivienda estatal desde que tenía quince años, y solo había tenido que esperar uno. Era increíble. Además, había encontrado un trabajo extra en Cementa, así que no tendría ningún problema para pagar el alquiler.

Tenía clarísimo que debía ser cuidadoso con la economía, no quería verse jamás abocado a los mismos problemas que sus padres, ni en lo relacionado con el alcohol ni en lo de hacer que cuadrara la economía doméstica. Quería vivir de un modo totalmente distinto, tanto como fuera posible. Por eso hacía todo lo contrario que ellos. Apenas bebía, se afeitaba a conciencia, vestía de forma impecable. Se había cortado los largos rizos, para disgusto de su madre. Orden y concierto era lo único que quería a su alrededor, sobre todo cuando en su interior reinaba el caos. Dado que había trabajado tanto los fines de semana a lo largo de los años mientras iba al instituto, había logrado ahorrar bastante. Ahora podría comprarse sus propios muebles. Quería que todo fuera nuevo, no se llevaría ni un solo trasto de su antiguo cuarto. Por fin podría dejar atrás aquella vida asquerosa, por fin se habían terminado las penurias. Nunca tendría que volver a vivir con su madre. Sintió que lo inundaba una sensación de alivio solo de pensarlo. Se acercó a la cocina, abrió los armarios y observó las baldas vacías. Se imaginó lo que guardaría en ellas, cómo colocaría las botellas y las latas, dónde pondría el café y el pan crujiente. Su café y su pan.

Se permitiría tener una tostadora. Qué lujo. Pasó los dedos por los gastados estantes. A lo mejor podía forrarlos de papel. Observó el fregadero, necesitaba un escurridor, un cepillo y alguna que otra cosa. Abrió las puertas del mueble inferior: no había cubo de basura, también tendría que comprar uno. Y un rollo de papel de cocina. Empezó a entusiasmarse. Miró el reloj. Las tiendas aún estaban abiertas. Metió los pies en las deportivas y salió.

Hacía calor y el sol brillaba en el cielo. Ya en la calle, oyó que alguien gritaba su nombre. Se volvió. Allí estaba Lillen. Bronceado, vestido de blanco de pies a cabeza y con una sonrisa en los labios.

—Hola, ¿qué tal estás?

—Bien —dijo, y por una vez, era verdad.

—¿Quieres venirte un rato a mi casa?

Le sorprendió la pregunta. Era verdad que se habían conocido en el campamento de Othem y que se llevaban bien, pero no se habían relacionado fuera de ese contexto. Se llevaban bastantes años y no se movían en los mismos círculos. Lillen era de los que siempre habían tenido una buena vida, se veía a la legua. Él ni siquiera sabía dónde vivía. En ese mismo momento aparecieron unos amigos suyos que salían del supermercado con unas bolsas en las manos. También llevaban bolsas de la tienda de bebidas alcohólicas, se oía el tintineo. Así que iban a organizar una fiesta. Al parecer, Lillen notó que dudaba, porque lo agarró del brazo y se puso a boxear como jugando y bromeando con él.

—Venga, anímate, mis padres duermen fuera esta noche. Vamos a dar una fiesta. Y habrá chicas también. Te lo vas a pasar genial, te lo aseguro.

La granja estaba en Rute, rodeada de un crecido arbusto de lilas enfrente de la célebre panadería de horno de piedra. Cuando Karin llegó, ya había caído la tarde y el establecimiento estaba cerrado. A aquellas horas no había apenas gente, tan solo unos jóvenes que jugaban al balón un poco más allá y una mujer que tiraba la basura en los distintos contenedores que estaban alineados en la calle.

Karin dejó el coche en el aparcamiento cubierto de césped y entró en la finca por la parte trasera. Allí había un gran cobertizo de color rojo con las puertas cerradas. Pasó de largo y cruzó el césped del jardín hasta que llegó a la entrada. Era una vieja granja de piedra caliza con varias casetas alrededor y con vistas a un prado en pendiente que ardía de calor al sol de la tarde.

Tiró de la campanilla de la puerta, que resonó con un tintineo acogedor. Enseguida le abrió un hombre mayor con una camisa, pajarita, una chaqueta de punto y pantalones de cuadros. Tenía el pelo blanco y rizado y una pipa en la mano. «Como recién salido de una revista inglesa sobre una finca en el campo», pensó Karin mientras le daba la mano para presentarse.

—Karin Jacobsson, de la policía de Visby.

—Encantado —respondió Simon Adler estrechándole la mano—. Aunque parece más bien entrenadora de fútbol.

—Es que también soy entrenadora, sí —dijo Karin sonriendo—. Del equipo femenino de Visby.

—Vaya, vaya, no está nada mal —dijo el hombre riéndose—. ¿Un té o un café?

—Un café estaría bien, si tiene —respondió Karin.

Aquel anciano le agradó enseguida. Tenía una casa bonita y en buen estado. La entrada tenía un techo alto en cuyo centro colgaba una araña de cristal, y debajo, sobre un pedestal, había una escultura. Al fondo se encontraba el salón, donde el techo llegaba hasta el caballete del tejado y las paredes estaban cubiertas de estantes con libros. En el centro había un sofá de cuero y varios sillones tapizados de piel de oveja delante de una chimenea enorme. Los suelos eran de anchos tablones de madera y por todas partes había pieles de cordero a modo de alfombra. En las paredes colgaban cuadros modernistas de vivos colores. Era una casa acogedora.

—Siéntese —le rogó Simon Adler antes de ir a la cocina.

Karin se acomodó en el mullido sofá y miró con atención a su alrededor. Había una escalera que subía al piso de arriba, donde pudo apreciar que continuaban las estanterías. Los cuadros parecían auténticos: reconoció un Peter Dahl y un Madeleine Pyk. Adornaban las ventanas varios bustos y esculturas, y pensó que algunas se parecían a las de Carl Milles y Carl Eldh. Tal vez solo fueran reproducciones. En todo caso, no tenía la sensación de estar en la casa de un borrachín y jugador irredento hasta las orejas de deudas. El encantador anciano no tardó en volver con una bandeja en la que llevaba dos tazas pequeñas de café, la cafetera, un plato con bollos de mermelada, una jarrita de nata y un azucarero con unas pinzas como no veía desde que era niña e iba de visita a casa de su abuela.

—Desde luego, lo que le ha pasado a la familia Ström es terrible. Incomprensible —dijo meneando la cabeza. Probó un sorbo de café y se llevó la pipa a la boca—. ¿Le importa que fume?

—En absoluto. Me encanta el olor al tabaco de pipa. ¿Conocía usted a Tobias?

—A él no tanto. Nos vimos varias veces en compañía de su padre, Gunnar. Él y yo sí que nos conocemos desde hace muchos años. Tenemos la misma edad, fuimos juntos al colegio de Visby. Es muy triste lo que ha ocurrido.

—Pero, entonces, ¿no se reunían con sus respectivas familias con frecuencia?

—No, yo nunca me casé, siempre he vivido la vida propia de un soltero; aposté por el trabajo y viví muchos años en el extranjero, así que Gunnar y yo nos perdimos la pista durante mucho tiempo. Aunque los últimos años nos hemos visto más a menudo.

—¿En las carreras? —preguntó Karin.

Simon Adler dio tal respingo que la taza tintineó en el platillo. Al parecer no se lo esperaba, y se quedó mirando a Karin muy sorprendido.

—¿Y usted cómo lo sabe?

—Nos ha llegado información de que Gunnar Ström apuesta a los caballos, igual que usted.

—Pues sí, sí que apuesta. Y no apuesta poco que digamos. Desde que dejó de ocuparse del bar, empezó a interesarse por el juego.

—¿Y por qué cree que le ocurrió algo así?

—Bueno, de pronto disponía de muchísimo tiempo, y quizá estuviera algo aburrido. En el campo no hay mucho que hacer.

—Bueno, pero él tiene el arte, ¿no?

—Sí, claro, pero ¿usted ha visto los cuadros? —dijo Simon con un gesto elocuente de la mano—. Solo pinta corderos, rocas y campos de amapolas, qué demonios. Así cualquiera se cansa. Claro que eso es lo que quiere la gente, vende esos cuadros como rosquillas. Y como suele suceder, el dinero manda. Sin embargo, se ve que la pintura no le proporcionaba el estímulo suficiente. Necesitaba algo más y entonces empezó a apostar a los caballos. Yo llevo jugando una eternidad, pero digamos que más bien con mesura. Supongo que Gunnar no sentía las mismas limitaciones. Tiene tendencia a dejarse absorber del todo por lo que hace, y quizá exagere un poco en su manera de implicarse. Incluso se obsesionó con la idea de comprarse un caballo y quiso que yo me embarcara en aquella empresa. Así que lo compramos, hace unos años, aunque no fue nada bien.

—¿Por qué no? —preguntó Karin—. ¿Qué pasó?

—Resultó que el caballo era una máquina de ganar y nos procuraba muchísimo dinero. Aun así, Gunnar quiso dejarlo al cabo de un tiempo y me convenció de que teníamos que vender al animal. *Big Boy* valía tanto que yo no podía quedármelo, de lo contrario, lo habría hecho. En fin, aquello fue una locura.

Simon meneó la cabeza y resopló irritado. Le dio otra calada a la pipa. Durante unos segundos, se perdió en una nube de humo.

—¿Y cómo es Gunnar Ström con el juego hoy por hoy?

—Pues me temo que demasiado activo para su bien. El problema de Gunnar es que no sabe cuándo parar. Si gana, sigue y apuesta más y, por desgracia, suele acabar perdiendo grandes cantidades de dinero.

—Y Tobias, ¿él también jugaba?

—No, no lo creo. No que yo sepa. Solo iba con su padre a las carreras a veces, pero no creo que él apostara. No parecía interesarle lo más mínimo.

—¿Sabe cuánto perdió Gunnar Ström?

Simon meneó despacio la cabeza.

—No me atrevo a imaginarlo siquiera.

Se hizo el silencio un instante y Karin tomó un sorbito de café. El único sonido que se oía era el tictac del péndulo dorado del reloj de pared.

—¿Sabe si lo estaban extorsionando?

Simon estaba a punto de dar otra calada, pero bajó la mano despacio y miró a Karin horrorizado.

—¿Quiere decir que es posible que las deudas de juego de Gunnar sean la causa de que mataran al pobre Tobias? ¿Algo así como una venganza?

—No es momento de abordar posibles teorías policiales, pero, dígame, ¿usted no tiene ningún problema de ese tipo?

—No, yo no. Puede que no sea comedido en otros ámbitos, pero para mí el juego es un pasatiempo que puede ser divertido. El dinero no es importante, por eso solo apuesto cantidades menores.

—¿Le dice algo el nombre de Adam Hedberg?

—Pues claro, su padre y yo también nos conocemos. Lo he visto bastante en las carreras de Visbytravet. Puede que demasiado.

—Así que el padre de Tobias y su amigo Adam juegan a los caballos, y además usted sugiere que ellos dos tienen deudas de juego, pero Tobias, no.

—Pues sí —dijo Simon algo inseguro, y dio una calada a la pipa—. Así es.

Karin se retrepó en la silla y lo miró muy seria.

—Y, a pesar de todo, a quien asesinaron fue a Tobias.

Se apartó de la nacional y tomó la carretera que bajaba al mar. No había ningún letrero que indicara adónde se dirigía.

Hacía unos días la estuvo siguiendo desde Visby hasta allí mismo, fue tras ella todo el tiempo, sin que se diera cuenta, solo para ver dónde vivía. Cuando la vio entrar en la cabaña, continuó hacia la playa para inspeccionar los alrededores. Luego se fue sin ser visto.

Y allí estaba ahora de nuevo. Se figuraba que ella aún seguía en Almedalen. Visby se encontraba a cincuenta kilómetros, y era probable que le diera tiempo a echar un vistazo al lugar tranquilamente.

Fue conduciendo despacio cruzando el bosque. Hacía un tiempo espléndido, así que corría el riesgo de cruzarse con gente, pero pensaba fingir que era uno de los veraneantes. Al final de la carretera, justo antes de llegar a la playa, se abría el bosque en un claro, y allí era fácil aparcar en la arena. Cuando él llegó ya había varios coches, pero no había peligro, seguro. ¿Por qué iban a fijarse en él?

Miró a su alrededor antes de volver a la carretera por la que había llegado: nadie a la vista. Los pájaros gorjeaban y el rumor de las olas se oía algo más allá. Los pinos se erguían rectos a su alrededor y en las copas se oía un rumor leve de las ramas al moverse. Notaba la tierra blanda bajo los pies, a ambos lados crecían arbustos de brezo de esplendoroso color lila. La casita se encontraba en medio del bosque, una sencilla cabaña de madera de color marrón con la puerta pintada de verde. Parecía una típica casa de campo de los años sesenta. Fuera, a unos metros, se encontraba la caseta del retrete y un bote descansaba boca abajo sobre unas tablas de madera. Parecía que llevaba mucho sin usarse. Unos muebles de jardín en una zona de césped, detrás de la cabaña, donde llegaba a dar el sol. No había más casas alrededor.

El coche de ella no estaba, y la puerta y las ventanas estaban cerradas. Una vez más, miró a su alrededor antes de atreverse a acercarse un poco más. Ahí no lo verían desde la carretera, y tampoco parecía que hubiera nadie por el bosque. Se dirigió sigilosamente a la puerta y tanteó el picaporte. Cerrado con llave. Miró por las ventanas y vio una cocina con una hornilla de leña y una mesa de alas abatibles con dos sillas. En la mesa había varios libros y periódicos. Por lo demás, nada. Se veía todo limpio y ordenado, era obvio que la dueña era muy pulcra. En el suelo había un cuenco con agua y otro con comida de gato, pero no se veía al animal. Por lo demás, había un dormitorio con una cama estrecha cubierta con una colcha de ganchillo y cortinas blancas de encaje, un cuarto de estar con un sofá de dos plazas, una mesa estrecha de roble y un televisor antiguo de los grandes. Una lámpara de pie y un reloj de pared. Estanterías con libros en las paredes, algunos tapices y un viejo almanaque. En un mueble había un transistor. Desde luego, parecía que se hubiera detenido el tiempo.

Se dirigió a la caseta del retrete y quitó la aldabilla. Miró dentro. De un gancho colgaba un libro titulado *El libro del retrete*. En un viejo mueble de orinal había una jarra de agua y una palangana, y encima colgaba un espejo. Se encontró con su mirada. Era extrañamente vacía, y la cara parecía rígida y extraña, como si estuviera fuera de sí mismo, como si no fuera él quien estaba allí preparando el siguiente paso.

Miró por la minúscula ventana. Allí, con el bosque alrededor, reinaba la paz. Entonces lo vio, un gato gris, peludo, que se movía por el césped a pasos largos y cautos. La mirada amarillenta lo contemplaba todo con atención. Debía de ser su gato, había visto los cuencos en la cocina. Abrió la puerta despacio para no asustarlo. Había ido allí para prepararse, para pensar en cómo hacerlo. Ahora ya lo sabía.

La jornada tocaba a su fin y Karin notó que necesitaba despejar la cabeza. Recogió la bolsa de deporte y ya estaba a punto de ir al gimnasio cuando se encontró con Anders en el pasillo.

—¿Te vas a casa? —le preguntó.

—No, pensaba ir a hacer una sesión de pesas —dijo.

—Ah.

Su colega parecía dudar, como si estuviera a punto de decir algo, pero no lo lograra. Karin esperaba. Qué torpe era. ¿Por qué no hacía nada? ¿Por qué no le mostraba que ella era importante? ¿Por qué no la abrazaba sin más y la besaba, si de verdad quería que las cosas se arreglaran, en lugar de quedarse allí dudando y con cara de tonto?

—¿Cómo está *Vincent*?

Era obvio que lo había preguntado solo para decir algo, como si alguna vez se hubiera preocupado por la cacatúa de Karin.

En ese momento, a ella le sonó el teléfono. Vio en la pantalla que se trataba de Joel Kjellman. Anders se quedó allí de pie, como si tuviera algo más que decir.

—Hola, aquí Karin —dijo ella al teléfono exagerando un poco el tono alegre.

—Soy Joel. ¿Cómo estás?

—Bien, gracias. Justo iba para el gimnasio.

Miró a Anders, que parecía estar examinando a fondo el tablón de anuncios del pasillo de la comisaría.

—Entonces… No te voy a molestar. Estaba pensando si querías quedar y tomar una copa de vino, quizá un poco más tarde, ¿no? Después del gimnasio.

—¿Una copa de vino? Claro, Joel, me parece fenomenal. ¿Te va bien a las ocho?

Karin colgó y miró a Anders.

—Dime, ¿querías algo más?

—¿Joel? —dijo Anders mirándola con expresión bobalicona—. ¿Vas a salir a tomarte un vino con Joel Kjellman?

—Sí, ¿por qué no? Es simpatiquísimo. Hasta luego.

Karin se dio media vuelta y se alejó antes de que Anders alcanzara a decir nada más.

Knutas conducía su viejo Mercedes en dirección a Fide. Joel Kjellman. Una copa de vino. ¿A qué estaba jugando Karin? Se ponía malo solo de imaginárselos juntos en algún bar de Visby.

Iba camino de la casa de Gunnar y Mona Ström. Había decidido ir por su cuenta a conciencia. Quería estar solo cuando se viera con Gunnar, preocupado como estaba por la información reciente acerca de sus deudas de juego.

Empezaba a anochecer, pero Gunnar le había dicho que no les importaba que fuera, que pensaba pasarse toda la tarde pintando en el taller. Era una buena terapia, estaba bien tener algo que hacer para que los pensamientos, al menos a ratos, se movieran en torno a algo que no fuera la cabeza aplastada de su hijo y sus manos atadas a la espalda, le dijo con la tristeza en la voz a Knutas cuando este lo llamó por teléfono.

Fide casi estaba en el punto más al sur de la isla. Puso un cedé de Simon & Garfunkel, uno de sus favoritos, y subió el volumen. Era una maravilla ir conduciendo bajo la luz vespertina. Tomó la carretera de la costa y pasó por los pueblos de Tofta, Klintehamn y Fröjel. Le encantaban las vistas de las islas de Kärlsöarna y le entraron ganas de girar por Djupvik y conducir por la costa de Eksta, aunque era un buen rodeo, sin duda. Miró el reloj. Las siete menos cuarto. ¿Qué más daba si aparecía un poco más tarde? Hacía mucho que no iba por aquella carretera, y era uno de los tramos costeros más hermosos de toda Gotland. Además, se sentía un tanto melancólico y necesitaba una tregua a solas junto al mar. El bonito restaurante que había junto al puerto pesquero de Djupvik estaba lleno de gente que disfrutaba de una suculenta cena a la luz del sol, que pronto verían hundirse en el mar. El pueblecito databa del siglo XIX y estaba muy bien conservado.

Las casetas de madera se alineaban en la playa en varias hileras junto a los muelles.

La vista de la pequeña isla de Lilla Karlsö era mágica. Casi se quedó sin respiración cuando llegó cerca del agua.

Giró a la izquierda y fue siguiendo la costa, con Lilla Karlsö siempre a su lado. La costa de Eksta era famosa por su belleza y por las puestas de sol. Tenía abundantes restos arqueológicos, como túmulos, barcos de piedra, rocas en pie y otros tipos de enterramientos de la época vikinga. Fue por el camino de grava entre retorcidos abetos, con el lindero del bosque salpicado de cabañas a un lado y el mar centelleante al otro. El camino avanzaba sinuosamente y a veces se acercaba tanto a la isla con el coche que podía divisar las ovejas que pacían en las colinas cubiertas de verde pasto. Más allá se distinguía Stora Karlsö, que desde allí parecía mucho más pequeña. Las olas rodaban hasta la orilla al sol de la tarde.

Knutas pensaba en Gunnar Ström y en su dependencia del juego. Se preguntaba cómo un hombre bien establecido como él había acabado en una situación así. Al parecer, estaba felizmente casado con la misma mujer de toda la vida que, además, era la madre de sus tres hijos, los tres estupendos. A lo largo de veinte años había llevado uno de los restaurantes más célebres de Gotland, único en su clase. Su obra era muy apreciada y vendía bastante. Vivía en una casa preciosa en uno de los entornos naturales más bellos de

Suecia. Era un hombre que lo tenía todo, en realidad. ¿Qué lo había impulsado a buscar refugio en el juego hasta el punto de convertirse en ludópata y perder todo el dinero, todo lo que había conseguido a lo largo de los años? Si era cierto, le resultaba incomprensible que no hubiera tenido la sensatez suficiente para cuidar y conservar lo que tenía.

En el mismo instante en que Knutas hizo aquella reflexión, sintió como si le hubieran dado un puñetazo en el estómago. Tan intensa fue la sensación que dio un volantazo y estuvo a punto de salirse de la carretera. En efecto, ¿qué había hecho él? ¿Hasta qué punto había cuidado lo que tenía? Tal vez fuera el responsable de su separación de Line, aunque ella tomara la iniciativa. Estaba demasiado centrado en sí mismo y en el trabajo, y no había logrado darle lo que ella necesitaba.

Después del divorcio, Karin y él empezaron a verse. Estaban bien juntos. Al cabo de un tiempo, ella quiso seguir adelante, empezó a insinuar su deseo de dar un paso más en la relación y empezar a vivir juntos. Quizá incluso prometerse y, al cabo de un tiempo, casarse. Él tampoco escuchó en esa ocasión, se limitó a pensar en sí mismo y en su comodidad. Karin lo quería, cuidó de él, le mostró amor y consideración. Él estaba enamorado de ella, cada vez la consideraba más importante en su vida. Por nada del mundo habría querido perderla. Aun así, se mostró dudoso. ¿Estaba preparado para compartir el día a día con alguien al cien por cien? Despertarse juntos, cenar y desayunar juntos, compartir las tareas domésticas, dormir cada noche en la misma cama… No estaba seguro. Tal vez tenía miedo de que las cosas fueran como con Line, a pesar de todo, y por eso optó por mirar para otro lado también en aquella ocasión. Si escondía la cabeza en la arena y fingía no haber captado cuáles eran los deseos de Karin, tal vez ella desistiera. Tal vez dejara de aspirar a tanto. Y así fue. Ella desistió de todo, incluso dejó de darle su amor. Ahora la sentía más lejos que nunca. Y en ese preciso momento, estaba tomándose una copa de vino con otro.

Knutas contempló el mar. Ahora estaba cerquísima, casi tanto que las olas salpicaban el coche. Las playas de cantos rodados se extendían blancas y el sol coloreaba la tierra de rojo. En las rocas que había en el agua se posaban las aves.

Lo invadió la melancolía. Ya no lo quería nadie. Pronto cumpliría sesenta y cuatro, no tardaría en ser superfluo también en el trabajo. ¿Y qué haría entonces? ¿Se quedaría en el campo solo y deprimido con el gato? A la hora de la verdad, ¿quiénes se preocupaban por él? Sus hijos, claro, pero ya eran prácticamente adultos y tenían su propia vida. La relación familiar que habían tenido había desaparecido para no volver.

En el pueblo de Kappelshamn sus padres empezaban a hacerse viejos y seniles, y ya no tenían fuerzas para seguir llevando la panadería. Su madre había mostrado claros signos de demencia y seguramente tendrían que llevarla pronto a una residencia, porque su padre no podría seguir cuidándola. Ni tampoco podría hacerse cargo de la finca, por otro lado. Era solo cuestión de tiempo que tuvieran que venderla. Su hermano, que vivía en Öland, siempre estaba más que ocupado con sus cosas y nunca tomaba la iniciativa para verse.

Y sí, tenía muchos amigos con los que quedaba a veces, aunque ninguno tan íntimo. Después de tantos años en la policía conocía a muchísima gente, pero ¿habría alguno al que él le importara de verdad? ¿Con qué frecuencia lo llamaban para interesarse por él? En cuanto formuló la idea en su cerebro, lo vio con toda claridad.

En el fondo, estaba completamente solo.

Johan Berg acababa de mandar una noticia sobre la Semana de Almedal a la redacción principal de Estocolmo. Al mismo tiempo que el asesinato de Tobias Ström, Pia y él tenían que cubrir la semana de los políticos, aunque la mayor parte se hacía a nivel estatal. Todos los años era la misma historia más o menos, en realidad. Declaraciones políticas, algún que otro escándalo o alguna actitud que causaba sensación. Ese año, en concreto, era el que se hubiera permitido participar a la organización de extrema derecha Movimiento de Resistencia Nórdico, lo cual había despertado violentas reacciones y había incitado a algunos a boicotear la Semana de Almedal.

Además, aún había que escribir sobre la Gotland Runt, por más que la competición hubiera terminado y los últimos barcos hubieran llegado ya a la meta. ¿Cómo podrían con todo? Lo más interesante de la regata era sin duda el hecho de que la tripulación de uno de los veleros competidores había sido quien encontró el cadáver de Tobias Ström. Y, sobre todo, tenían que informar acerca de la investigación de asesinato, que, en estos momentos, era su principal objetivo. Sin embargo, empezaban a escasear las ideas. Johan había llamado hacía un momento a Robert Jonsson, miembro de The Patriots y el hombre que se hallaba detrás del incidente ocurrido a principios de verano con el chico del restaurante. Robert Jonsson había ido al Gute solo aquella vez, y no volvió después. Así que parecía rebuscado que él tuviera alguna relación con el asesinato de Tobias Ström. Aquel tío era un imbécil, pero no era ningún asesino.

Johan suspiró y se retrepó en la silla. Mierda. No había nada interesante sobre lo que escribir un artículo, la policía no tenía nada nuevo que aportar y a él no se lo ocurría ningún tema lo bastante bueno. Pia y él ya habían publicado lo último en la web, habían salido a entrevistar a varias personas por el centro, a vecinos de Fide, empleados del bar y maestros del colegio Högbyskolan, donde trabajaba Tobias Ström. Con los familiares estaban siendo respetuosos por el momento, tan solo habían transcurrido dos días desde que encontraron el cadáver.

Miró el reloj. Ya era hora de irse a casa. Estaba deseando montar la barbacoa y pasar la tarde con Emma y los niños. Había preparado la carne en adobo y había puesto a enfriar el vino. Tenía muchísimas ganas de estar con ella. Últimamente no habían podido pasar mucho tiempo solos. Era fácil que lo cotidiano se impusiera cuando uno tenía casa, perro, hijos... Y él tendría que haber empezado las vacaciones la semana pasada, pero Max Grenfors le pidió que lo pospusiera cuando se produjo el asesinato. Quería contar con su mejor colaborador hasta que se hubiera aclarado todo.

Levantó la vista cuando Pia entró volando en la redacción con la impaciencia en la mirada.

—¡Por fin! He localizado a los que alquilan la casa de Hummelbosholm. Ahora mismo están allí, podemos ir a entrevistarlos.

—¿Ahora? —preguntó Johan, que ya tenía hambre y no veía el momento de llegar a casa.

—Sí, solo puede ser ahora, más tarde se marchan. Tenemos que aprovechar. Viven justo al lado del lugar del hallazgo, madre mía. Y la casa del cabo… algo hay con esa casa, lo presiento.

Unos instantes de duda. Se imaginó la cara de decepción de Emma.

—Vale, vamos —dijo, echó mano de la chaqueta y la siguió a paso ligero.

LLAMÓ A EMMA desde el coche para decirle que iba a retrasarse un poco. No pareció muy contenta y enseguida lo invadieron los remordimientos. Lanzó a Pia una mirada recelosa cuando colgó. ¿De verdad era tan importante ir a la casa ahora, precisamente?

Les llevó casi una hora entera ir desde Visby, y eran cerca de las ocho de la tarde cuando llegaron. Era Pia quien conducía el coche de la televisión, y Johan salió y abrió la última verja para que pudieran acceder al terreno uniforme del cabo poblado de aves.

La casa se alzaba allí solitaria, tan solo a unos cientos de metros de donde habían encontrado el cadáver de Tobias Ström. Era una edificación no muy grande construida en piedra caliza, con unas ventanas pequeñas y la valla de tela metálica. Apoyados en la fachada habían puesto unos troncos que hacían las veces de bancos. La parcela tenía una zona de césped; en una esquina se encontraba la caseta del retrete, en la otra un trastero para herramientas o algo por el estilo. También había unos muebles de jardín bajo el sol de la tarde, junto a una barbacoa. El Fiat de color rojo indicaba que había gente en la vivienda. Ya habían retirado el cordón policial y se habían llevado el velero. Nadie podía imaginar la tragedia que se había desarrollado allí hacía unos días. Incluso el tiempo se había calmado. La intensa lluvia y el temporal de viento huracanado habían dado paso a una calma casi total, y el sol aún ardía al ponerse en un cielo sin nubes. Aparcaron al lado del Fiat y se bajaron del vehículo.

—Qué lugar más idílico —declaró Pia con un suspiro—. Qué preciosidad.

—Desde luego —convino Johan—. Por no hablar de lo tranquilo y lo aislado que se está aquí, debe de ser la única casa en varios kilómetros a la redonda.

—¡Hola! Vosotros sois los de la tele, ¿no? —les dijo una chica que, subida a una escalera, recogía cerezas de un árbol de la parcela.

Llevaba unos pantalones cortos y una camisa blanca. Tenía el pelo oscuro recogido en un moño descuidado. Se había pintado los labios de color rojo intenso, lo que resultaba un tanto extraño en aquel lugar recóndito del bosque. Quizá se había preparado para la entrevista, pensó Johan.

—Sí, somos nosotros —respondió y se presentó a sí mismo y a Pia.

—Yo soy Jenna. Esperad un momento.

Alargó el brazo en busca de las últimas cerezas de la rama y bajó de la escalera. Les sonrió.

—Hola, adelante. ¿Queréis un café? —preguntó mientras les estrechaba la mano—. Patrik está en la casa.

Apenas le llegaba al pecho a Pia.

—A lo mejor queréis verla por dentro, ¿no?

—Sí, gracias.

Siguieron a la joven y, por la sencilla puerta de madera, entraron en un vestíbulo oscuro con el suelo de baldosas y unos ganchos de hierro forjado en la pared que hacían las veces de perchero. Al fondo estaba la cocina, cuya decoración les pareció inesperadamente lujosa, con un frigorífico de la marca Smeg y la encimera de mármol negro. Allí dentro se encontraba uno de los hombres más altos que habían visto en la vida. Patrik resultó ser un gigante que debía de pesar ciento veinte kilos, mediría cerca de dos metros de altura y era muy musculoso. Les sonrió calurosamente.

—Buenas, encantado de conoceros —saludó con una voz oscura y profunda al tiempo que les daba la mano—. A ti te he visto en la tele muchas veces —le dijo a Johan dándole un leve toque en el costado que casi lo derribó—. ¿Nos tomamos un café antes de empezar a grabar?

—Claro —respondió Johan, y lanzó a Pia una mirada jocosa—. Curiosa pareja —le susurró al oído mientras seguían a Patrik, que llevaba la bandeja del café, y a Jenna, que se había encargado de las galletas.

«Una hora muy rara para un café —pensó Johan—, pero qué más da.» Se sentaron en el jardín. Hacía un tiempo maravilloso, el sol aún caldeaba el rostro, el café tenía un sabor delicioso e intenso y el bizcocho de chocolate parecía casero.

—¿Cuánto tiempo lleváis en la casa? —preguntó Johan.

—Desde el sábado —respondió Patrik—. La tenemos alquilada hasta el sábado que viene, pero mañana vamos a Visby y nos quedaremos a pasar la noche.

—Ya. ¿Notasteis algo raro cuando llegasteis, o los días previos al hallazgo del cadáver?

Los dos negaron con la cabeza.

—Pues no, nada —dijo Jenna—. Estábamos muy a gusto, a pesar de que el tiempo no acompañaba. Nos quedamos dentro jugando a juegos de mesa y leyendo delante de la chimenea. También salimos a pasear, aunque no llegamos muy lejos, por poco se nos lleva el viento.

—A ti, puede, a mí, no —dijo Patrik con una carcajada.

—¿Y después? ¿Cuando se produjo el accidente del barco y encontraron el cadáver?

—Estábamos durmiendo, y no nos despertamos hasta que no vino la policía y llamó a la puerta —respondió Jenna—. Querían saber si habíamos visto u oído algo.

—Luego tuvimos que elegir entre no salir de casa en veinticuatro horas o irnos de aquí para no molestar a los técnicos, así que decidimos irnos —continuó Patrik—. Hicimos una excursión a Gotska Sandön.

—¿Y cuándo regresasteis? ¿Cómo pudisteis volver?

—La policía había reducido el cordón policial, de modo que podíamos entrar y salir de la casa sin problema —explicó Jenna—. Aunque a mí me parece horrible dormir aquí ahora, nunca se sabe. El asesino anda suelto y me da miedo que vuelva.

—¿Os imagináis? —dijo Patrik riendo de buena gana—. Tiene miedo, ¡y eso que me tiene justo al lado!

Levantó un brazo y tensó los músculos.

—De todos modos, ¿pensáis quedaros hasta el final, hasta el sábado? —preguntó Johan.

—Sí, hemos decidido que sí. Y, además, no creo que ningún asesino se atreva a aparecer por aquí, con tanta policía rondando la zona casi todo el tiempo.

Jenna hablaba como si quisiera convencerse a sí misma.

—¿A quién le habéis alquilado la casa? —preguntó Pia, que había empezado a preparar la cámara para filmar la entrevista.

No porque aquella pareja tuviera mucho que contar, pero, a pesar de todo, eran los que vivían más cerca del lugar donde habían encontrado el cadáver y podía valer la pena.

—Se llama Jon no sé qué —respondió Jenna mirando a Patrik dudosa—. Alquilamos la casa por internet y nos enviaron toda la información, así que no nos hemos visto en persona. La llave estaba colgada de un gancho detrás de la caseta del retrete.

—¿Os parece bien que os grabemos aquí dentro y en la parcela?

Los dos se miraron.

—Bueno, sí, por qué no —dijo Jenna—. Espera que vea qué pinta tengo.

Dicho esto, se fue al dormitorio.

—Mujeres —dijo Patrik encogiéndose de hombros.

Salieron y dieron una vuelta por la parcela. Johan los entrevistó a los dos con el cabo donde apareció el cadáver de fondo. Cuando terminaron, Pia tomó unas fotos del jardín. Ya en la caseta de la esquina, preguntó:

—¿Esto qué es?

—Una caseta que no se incluye en el alquiler, así que solo el propietario puede disponer de ella. Supongo que tiene ahí sus cosas —dijo Jenna.

A Pia se le ocurrió una idea.

—¿Sabes si la policía ha registrado la casa y las casetas?

—Bueno, estuvieron por aquí con los perros.

Pia miró pensativa hacia el lugar donde habían encontrado muerto a Tobias Ström.

—¿Qué estás pensando? —preguntó Johan.

—Pues que esta casa está muy cerca del lugar donde hallaron el cadáver. Es posible que el asesino estuviera dentro y que vosotros no os dierais cuenta, y también puede que usara la caseta. ¿Os importa que echemos un vistazo?

—¿Tú crees que deberíamos? —preguntó Jenna algo nerviosa.

Miró a su alrededor, como si creyera que el propietario pudiera aparecer en cualquier momento.

—Venga —dijo Patrik—. No tiene la menor importancia. Vamos a mirar.

Johan iba el primero y entró. Una cortina cubría la única ventana. A primera vista parecía lleno de trastos viejos, como cualquier trastero de una casa de campo. Empezó a revolver entre latas de pintura reseca y las distintas cajas que había en las estanterías. Los demás también entraron.

Encima de unos muebles de jardín había un gran retazo de tela que Johan apartó a un lado al principio. Luego miró bien y comprobó que no se trataba de una tela cualquiera. Era una bandera amarilla y verde, con una figura de un oso que estaba de perfil sobre las patas traseras y con la lengua fuera. Tenía un aspecto bélico, como si estuviera incitando a la batalla. Cuando desplegaron la bandera, una hoja de papel cayó al suelo.

—¿Qué bandera es esa? —preguntó Pia.

—Ni idea —dijo Johan. Se volvió hacia los inquilinos—. ¿Y vosotros?

Ellos negaron con la cabeza.

—No —respondió Patrik—. No la había visto en la vida.

Pia leyó el papel que había caído al suelo.

—Johan, mira esto.

KARIN ENTRENÓ A fondo y evitó pensar en sus problemas amorosos. En realidad, había aceptado la invitación de Joel solo porque Anders estaba delante y lo había oído todo.

Después de entrenar, fue a ducharse y se vistió. Antes de salir se arregló un poco el pelo con el secador, se pintó los labios y se puso rímel. Ya que iba a tomar algo con un hombre atractivo, bien podía tomarse la molestia. Era casi como una cita. Una cita… «No, no puedo considerarlo una cita. Simplemente, he conectado bien con un hombre que ha aportado algo de información en la investigación de un asesinato, eso es todo. Y voy a salir con él solo para fastidiar a Anders.»

Sin embargo, cuando salió a la calle y la cálida brisa estival le acarició la cara, no pudo evitar una sensación placentera: hacía tanto tiempo que no salía al centro a divertirse… De pronto sintió en el pecho cierta expectación. No podía por menos de sentirse halagada por el interés de Joel. Ella era varios años mayor, él era joven y guapo, un capitán de barco con un buen trabajo y una vida interesante y emocionante en la capital. ¿Qué quería de ella? Apartó aquellos pensamientos; en realidad, no importaba lo más mínimo. Lo pasaría bien. Y, de todos modos, no tenía ningún plan. Además, estaba muy bien que Anders supiera que tenía otro pretendiente.

Cruzó la ciudad con paso ligero y disfrutando simplemente de encontrarse entre tanta gente vestida con ropa veraniega. Era estupendo que hubiera tantas personas que quisieran ir allí, se sentía muy orgullosa de ser de Gotland, de que gente de toda Suecia y también del extranjero ahorrase para cumplir su sueño de viajar a la isla. Por unos instantes se olvidó de la investigación del asesinato y se dejó arrastrar por el ambiente alegre y festivo. Y ahora aún había más movimiento y *glamour*, con tantos famosos como había en los bares y restaurantes, y con todas las fiestas que se organizaban en las ruinas y en las tiendas de la Semana de Almedal. En toda la ciudad se respiraban la celebración y la fiesta. Karin se dio cuenta de que iba sonriendo sola y que saludaba contenta a los conocidos que se encontraba por el camino, con los que cruzaba unas palabras.

Habían quedado en verse en el Bolaget, un bar con terraza que pertenecía al restaurante que había en los antiguos locales del Systembolaget, en plena plaza de Stora Torget. Estaba a rebosar de gente. Gente de Gotland que había salido del trabajo, turistas normales y corrientes y los asistentes al Almedal. Joel estaba sentado ante una mesa junto al bar, con un cubo de hielo a su lado, una botella de champán y dos copas.

—Hola —la saludó con una amplia sonrisa—. Qué bien que hayas aceptado la invitación.

Se levantó y le dio un abrazo que la envolvió por completo. Primero pensó que era un poco descarado, pero había algo en su forma directa de comportarse que le resultaba atractivo.

—Bueno, es que esto está de camino a casa —respondió ella bromeando—. Puedo tomarme una copa rápida —continuó con una mirada provocadora a la botella de champán.

—Espero que no tengas prisa —dijo él.

Ella se sentó y Joel sirvió las copas. Karin contempló con deleite la plaza, las ruinas de Santa Catalina y el barullo de gente. Hacía mucho que no tomaba champán de verdad y, desde luego, había una gran diferencia de sabor en comparación con el cava que Anders solía comprar cuando querían festejar algo. Por suerte, no mencionaron una palabra del caso, sino que Joel le preguntó qué hacía fuera del trabajo. Mostró verdadero interés por su hija Hanna, aunque Karin omitió casi todos los detalles. No dijo nada de la adopción, ni de que Hanna no se había criado con ella. Solo le contó que vivía en Södermalm, en Estocolmo, que era arquitecta técnica y que viajaba mucho a África. Joel le dijo que ni tenía hijos ni había estado casado. Y no quería tener hijos, puntualizó, como si para ella fuera importante esa información.

Era estupendo poder hablar de algo que no fuera el trabajo. Karin no recordaba cuándo había sido la última vez que alguien le hizo tantas preguntas acerca de su vida, y le encantó poder hablar de sí misma. Era como si así adquiriera algo de perspectiva. Cuando se terminó el champán, él la miró.

—¿Qué te parece si cenamos? Algo tendrás que comer, ¿no?

Estaba muy hambrienta. «¿Por qué no?», se dijo.

—De hecho, he reservado mesa en el Munkkällaren, por si acaso… Si te apetece.

—Claro —respondió—. Por supuesto.

Joel llamó al camarero, que reaccionó enseguida, a pesar de que había mucha gente en la barra. Karin se percató de lo desenvuelto que era y lo fácil que todo parecía resultarle. Joel pagó la cuenta y los dos cruzaron la plaza y entraron en el Munkkällaren, un clásico, el restaurante más renombrado de Visby, que había conservado su popularidad a lo largo de los años.

El Munkkällaren estaba lleno, como de costumbre, y había mucho ambiente. Los camareros, vestidos de blanco y negro, se movían presurosos entre las mesas y servían solomillo de ternera con aromáticas patatas gratinadas con ajo. Les dieron una mesa al fondo, en una de las pintorescas bóvedas del siglo XII.

Joel se encargó de que Karin se sentara en el mejor sitio, delante de la pared, con vistas al local, e incluso le retiró la silla.

Eligieron el menú y él pidió vino para los dos. Karin protestó cuando quiso pedir una botella, pues no quería pasarse.

Joel le contó historias de sus aventuras navegando por todo el mundo, y ella se rio de lo lindo. Hacía mucho que no se lo pasaba tan bien.

—¿Tú has navegado en velero alguna vez? —le preguntó Joel.

—Pues no, la verdad. En Gotland no es tan habitual como en Estocolmo. Me crie en Tingstäde, junto al gran lago, y mi única experiencia en barco fue cuando era niña y salía a pescar con mi padre en el bote de remos.

—Ajá, ¿qué se pesca en esa zona?

—Sobre todo pescábamos perca y lucio, eso cuando picaban, claro. Por lo general nos dedicábamos a charlar y a mirar el flotador.

Sonrió, tomó un trago de vino y lo observó un instante. Le resultaba raro de un modo triste y, al mismo tiempo, agradable, que un hombre le hiciera tantas preguntas, que pareciera interesarle de verdad.

Cuando por fin se fueron del restaurante y salieron a la calle después de que Joel invitara y se negara de plano a permitir que ella pagara la mitad, él le pasó la mano por el brazo.

Era tarde, pero hacía una noche cálida. Fueron paseando en dirección al apartamento de Karin en Mellangatan.

—¿Una copita para dormir? —le propuso cuando llegaron al portal.

La observaba esperanzado.

Karin se rio.

—De ninguna manera. Mañana trabajo.

Él la miró intensamente a los ojos. A Karin le agradaba su cara. Unas finísimas arrugas asomaban a las comisuras de los ojos, que eran de un azul intenso, y tenía un poco de barba. Paseaba la mirada por el rostro de ella como si quisiera registrar cada detalle, y le acarició con suavidad la cara con la parte externa del dedo índice, bajando hasta la barbilla y subiendo luego por el otro lado. Karin se sintió un tanto incómoda, pues estaban en plena calle. Podía verlos algún vecino o cualquiera que pasara por allí. Quizá algún conocido. Miró alrededor.

—Muchas gracias por todo —le dijo—. He estado muy a gusto, de verdad. Ahora tengo que irme.

—Lo mismo digo, gracias —respondió él y la abrazó. Antes de que ella pudiera reaccionar, Karin notó en los suyos los labios de él. Eran suaves y sensibles. Se dejó llevar por el beso, se sintió acalorada y aturdida.

«No, no puede ser», pensó al tiempo que se apartaba.

—Tengo que irme —le dijo—. Buenas noches.

Él puso cara de sorpresa al principio.

—Buenas noches —dijo luego con una sonrisa—. Espero que volvamos a vernos.

Cuando llegó al apartamento y bajó las persianas, Karin vio que él seguía abajo, mirando hacia su ventana.

Cuando por fin dejó atrás el restaurante Gute y el lugar donde encontraron la sangre de Tobias Ström, Knutas sintió un escalofrío. Desde allí casi se veía la entrada a la granja de Tobias: no se encontraba muy lejos de su casa cuando se cruzó con su asesino. Y a tan solo cien metros de allí, en una edificación de piedra con una parcela enorme, como un parque, vivían sus padres. El taller de Gunnar estaba adosado a la casa. El letrero que anunciaba que allí vendían obras de arte y que antes estaba en el camino había desaparecido. Knutas aparcó delante y ni siquiera llamó, sino que fue directamente hacia la parte trasera, donde se encontraba la terraza con el suelo de piedra. A primera vista resultaba difícil creer que la familia acabara de vivir una tragedia. Le llegó el aroma de la barbacoa. Mona, la mujer de Gunnar, estaba asando costillas con el delantal puesto. Cuando Knutas dobló la esquina y apareció en el jardín, ella levantó la vista. Estaba pálida, a pesar del bronceado de rigor, y Knutas comprobó que llevaba días llorando. Tenía la cara hinchada y el cuerpo vencido, como si hubiera perdido toda la energía. Se dieron un abrazo.

—Trato de cocinar como de costumbre —dijo la mujer con un suspiro—. A pesar de todo. Si no, creo que me vendré abajo por completo. Necesito hacer algo básico, normal, algo que me recuerde que la vida sigue. Espero que no hayas comido ya.

—Pues no, la verdad, vengo directo del trabajo. ¿Dónde está Gunnar?

—En la cocina, preparando las patatas.

Knutas entró en la preciosa vivienda, en cuya amplia cocina encontró a Gunnar de espaldas, sacando las patatas de una bandeja de horno y poniéndolas en una fuente. Incluso a esa distancia se notaba que algo había cambiado. Tenía la espalda encorvada, los hombros vencidos, y parecía que hubiera encogido en los últimos días.

—Hola, Gunnar —dijo Knutas.

El hombre se volvió hacia él con una mirada insondable.

—No sé qué voy a hacer —dijo con voz monocorde—. No sé cómo seguir adelante.

—Lo comprendo —dijo Knutas, y le dio una palmadita en el hombro consolándolo.

—Perdona, es que de pronto me sobreviene el recuerdo. Luego se me pasa unos minutos, si logro pensar en otra cosa. Pero el tiempo me lo tomo así, minuto a minuto.

En toda la casa se sentía el peso del dolor, y la sola idea de empezar a hablar de las deudas de juego lo hacía sentirse fatal. Comprendió que no había sido muy buena idea ir a verlos, ya que era el jefe de la investigación. Se trataba de personas a las que él conocía, eran amigos, aunque no íntimos. Había sido un idiota, desde luego, había confundido los dos papeles.

Sirvieron la comida y se sentaron en el jardín. El labrador de los Ström se tumbó en el césped.

—Suerte que tenemos a *Samantha* —suspiró Mona—. Así al menos tenemos algo en lo que ocuparnos, porque para ese animal tan bueno la vida sigue sin más.

Durante la cena abordaron sobre todo temas generales, aunque el dolor por Tobias no dejó de reflejarse en ningún momento en los ojos de los Ström. Cuando llegó el momento del café, Knutas dijo:

—Sé que para vosotros es difícil, pero tenemos que hablar de la investigación. ¿Alguna novedad desde la última vez que hablamos? ¿Algo que hayáis recordado que pueda ser útil?

Los dos se miraron inexpresivos y negaron con la cabeza.

—No —respondió Mona—. No sabemos qué pensar. Hasta donde nosotros sabemos, Tobias no tenía enemigos, no había nadie que quisiera hacerle daño. Podría tratarse de algo que tuviera que ver con el bar. Siempre hay algún cliente que se pasa de la raya y al que se le niega otra copa, o que se molesta por algún motivo y quiere buscar pelea. Pero nada serio, hasta donde yo sé.

—¿Y qué me decís de las bandas de moteros? Al parecer han ido armando jaleo, ¿no?

—Bah —dijo Gunnar—. Los que vienen aquí son inofensivos. La gente se asusta solo porque llevan ropa de cuero y remaches. En realidad, son bastante razonables.

—Casi siempre —lo corrigió su mujer.

—Sí, casi siempre. Claro que también entre ellos hay huevos podridos, pero no son dignos de mención —dijo Gunnar.

—¿Y qué me dices del pasado? A veces puede encontrarse el móvil de un asesinato muchos años atrás en el tiempo.

A Mona se le ensombreció el semblante.

—Tobias tenía treinta y siete años cuando murió, ¿cuánto quieres retroceder en el tiempo? ¿Veinte años? ¿Cuando iba al colegio?

—No sería imposible —dijo Knutas—. Ya nos ha ocurrido antes y hemos tenido que remontarnos mucho tiempo atrás.

—Tuvo una mala racha después del instituto —dijo Gunnar pensativo—. Empezó a ir con gamberros y hasta cometió algún atraco.

—Pero llegaron a juzgarlo —dijo Mona muy seria—. Y, además, fue solo durante un tiempo. Luego cambió.

—La verdad es que perdimos el contacto con él durante varios años —insistió el padre.

—Bueno, eso no es nada raro —objetó Mona—. Era joven y quería vivir la vida, incluso se había independizado.

—Sí, sí —dijo Gunnar cediendo al fin, y guardó silencio.

Parecía a punto de echarse a llorar en cualquier momento.

Knutas optó por cambiar de tema.

—¿Cómo era la relación entre Tobias y su mujer, Evelina?

Los dos intercambiaron una mirada.

—Buena —aseguró Mona—. Les iba bien. Estuvieron un tiempo intentando tener hijos, pero parece que no funcionó. Era el único motivo de preocupación.

Se enjugó una lágrima.

—Hay quienes aseguran que Evelina es una mujer celosa —continuó Knutas.

—No que nosotros hayamos notado. En absoluto. Ni tampoco oímos ninguna queja de Tobias en ese sentido. ¿Verdad? —dijo Mona mirando a su marido.

Gunnar Ström no dijo nada. Se limitó a menear la cabeza.

—Tobias tenía un seguro de vida por valor de un millón de coronas, cuya beneficiaria, en caso de fallecimiento, es Evelina —continuó Knutas—. ¿Estabais al corriente?

—Sí —respondió Gunnar—. Fuimos nosotros quienes se lo aconsejamos. Para que pudieran seguir viviendo en esa casa si algo sucedía. Evelina tiene un seguro igual.

Knutas no quería mencionar los rumores sobre Evelina y Reza, le parecía una mezquindad. Ya volvería sobre ello más adelante, si esa pista cobraba vigencia en la investigación.

—Y ese amigo, Adam Hedberg, ¿cómo era la relación entre él y Tobias?

—Buena —contestó Mona sorprendida—. ¿Por qué lo preguntas? ¿Es que es sospechoso?

—Es mi deber preguntar por todo lo relacionado con vuestro hijo y por todas las personas de su entorno. Hay varias líneas en esta investigación, y mientras no atrapemos al asesino, hemos de mantenerlas todas abiertas. ¿Sabíais que Adam apuesta a los caballos y que tiene grandes deudas de juego?

—Que apuesta a los caballos sí lo sabía —dijo Gunnar—, pero ignoraba que tuviera deudas de juego. De eso no tengo ni idea.

—Yo tampoco —aseguró su mujer.

—¿No sabéis si Tobias tenía algún problema o preocupación relacionados con ese asunto? ¿Os pidió dinero alguna vez?

—No, en absoluto, se las arreglaba bien económicamente. ¿Por qué iba a pedirnos dinero?

Sonó el teléfono y Mona guardó silencio. Se levantó con el aparato en la mano y miró a ver quién llamaba.

—Es mi hermana, tengo que responder —se disculpó antes de marcharse.

Knutas aprovechó la ocasión y le preguntó a Gunnar:

—Verás, tengo que hablar contigo de un asunto —comenzó cauteloso—. ¿Es verdad que tú también apuestas a los caballos?

—Bueno, sí, alguna vez.

—¿Y no tendrás deudas de juego tú también?

Gunnar Ström alzó los brazos con un gesto airado y miró a Knutas con estupefacción.

—¿Qué estás diciendo? —replicó airado—. ¿Quién ha dicho tal cosa?

Knutas se sobresaltó al ver cómo reaccionaba y se retorció abrumado en el asiento.

—Bueno, lo siento, son cosas que la gente ha dicho en los interrogatorios... No sabemos mucho más. Tenía que preguntarte.

—¿La gente? —repitió Gunnar como un rayo—. ¿Y qué gente es esa, si puede saberse? Un montón de especulaciones, seguro, solo para que yo quede mal. ¡Como si no tuviera ya bastante, qué demonios! ¡A mi hijo lo han asesinado!

—Cálmate —le recomendó Knutas.

—¿Quién ha dicho algo así? ¿Ha sido el canalla de Simon Adler? No me sorprendería, desde luego.

Knutas se quedó cortado y notó que se ruborizaba. Karin le había referido lo que averiguó durante su visita a Simon Adler, y le había parecido que el hombre era de fiar.

—Lo siento, pero no puedo revelar la fuente.

—¿Tú crees que me acabo de caer de un guindo? —resopló—. ¿No crees que me he dado cuenta de que ha sido él? Es Simon, él ha ido soltando mentiras por ahí. Esto ya pasa de castaño oscuro.

Gunnar Ström se levantó raudo de la silla.

—¡Hasta ahí podíamos llegar! ¡No pienso aguantar más tonterías de ese imbécil!

—Siéntate —le rogó Knutas—. Siéntate, por favor, para que podamos hablar con calma del asunto. Tendrás que aclarármelo todo y explicarme a qué te refieres.

—Primero me voy a poner un whisky —dijo Gunnar Ström, y entró en la casa con paso firme.

Knutas se secó el sudor de la frente. No se esperaba una reacción tan violenta. Tal vez lo que Simon Adler declaró sobre las deudas de juego de Gunnar no se ajustaba a la realidad. Pero ¿por qué iba a mentir sobre algo así?

Gunnar volvió enseguida con un buen vaso de whisky y ya parecía haberse calmado un poco. Se sentó enfrente de Knutas, tomó un buen trago, hizo una mueca y luego se inclinó hacia delante y clavó la mirada en los ojos del comisario.

—Para empezar, quisiera preguntarte, si yo tuviera grandes deudas de juego, ¿de verdad crees que te lo habría ocultado la primera vez que hablamos? Han asesinado a Tobias. Si yo supiera algo, lo habría dicho sin dudarlo.

—Ya, claro, tienes razón —convino Knutas resignado y avergonzado—. Por supuesto que lo habrías dicho.

—Y ahora te voy a contar la verdad. Simon Adler es un borrachín de toda la vida, un perturbado, un mentiroso declarado y un estafador. Miente tanto y con tanto empeño que al final se cree sus propias mentiras. Él y yo nos conocemos de toda la vida, así que me sé de memoria cómo es. Antes éramos amigos, pero de eso hace ya mucho, te lo aseguro. Hemos jugado a las carreras, sí. Hace un par de años incluso compramos un caballo a medias, *Big Boy*, y con él ganamos mucho dinero, mucho más de lo que nunca habríamos imaginado. Sin embargo, en esa época yo viajaba mucho al extranjero. Poco a poco salió a la luz que Simon me había ocultado buena parte de las ganancias, que se guardaba para él solito. Cuando lo descubrí, no quise seguir con él. Así que vendimos el caballo, que, a partir de entonces, ha conseguido una fortuna en premios, incluso ganó el torneo Elitloppet de Solvalla. Simon no me ha perdonado nunca que lo obligara a deshacerse de *Big Boy*, a pesar de que fue culpa suya.

—De acuerdo, lo comprendo —dijo Knutas con un suspiro cuando Gunnar Ström terminó su discurso—. Como comprenderás, vamos a comprobar toda la información que recibamos.

—De todo lo que te cuento puede comprobarse hasta el último detalle, no te quepa duda. Mi abogado lo tiene todo bien documentado. Él puede verificar cuanto he dicho. Además, la mayoría de las personas sensatas saben que Simon Adler es encantador y divertido, sí, pero también un alcohólico y un estafador redomado.

Knutas se quedó en silencio algo desanimado y avergonzado a un tiempo. Se sentía un necio.

Gunnar Ström estaba enojado y algo confuso. Luego se le ensombreció el semblante.

—¿Crees que Adam le debía un montón de dinero a alguien y que Tobias lo ayudó? ¿Y que el asesinato tiene algo que ver con eso? Que, de alguna forma, Tobias se hizo responsable de las deudas de Adam, ¿es eso? ¿Podría ser esa la razón de que lo mataran?

Knutas se encogió de hombros, no sabía qué responder.

—Es una de las varias posibilidades que estamos investigando. La verdad es que en estos momentos no lo sabemos. Ese es el problema.

Cuando Johan y Pia volvieron a la redacción después de la visita a Hummelbosholm, Johan se apresuró a sacar el folio que habían encontrado en la caseta junto con la bandera. Pia se sentó en la oficina contigua para editar las fotografías.

Al cabo de un rato, Johan se levantó y fue a verla. Dio unos toquecitos en el marco de la puerta.

—Oye, no puedo dejar de pensar en esta lista. Escucha otra vez. —Leyó en voz alta—. El cuatro de octubre de 1999. Siete miembros presentes: Borgun, Njord, Fridemon, Estulv, Valfrid, Andor y Arnulf.

—En fin, a mí me parecen sacados de *El señor de los anillos* —confesó Pia.

—¿A lo mejor andan metidos en juegos de rol? —sugirió Johan.

—Bueno, andaban metidos —lo corrigió Pia—. Hace veinte años. La lista es del noventa y nueve.

—A lo mejor eran de los que celebraban en Gotland la semana medieval como la principal fiesta del año —dijo Johan encogiéndose de hombros.

—Bueno, de todos modos, es interesante —respondió Pia—. Aunque sea una lista antigua. En fin, tengo que terminar de editar las fotos, Grenfors está esperándolas.

Johan volvió a su despacho y se puso a investigar la bandera. No tardó en encontrar una organización que utilizaba el motivo de la figura que se asemejaba a un oso.

Cuando comprendió quiénes eran, se le aceleró el pulso.

—Pia, ¿tienes un momento? —le dijo a gritos a su compañera.

—Sí, acabo de enviar las fotos a Estocolmo, pero luego tengo que seguir. Te doy cinco minutos.

—Mira esto —dijo Johan señalando la pantalla del ordenador—. ¿Ves en qué contextos aparece la bandera de ese grupo?

Pia se acercó para ver mejor. Fotografías de la bandera con el motivo del oso aparecían mezcladas con otras de hombres que hacían el saludo nazi, distintas versiones de la cruz gamada y una fotografía de un encuentro multitudinario con simpatizantes nazis en Helsingborg, en los años treinta.

—Mira esto —dijo Johan señalando una caricatura de hombres de color con textos racistas.

—Por Dios, es exactamente lo mismo que oímos hoy —dijo Pia.

—«No deshonres a tu familia ni a tu linaje.» Típico de la cultura del honor —dijo Johan—. Se llaman Frente Patriótico.

Pia se sentó en la silla que había al lado y se puso una bolsita de *snus* debajo del labio mientras miraba a su colega con atención.

—El movimiento tiene su origen a principios de la década de los treinta —continuó Johan—. En esa época se llamaban Frente Unido, los miembros vestían uniformes negros e iban equipados con porras. Con el tiempo, los integrantes migraron a otras organizaciones y el movimiento entró en una fase de letargo para luego resucitar en los años noventa, seguramente en relación con la gran acogida de refugiados que se produjo después de la guerra de la antigua Yugoslavia.

—Ya, en momentos así esos chiflados suelen ir viento en popa —constató Pia disgustada—. Cuando la gente necesita ayuda urgente y los suecos debemos ser generosos. Hay gente a la que le llevan la comida a casa, aunque viven en el centro rodeados de un montón de comercios, tienen asistenta y van a Tailandia de vacaciones, pero no creen que podamos permitirnos acoger a gente que huye de la guerra, ¿tú lo entiendes? No digo que todos los suecos lo tengan tan fácil, pero muchos, sí. Y por lo general son ellos los que más alto se quejan de que no tenemos recursos para recibir a gente de fuera.

—Pues claro, así es —respondió Johan—. El Frente Patriótico se fundó en Gotland por esa misma época. Tenían una política basada en la ideología racial, pero también incluían cuestiones como disminuir el uso de drogas y prohibir el tráfico intramuros.

—Vaya, me resulta familiar —dijo Pia.

—Yo no tengo ningún control de cómo anda la extrema derecha en Gotland —dijo Johan—. Desde luego, es un tema sobre el que deberíamos hacer un reportaje en todo caso. Aunque no tengan nada que ver con el asesinato de Tobias Ström.

—¿Tú qué crees? —preguntó Pia—. ¿No tienen nada que ver? Él trabajaba de forma activa contra el racismo y abrió su hogar a un joven que venía solo de Afganistán. Y parece evidente que la organización tenía una de sus guaridas por la zona. Claro que da que pensar.

EVA LINDE SE fue relajando a medida que iba poniendo kilómetros entre ella y la prisa y el bullicio de Visby. Pisaba el acelerador del Morris Minor tanto como se atrevía, pues llevaba más vino rosado del aceptable si la paraba un control policial. Le dolían los pies con aquellos zapatos tan altos y el vestido se le pegaba al cuerpo. En realidad, no le gustaba nada ir vestida así, pero la habían invitado a la fiesta que la gobernadora civil daba en su jardín, y claro, no había más remedio que arreglarse un poco. Al mismo tiempo, había sido un día divertido y provechoso. Había participado en varios seminarios, tanto sola como en compañía de otros creadores de opinión. La habían entrevistado en el plató de la emisora nacional de Sveriges Radio P1, y también los diarios *Expressen* y *Dagens Nyheter*, y además había participado en directo con TV4 por su último libro sobre el nazismo en Suecia. Estaba más que satisfecha con la atención recibida. Además, había conocido a un montón de colegas encantadores y a personas interesantes. La única nube que había ensombrecido el día era que el Movimiento de Resistencia Nórdico había colaborado abiertamente con todos los demás, y eso la fastidiaba. La fastidiaba muchísimo. Había quienes afirmaban que la libertad de expresión era más importante, y que era mejor afrontar a los racistas conversando que tratando de acallarlos. Más valía dejar que participaran. Solo que existía el riesgo de ampliar los límites de lo razonable. Tal como lo veía Eva Linde, en los últimos años se había producido una clara relajación respecto a lo que se consideraba aceptable y presentable en lo tocante a la xenofobia. Ella misma había participado hacía poco en una cena donde no todo el mundo sabía quién era o a qué se dedicaba, y en la que se habían vertido comentarios despectivos sobre inmigrantes y refugiados que no se habrían aceptado diez años atrás. El racismo se había ido deslizando en los hogares suecos de un modo muy distinto a como sucedía antaño. Uno de cada seis suecos podía plantearse votar a los Demócratas de Suecia, y lo más peligroso era que la gente no tenía ni idea de cómo su voto influiría en la sociedad, se decía Eva. Después del gran éxito inesperado en las últimas elecciones, en algunos ayuntamientos los Demócratas de Suecia habían obtenido tantos votos que no llevaban en la lista representantes suficientes, de modo que sus puestos los ocuparon neonazis. Algunos políticos racistas atraían a figuras de círculos de extrema derecha que se instalaban en las primeras filas de la tribuna para mostrar su apoyo, y al mismo tiempo se mofaban de los políticos hasta el punto de que algunos no se atrevían a hablar.

Ya iba acercándose a Östergarnslandet y empezaba a notar el alivio. Pronto estaría en su cabaña y podría quitarse por fin aquella ropa tan incómoda. En realidad, habría querido darse una ducha, pero en la sencilla casa rústica donde vivía no había esos lujos. Tal vez bajaría a la playa, a pesar de que ya había oscurecido. Puesto que había pasado catorce horas en Almedalen y, por si fuera poco, con treinta grados de temperatura, tuvo que refrescarse y asearse varias veces durante el día. Se había llevado gel y desodorante. Podía bajar a la orilla y darse un chapuzón antes de volver a la cabaña. Luego se pondría el albornoz, se sentaría en su sillón favorito con el gato en el regazo, se tomaría un té, encendería unas velas y echaría un vistazo a la prensa o vería algo en la tele y se limitaría a descansar. Un broche perfecto para un día muy logrado.

Cuando por fin llegó al reducido grupo de casitas llamado Svartdal, que se encontraba entre Gammelgarn y Ljugarn, tomó el desvío hacia el mar. Buscó al gato, que había dejado fuera por la mañana, cuando pasó por delante de la cabaña, pero no lo vio.

Estaba oscuro, y aparcó el coche entre los árboles del lindero del bosque. Era casi medianoche. Con la toalla y la bolsa de aseo en la mano, bajó descalza hasta la playa. Estaba desierta, a esas horas no iba nadie.

Extendió la toalla en la arena, se quitó la ropa y entró desnuda en el agua. La notó fresca en la piel ardiente. Se sumergió entera, se dejó envolver por completo. Se puso boca arriba flotando sobre la lisa superficie, cerró los ojos y disfrutó de la soledad, del silencio. Qué contraste, en comparación con el bullicio de Visby, aún podía oír las conversaciones, las risas y el barullo resonándole en los oídos. Al cabo de unos instantes, se enjabonó, se enjuagó y volvió a la playa desierta. Entonces descubrió que la toalla no estaba.

Miró a su alrededor. Divisaba el lindero del bosque algo más arriba, en la penumbra; los pinos, no muy altos, se alineaban frente al mar y no dejaban ver nada de lo que había detrás. Miró de nuevo al suelo. ¿Habría dejado la toalla más allá? Se secó como pudo con la camiseta y se puso el vestido. Tal vez se la hubiera dejado en el coche... Lo cierto era que estaba agotada, había sido un día muy largo, quizá el cerebro no funcionaba como debía.

Se apresuró a volver al coche, abrió la puerta y miró dentro. La toalla tampoco estaba allí. Qué raro. «En fin —se dijo—. A veces ocurren cosas que no logramos explicarnos.»

EVA LLEGÓ CON el coche a la cabaña, que se encontraba en un claro en el que el bosque se abría. La luz de la luna se filtraba por entre las ramas de vez en cuando y le iluminaba el camino en medio de la noche. Llamó al gato cuando estuvo más cerca de la casa.

—*Sigge*, minino, *Sigge*...

Debía de andar cerca. Siempre venía a casa por la noche. Eva abrió la puerta y entró. Encendió la luz en el oscuro vestíbulo, se quitó la ropa húmeda, sacó una toalla y se secó. Se puso un camisón y la bata, encendió la chimenea. Calentó agua para prepararse un té y, mientras se hacía, sacó la lata de la comida del gato y una cucharilla y volvió fuera. Dio una vuelta por la casa y golpeó la lata con la cucharilla para atraer al animal.

—*Sigge*... ¡*Sigge*!

Empezaba a sentirse preocupada al ver que no aparecía. ¿Le habría ocurrido algo? Se quedó mirando al bosque. Escuchando. Quizá alguno de los vecinos que vivían algo más allá le hubiera abierto la puerta de su casa.

Estaba a punto de volver dentro cuando oyó un rumor entre unos arbustos, a unos metros de la cabaña. Sintió un alivio inmenso.

—*Sigge* —gritó con renovada energía en la voz—. Vamos, *Sigge*, ¡ven aquí!

Otro ruido, más claro ahora. Más cerca.

El alivio que acababa de sentir hacía un instante se tornó en un miedo repentino. Una oscura silueta se desprendió de las sombras, sostenía algo en la mano. Eva Linde se quedó de pie, como helada. Un brazo apareció extendido a la luz de luna. Algo inerte, envuelto en una piel peluda, colgaba de él. La figura vestida de negro dio un paso al frente. Entonces lo vio. Se le hizo un nudo en la garganta. Miró horrorizada al gato ensangrentado y sin vida.

—¡No! —gritó—. ¡No, *Sigge*!

Y no alcanzó a decir más.

Agosto de 1998

IBAN EN EL deportivo de Lillen. No sabía de qué marca era y no se atrevió a preguntar. Dejaron que se sentara delante, y los compañeros iban en el asiento trasero. Los tres llevaban polos, el pelo peinado hacia atrás y gafas de sol. La música retumbaba, el techo iba abierto y el aire estival le alborotaba el pelo. Se dejó llevar por los gritos de alegría de los demás chicos y notó la sensación de libertad cuando Lillen pisó el acelerador y salieron de allí.

El lugar de vacaciones de la familia era una casa de piedra enorme, con dos alas, que casi parecía una mansión. Lillen aparcó el coche en la explanada derrapando un poco en la grava. La bandera sueca se mecía imponente al viento en lo alto del mástil.

Era la casa más grande y más bonita en la que había entrado jamás. Todo era elegante, todo estaba limpio y ordenado. En el gran salón con vistas al mar había cómodos sofás bajos, había cuadros y librerías y una chimenea enorme. Incluso una licorera en un carrito que estaba totalmente a la vista. A la vista no había nada de ropa, trastos, platos sucios, botellas o vasos. No le cabía en la cabeza que se pudiera vivir así.

—Joder, Lillen —exclamó uno de los chicos—. ¿Tus padres te dejan el alcohol a la vista, aunque sepan que vas a dar una fiesta?

—Confían en mí —dijo Lillen sonriendo—. Y hacen bien. Voy a quitarlo de en medio y a ponerlo en el lavadero. Nadie toca las botellas de mi padre. ¿Queréis algo de comer?

Recorrió la casa, miró en los dormitorios, que tenían las camas hechas y donde todo estaba recogido. Casi todas las habitaciones tenían vistas al mar. Al llegar al cuarto de baño no pudo evitar quedarse parado en la puerta. Una bañera grande y profunda, con patas y vistas al mar, una sauna con ventana y con altavoces incorporados, gruesas toallas bien dobladas en un toallero eléctrico. El retrete estaba directamente instalado en la pared.

La madre de Lillen apareció por allí. Era alta y delgada, y estaba bronceada por el sol, llevaba una camisa blanca recién planchada y una falda azul marino. Un collar de perlas y el pelo recogido en una cola de caballo. Estaba radiante y mostraba una hilera de dientes blancos al sonreír.

—¡Hola! Me alegro de veros —dijo y le dio un abrazo a su hijo antes de darle la mano a él—. Y de ti ya he oído hablar. Qué bien, por fin te conozco.

A los demás ya los conocía, y los abrazó a todos. Él la saludó y se indignó al notar que se ruborizaba. No estaba acostumbrado a que la gente hablara bien de él. O a que hablaran de él sin más.

—Creo que vais a dormir todos aquí, que vais a celebrar una fiesta, ¿no? Bueno, no echéis abajo la casa, ¿eh? —Les hizo un guiño—. ¿Por qué no llevas a tu amigo al cuarto de invitados? —continuó, como si no le importara nada que su hijo llevara a casa a un montón de amigos—. Vosotros dormís como siempre en la cabaña de invitados, ¿verdad? La comida está lista, supongo que tendréis hambre. Tu padre está al teléfono, pero vendrá en cuanto termine. Una reunión con Londres.

—Sí, gracias, mamá —dijo Lillen con voz suave y educada.

Le dieron un cuarto enorme y precioso con vistas al mar y al embarcadero privado que tenían delante de la casa. La cama era enorme y mullida, y no pudo evitar probarla de inmediato. Jamás había dormido en una cama más cómoda.

Cuando salieron a la terraza, el padre estaba en la barbacoa. Se le iluminó la cara al verlos, saludó a los chicos y parecía tan contento y alegre como la madre.

Se acomodaron alrededor de una mesa elegante y apenas se habían sentado cuando la madre apareció con una botella en la mano.

—¿Una copita de champán antes de la comida? —preguntó.

Él apenas podía dar crédito. Los padres los trataban como a iguales, como a adultos. Entre esa actitud y la que él conocía había un abismo. Se sentía como si estuviera en una película, como si nada de aquello estuviera ocurriendo de verdad.

La carne asada estaba buenísima con las patatas, el tsatsiki, *el pan, las aceitunas y la ensalada de tomate. Les sirvieron vino tinto y parecía que podían beber todo lo que quisieran. Nadie pensó en que él aún no había cumplido los dieciocho años. Y durante la cena hablaban todos, los temas de conversación iban cambiando y fluían con naturalidad.*

Se notaba que los otros dos habían estado en la casa muchas veces. Para él era tan insólito estar así sentado conversando alrededor de la mesa que al principio no sabía qué decir, pero al cabo de un rato se soltó. A pesar de que estaban bebiendo vino con la comida, el alcohol no tenía ningún protagonismo. Nadie mostraba el menor signo de embriaguez ni de estar perdiendo el control. Parecía que solo él se sentía ebrio, o al menos a los demás no se les notaba.

Por unos instantes se perdió en sus pensamientos y dejó de escuchar la conversación. Se limitó a quedarse allí sentado disfrutando de la comida, el vino, las vistas y el ambiente tan agradable que reinaba alrededor de la mesa.

Las voces elevaron el tono y lo devolvieron a la realidad. Parecían estar hablando de algo muy importante.

—No, eso no puede ser —dijo el padre acalorado—. Ya hemos acogido a cien mil refugiados de la antigua Yugoslavia, ¿cómo nos

las vamos a arreglar? Somos un país pequeño, apenas podemos atender a nuestros propios ciudadanos. ¡Piensa en tantos jubilados pobres como tenemos! Es una locura.

—Ya, y cabe preguntarse cuántas de esas personas necesitan ayuda de verdad —dijo la madre.

—Lástima que Nueva Democracia acabara como acabó —continuó el padre con un suspiro—. Con las esperanzas que yo tenía puestas en Ian y Bert. Al menos ellos representaban algo nuevo, o más bien, ellos decían lo que la gente pensaba de verdad.

—Desde luego, en este país uno no puede decir lo que piensa sin que la gente proteste —añadió la madre, y tomó un trago de vino.

Lillen empezó a retorcerse en la silla.

—¿Cuándo pensabais iros? Nosotros podemos recoger.

Los padres se echaron a reír.

—O sea, que quieres librarte de nosotros —dijo el padre—. Normal, ya casi son las siete. Bueno, sí, ya tenemos que irnos, la función empieza a las nueve.

Se levantaron, se despidieron y se marcharon.

—Qué padres más enrollados tienes —dijo—. Tan guais y tan relajados.

—Sí, la verdad —dijo Lillen sonriendo satisfecho—. En fin, ellos me han educado y han hecho de mí la persona que soy.

LA GENTE NO *tardó en ir llegando poco a poco. A algunos los reconocía, pero casi todos eran caras nuevas para él. Además, eran unos años mayores. A pesar de que no solía tomar alcohol, se dejó llevar por el ambiente y se puso a beber directamente de la lata de cerveza que le había dado Lillen. La música resonaba a todo volumen por los altavoces y muy pronto toda la casa estuvo llena de jóvenes. Él fue a la cocina en busca de otra cerveza.*

Entonces la vio por la ventana y una sacudida lo atravesó entero. Era aquella chica tan guapa del campamento, la que tenía una perla en la nariz. Paulina. Estaba en la terraza hablando con unas amigas. Notó oleadas de frío y de calor que lo recorrían por dentro. Tomó un trago de cerveza. La observó de nuevo. Ella no lo había visto. Si es que lo reconocía siquiera. Alguien trataba de entablar una conversación con él, pero no conseguía concentrarse en escuchar y terminó por dirigirse a la terraza. Lillen salió también y se plantó a su lado.

—¿Quieres un cigarro? —preguntó al tiempo que sacaba un paquete.

—Claro, ¿por qué no? —dijo él, a pesar de que no fumaba.

Lillen le ofreció fuego. Él dio una calada y trató de evitar el golpe de tos. Miró de reojo a la chica que se llamaba Paulina. Lo único que sabía de ella era que vivía en Tensta, en Estocolmo. Estaba de espaldas con una copa de vino en la mano charlando con sus amigas. Tenía que hablar con ella, pero no se le ocurría cómo. Varios chicos se acercaron a Lillen, que se lo presentó a todos. Risas y palmadas en la espalda. La música retumbaba en los altavoces y la gente ya empezaba a bailar. Entonces Paulina se dio media vuelta, lo miró directamente y sonrió. Como si supiera que él llevaba allí todo el rato. Y eso bastó para que se atreviera.

—Hola —le dijo.

—Hola —respondió y le sonrió de nuevo.

—¿Te acuerdas de mí? —le preguntó él—. Nos vimos en el campamento.

—Pues claro que me acuerdo —contestó ella.

Eso lo reforzó. Tomó un trago de la lata.

—¿Qué haces aquí? ¿Conoces a Lillen?

—Claro, todo el mundo conoce a Lillen. Es el rey.

Se rio y agitó la melena. Tenía los ojos grandes, castaños y cálidos. Estuvieron charlando un rato, luego Paulina dijo que quería bailar. Él no sabía si atreverse, no había bailado en la vida.

—Vamos —le gritó ella en medio del vocerío creciente de los participantes en la fiesta, cuyo número parecía aumentar a cada hora.

Lo llevó hasta donde estaban bailando todos los demás y entrelazaron las manos. Él trataba de moverse como buenamente podía al ritmo de la música. En ese momento vio que había una piscina algo más allá. En el borde había una chica vestida solo con la ropa interior. Lillen se acercó a ella, la abrazó y los dos cayeron al agua entre risas, aún fuertemente abrazados.

De pronto empezó a sonar una canción lenta. Paulina se detuvo y lo miró a los ojos. Él se le acercó un poco. Al menos eso sí lo había hecho antes, bailar más pegado todavía. Fueron balanceándose despacio al ritmo de la música, muy pegados los dos. Con el rabillo del ojo vio que Lillen, sentado en la piscina, se besaba apasionadamente con la chica medio desnuda. Él agarró a Paulina con más fuerza. Ella solo le llegaba por los hombros, él tenía los labios entre su pelo. Olía a manzana fresca. De pronto, ella levantó la cara hacia él y se empinó un poco, de modo que sus labios se juntaron. Él le palpó la cintura con la mano, la bajó un poco por la espalda. Sintió cómo la excitación le subía por dentro como un volcán.

—Ven —le dijo ella.

Cruzaron aprisa la cocina, donde había muchísima gente, y lograron abrir la puerta de uno de los dormitorios. Casualmente, era el de los padres, porque había una cama de matrimonio. Entraron a trompicones y se desplomaron en la cama. Él quedó tumbado sobre ella. Se desnudaron mutuamente entre caricias.

Jamás había vivido algo así.

Antes de llegar a la cabaña, Ulrika Wall ya tuvo la sensación de que algo horrible había ocurrido. Los árboles se alzaban rectos y silenciosos a su alrededor, el sol se filtraba por las ramas e iluminaba el brezo que cubría la tierra. Iba caminando sola por el sendero, el suelo era tan blando que sus pasos apenas se oían. A pesar de que no eran más que las ocho y media de la mañana, ya hacía calor. La mayoría de los veraneantes estarían despertándose en sus cabañas, aunque los pájaros llevaban ya cantando varias horas, desde que había salido el sol a las cuatro de la mañana.

Ulrika se levantó temprano, preparó té y se sentó en el porche a disfrutar del amanecer. El resto de la familia seguía durmiendo cuando ella se fue de la cabaña que habían alquilado por tres semanas. Era maravilloso poder estar allí tanto tiempo, sin moverse de aquel lugar. Por lo general se pasaban las vacaciones yendo y viniendo entre parientes y amigos. Había que aprovechar el tiempo libre; así, cuando por fin volvían a casa, tanto ella como su marido estaban agotados. Ese verano sería distinto. Se quedarían allí, en la misma cabaña, disfrutando de la mutua compañía y sin ningún tipo de compromiso.

Ahora, sin embargo, una misteriosa sensación había empezado a apoderarse de ella durante el paseo matutino. Ulrika tenía esa facultad un tanto sobrenatural: presentía cosas. El tipo de cosas que los demás no notaban. Casi podía prever cuándo iba a producirse una catástrofe, como el tsunami de Tailandia. Entonces anduvo todo el día anterior con una sensación horrible cuyo origen no era capaz de identificar. A pesar de que era festivo y de que estaba en casa con toda la familia jugando a juegos de mesa y pasándolo bien.

Otro tanto sucedió con el ataque de Drottninggatan, en Estocolmo. Una amiga y ella estaban merendando por allí cerca, en la confitería Citykonditori de la calle de la iglesia de Adolf Fredrik, y sintió que algo terrible estaba a punto de suceder. Ulrika no sabía de dónde le venía el presentimiento, pero se lo comentó a su amiga. Más o menos media hora después, estalló todo.

Lo mismo ocurría ahora. Cierto que estaba disfrutando de la mañana tan apacible y soleada, pero no podía librarse de la sensación de inquietud. Trató de no prestarle atención, de pensar en otra cosa. Hacía un tiempo espléndido, acababan de empezar las vacaciones y quería disfrutar. Mantenía un buen ritmo, era muy agradable caminar rápido, sentir cómo trabajaba el cuerpo, ponerse en marcha para afrontar el nuevo día. El sendero continuaba en ascenso por el bosque, pasó ante un par de cabañas de veraneo, un matrimonio mayor estaba tomando café en el jardín de una de ellas. Leían el periódico, y Ulrika oyó la tenue música de la radio que tenían encendida.

Al cabo de un rato llegó a una zona más solitaria. El brezo que antes cubría el suelo se había tornado en una alfombra de arbustos de arándanos cuyas ramas vencidas se veían cargadas de rojos frutos maduros. «¿Tan pronto?», pensó. Era muy pronto, sí. Se agachó a recoger algunos y los probó enseguida. Muy dulces y sabrosos. Qué maravilla. Ya, claro, ahora se acordaba. Había oído por la radio que ese año la producción de arándanos batiría todos los récords. Las abundantes lluvias del año pasado, seguidas de la ola de calor del mes de mayo durante la floración, habían sido beneficiosas para el oro azul, como llamaban al sabroso fruto. ¿Y si hacía un pastel de arándanos para el café de la merienda? A los niños les encantaría. Pensaba ir a Visby a comer con una amiga, y podría aprovechar para comprar salsa de vainilla. Rebuscó en los bolsillos por si, contra todo pronóstico, llevara una bolsa de plástico, pero claro, no era el caso. Miró a su alrededor.

Unos metros más allá, entre los árboles, divisó una modesta casa de madera de color marrón con un porche destartalado. Volvió a fijarse en el suelo, que estaba totalmente cubierto de arándanos grandes y jugosos. No quería rendirse del todo aún. Intentaría preguntar en la casa, quizá pudieran darle una bolsa de plástico, la gente siempre guardaba bolsas del supermercado ICA o del Coop. Claro que los arándanos se quedarían un poco pochos, pero, puesto que los quería para hacer un pastel, no tenía la menor importancia. Miró el reloj. Ya eran más de las nueve, así que no pasaba nada si se atrevía a molestar.

Entonces sintió otra vez aquella sensación tan rara. De malestar. Le recorría todo el cuerpo. Miraba la casa muy concentrada mientras se iba acercando. ¿Por qué se sentía tan rara precisamente allí? Cuando llegó a la parcela, el malestar era tan intenso que tuvo que detenerse un instante. Unos metros más allá había aparcado un coche pequeño de color rojo, así que tenía que haber alguien en la casa, pero no se veía un alma. Las ventanas y la puerta estaban cerradas y no había señales de vida.

—¡Hola! —gritó cuando llegó cerca de la entrada—. ¿Hay alguien en casa?

Se aproximó al porche. La puerta estaba entreabierta. El silencio reinaba a su alrededor, solo se oía el canto de los pájaros y un leve rumor entre los árboles.

Entonces vio unas manchas oscuras en el suelo de madera, siguió el rastro con la mirada y lanzó un grito. Allí había un animal muerto. En un primer momento no pudo distinguir qué era, pero cuando subió el peldaño comprobó que se trataba de un gato. Estaba todo ensangrentado. Contuvo la respiración y miró a su alrededor aterrada.

Muy despacio, empujó la puerta. Primero un vestíbulo estrecho y oscuro y, a la derecha, una cocina. Continuó hasta la sala de estar, que se encontraba al otro lado, y se detuvo en el umbral. Los muebles estaban tirados por el suelo, los cuadros colgaban torcidos en las paredes y habían estrellado contra el suelo un objeto de cristal. Todo, suelo y paredes, se veía salpicado de sangre. En medio del salón había una mujer atada a una silla. Llevaba un camisón blanco y una bata de color rosa, ambas prendas manchadas de sangre. La habían amordazado con cinta adhesiva y tenía la cabeza colgando inerte a un lado.

Ulrika gritó con todas sus fuerzas.

Cuando Knutas recibió la llamada la mañana del jueves, sintió una especie de puñetazo en el estómago. Se había producido un nuevo asesinato cerca del pueblecito de Svartdal, en la zona de Östergarnslandet. Y la víctima no era una persona cualquiera, sino Eva Linde, conferenciante y escritora, que se había dado a conocer por su trabajo contra la xenofobia y la extrema derecha. Había escrito una tesis doctoral y varios libros sobre el nazismo en Suecia, solía salir en televisión y era muy apreciada entre el público. Además, había adquirido fama internacional por su implicación en Médicos Sin Fronteras, entre otras organizaciones. Knutas ya estaba aterrado ante el revuelo que se organizaría, ante la llegada masiva de medios de comunicación. Los periodistas se volverían locos.

—Si resulta ser el mismo asesino que acabó con la vida de Tobias Ström, al menos el móvil está claro —dijo Karin muy seria mientras conducía a toda velocidad en dirección sur.

La seguían varios coches de policía. Una primera patrulla había inspeccionado ya la cabaña después de que la mujer que encontró el cadáver diera el aviso, y también habían llamado a una ambulancia.

—Sí, eso parece —dijo Knutas—. Según Sohlman, el modo de proceder es parecido, han utilizado el mismo tipo de arma, y Eva Linde también estaba atada con cinta adhesiva.

—¡Por Dios! —exclamó Karin meneando la cabeza sin apartar la vista de la carretera—. ¿Cómo terminará todo esto?

Fueron en silencio rumbo a Östergarnslandet.

Cuando por fin dejaron atrás el indicador con el nombre de Svartdal, tuvieron que buscar un rato hasta encontrar el desvío que, poco después, los llevó hasta la apartada cabaña. Ya habían acordonado un radio de unos veinte metros alrededor de la vivienda, y habían llegado varios técnicos. Knutas había mandado traer una patrulla canina, puesto que ignoraban si el asesino aún se encontraba en la zona. Un grupo de curiosos se había reunido al otro lado del cordón policial, y habían tratado de hacer preguntas a los dos policías cuando los vieron salir del coche. Knutas los despachó con un gesto y pasó de largo.

Karin y él subieron al porche, donde los recibió Erik Sohlman.

—Joder —dijo Sohlman—. Es una barbaridad. ¿Has llamado al forense?

—Todavía no —respondió Knutas—. Antes quería ver el cadáver.

—Pues ahí lo tenéis, sentíos como en casa —dijo Sohlman con sarcasmo, señalando al interior—. Preparaos bien, es muy fuerte —les advirtió—. Yo tengo que salir a tomar el aire.

Knutas entró primero, seguido de Karin. Cuando el comisario vio la escena, extendió el brazo para detener a su colega.

Karin, que solía marearse cuando veía un cadáver, sacó enseguida un pañuelo y se lo llevó a la boca. Entornó los ojos para no tener que ver toda la escena de golpe.

—¡Qué cosa más espantosa! —dijo sin resuello.

Knutas se acercó a la víctima. Se puso un par de guantes y le levantó la cabeza con sumo cuidado. La reconoció enseguida. Los últimos días, Eva Linde había salido sin parar en los periódicos y en la televisión.

Examinó con detenimiento la cinta plateada que le cubría la boca, luego soltó la cabeza y comprobó la parte trasera de la silla donde la habían sentado. Se había usado el mismo tipo de cinta para atarle las muñecas y los tobillos, exactamente igual que a Tobias Ström, salvo que, en este caso, también le habían inmovilizado los pies. Seguramente porque el asesino quería mantener el cuerpo atado a la silla por alguna razón. La parte posterior del cráneo estaba destrozada. Otra similitud con Tobias Ström.

Knutas suspiró con pesadumbre, se rascó la cabeza y echó un vistazo a la habitación. La sangre lo había salpicado todo, los muebles, las paredes, las cortinas, incluso el techo.

Karin estaba pegada a la pared sin decir una palabra, mirando horrorizada y sin dejar de taparse la boca con el pañuelo.

Un ambiente de lo más extraño inundó el salón mientras los dos policías contemplaban el cadáver llenos de espanto, tratando de asimilar la escena y de imaginarse lo que había tenido lugar allí. ¿Qué había tenido que soportar aquella pobre mujer antes de exhalar el último aliento? ¿Quién sería el agresor? ¿Qué clase de persona era capaz de cometer un crimen tan violento?

Sohlman apareció en la puerta.

—Bueno, ¿qué os parece? —dijo—. Sabéis quién es, ¿verdad?

Knutas asintió.

—¿Cuánto tiempo lleva muerta?

Sohlman miró el reloj de pulsera antes de responder.

—Son las once y media. Diría que entre ocho y doce horas. Lo que quiere decir que la asesinaron en algún momento entre las once y media de la noche y las cuatro de la mañana.

—¿Y qué me dices de las heridas y el procedimiento?

—Solo puedo decir que se parece muchísimo a lo que le pasó a Tobias Ström. Tiene el cráneo destrozado y el cerebro ha salpicado las paredes.

Karin soltó un lamento y salió a toda prisa. Oyeron sus hipidos al otro lado de la ventana.

—En fin, lo siento —dijo Sohlman—, pero no puedo describirlo de otra forma.

—No importa —aseguró Knutas—. Ya sabes cómo es Karin.

—El asesino ha utilizado un objeto romo. Diría que un bate o similar, algo con cierto peso. Ha golpeado repetidas veces. Esta vez tiene peor aspecto que la anterior, como si su rabia hubiera ido en aumento. La víctima también tiene heridas defensivas. Trató de protegerse con uñas y dientes, según parece. Ya ves que no es una mujer menuda, creo que mide uno setenta y cinco de estatura y pesará ochenta y cinco kilos, más o menos. No habrá sido fácil reducirla, y lo más probable es que fuera una mujer muy fuerte, porque ha sido una señora pelea, de eso no hay duda. Y eso no es todo —dijo—. Ven.

Sohlman se dirigió al porche.

—¿Lo ves? —preguntó señalando.

Knutas miraba desconcertado al animal que había en el suelo de madera de la entrada, medio oculto debajo del banco de plástico que había a un lado. Se acuclilló para verlo mejor.

—¿Qué demonios es esto? —exclamó horrorizado.

—Un gato muerto —constató Sohlman sin contemplaciones—. Y no de muerte natural, precisamente. Supongo que era de ella.

Knutas pensó en su gato, *Milagro,* al que tanto cariño tenía. ¿Qué podía significar aquello? ¿A qué clase de loco se enfrentaban?

—¿Qué te parece a ti? —le preguntó a Sohlman—. ¿Es el mismo asesino que mató a Tobias Ström?

—Es lo más probable, en mi opinión.

Knutas iba a responder cuando el teléfono le vibró en el bolsillo. Vio en la pantalla que era Johan Berg. ¿Habría tenido ya conocimiento del asesinato?

Knutas respondió.

—¿Qué querías? Estoy ocupado.

No dijo una palabra del asesinato de Eva Linde.

—Siento molestar, pero he tenido acceso a cierta información que puede ser útil para la investigación.

—¿Ah, sí? —respondió Knutas—. Cuéntame.

Johan le habló de la visita a la casa de piedra de Hummelbosholm y de la bandera de Frente Patriótico que habían encontrado.

—Sí, he oído hablar de ese grupo —aseguró Knutas—. Su nombre surge de vez en cuando, aunque pueden pasar años de una vez a otra.

—Pues sí, y es una extraña coincidencia que una persona que se había implicado contra el racismo aparezca muerta por la zona —dijo Johan.

Knutas no respondió, no quería iniciar ninguna deliberación especulativa con un periodista, aunque fuera con Johan, al que tan bien conocía. Ellos dos tenían en común una larga historia.

—Te mando una foto de la bandera. Además, encontramos una lista muy rara, te la paso también —le prometió.

Knutas le dio las gracias y se despidió.

El hallazgo de la bandera no era ni de lejos suficiente para pedirle una orden de registro al fiscal Smittenberg. Para ello necesitaban que hubiera una sospecha clara de delito. Pero al propietario sí que había que investigarlo, sin duda.

Pia Lilja se detuvo con el coche de la televisión delante de la casa de Johan y Emma en el barrio de Roma. Él se quedaba ese día a trabajar en casa para compensar a su mujer por haber llegado tarde a cenar la noche anterior. Los dos acababan de servirse un café cuando anunciaron la noticia del asesinato de Svartdal, así que ya tenía que salir corriendo otra vez.

—A Svartdal —dijo Pia cuando Johan entró en el coche—. Ni siquiera había oído hablar del sitio.

—Yo lo he mirado en el mapa mientras te esperaba. Es un pueblecito minúsculo entre Ljugarn y Gammelgarn. Se encuentra justo en la playa de Sjaustre.

Cuando Pia iba a girar la llave en el contacto, le sonó el teléfono. Puso el altavoz y arrancó de golpe.

—¡Hola! —dijo mientras se dirigía al sur.

—Hola, soy yo, Pernilla.

—Ah, hola, me alegro de oírte, pero ahora mismo estoy un poco liada —dijo Pia impaciente—. Ha pasado una cosa y estoy trabajando.

—Sí, por eso te llamaba. ¿Se trata de una mujer a la que han encontrado asesinada en Svartdal?

—Pues sí, ¿cómo te has enterado?

—¿Sabes quién es?

—No, nos acaban de decir que lo más seguro es que se trate de un asesinato, eso es todo.

—Sí, así es. Y la víctima no es cualquiera. Se trata de Eva Linde.

Pia abrió sus ojos negros de par en par y lanzó una mirada fugaz a Johan, que estaba atónito.

—¡No puede ser! ¿Esa Eva Linde? ¿Estás segura?

—Sí, conozco a la mujer que encontró el cadáver, Ulrika Wall. Es amiga mía, ahora mismo está con la policía. Hoy íbamos a comer juntas, pero llamó y dijo que iba camino de la comisaría de Visby. Al parecer, Eva Linde estaba atada a una silla en el salón de su casa y la habían amordazado con cinta adhesiva. Había sangre por todas partes.

—¡Por Dios, qué horror! Gracias por avisarme.

Pia concluyó la conversación y miró a Johan, que se había quedado mudo.

—Era una chica del club de taekwondo. ¿Te imaginas? Nada menos que Eva Linde… Habrá protestas en todo el país.

—Pues si es el mismo asesino, la bandera del Frente Patriótico resulta más interesante todavía —comentó Johan.

Cuando por fin encontraron el lugar ya había allí varios periodistas. Un nutrido grupo de personas se agolpaban delante del cordón policial y reinaba un ambiente de indignación, según notaron nada más salir del coche. La identidad de la víctima se había difundido a toda velocidad, puesto que todos los vecinos sabían que quien vivía en aquella cabaña era la célebre y querida escritora.

Pia se puso a filmar enseguida a la multitud, que crecía sin cesar a cada minuto. Johan había intentado llamar a Victor Ferreira, el nuevo portavoz de la policía, y al propio Anders Knutas, pero ninguno de los dos estaba disponible. La policía había emitido un comunicado de prensa según el cual habían encontrado muerta a una mujer de mediana edad en una cabaña de Östergarnslandet, que había sospechas de que se trataba de un asesinato, pero que aún no habían detenido al culpable. Johan esperaba que Knutas u otro representante policial que se encontrara allí le proporcionara una declaración, pero mientras tanto Pia y él se dedicaron a recopilar los testimonios de los vecinos.

Eva Linde había aparecido bastante a menudo en los medios los últimos meses, y cobró popularidad por su manera tan ilustrativa y asequible de describir el mundo. Todos los que manifestaban su opinión ante el micrófono de Johan y la cámara de Pia estaban indignados y conmocionados por lo ocurrido. Johan abordó a unos chicos adolescentes que iban en bañador y con la toalla al hombro.

—Horroroso, vamos —dijo uno de ellos, que se llamaba Anton—. Nosotros tenemos la cabaña cerca, a tan solo un trecho hacia el interior del bosque. Todavía no me lo puedo creer.

—¿Cómo has reaccionado al saberlo? —preguntó Johan.

—Me he quedado estupefacto. Yo conozco a Eva, el otro día estuvo merendando en casa. Mi madre y ella son amigas, pero no ha sido capaz de venir, se ha quedado en casa llorando desconsolada. Y yo soy amigo del hijo de Eva, Hjalmar. A veces salimos por ahí y eso.

—¿O sea que tiene un hijo? —preguntó Johan—. ¿Está aquí?

—No, vive con su padre en Lärbro y solo viene a verla de vez en cuando. Eva vive en Estocolmo normalmente.

Johan anotó los datos de contacto de Anton, así como los comentarios y las reacciones de los demás muchachos antes de acercarse a una mujer de unos setenta años que miraba horrorizada hacia la casa con un perrito sujeto con una correa.

—¿Cómo se siente ante lo que ha ocurrido?

—Es terrible —aseguró la mujer conmovida—. Una persona tan maravillosa y tan buena, ¿quién querría hacerle daño?

—¿Usted conocía a Eva?

—Por supuesto, hace muchos años que somos vecinas. Ayer mismo estuve hablando con ella. Iba a Visby, tenía una conferencia en Almedalen, y ahora acaba así... ¡Es que no me lo puedo creer! Y, además, tan joven, ¡si no tendría más de cincuenta años!

—¿Vive usted por aquí?

—Sí, sí, ahí mismo —dijo señalando a su espalda—. Mi marido y yo estábamos tomando café esta mañana cuando vimos llegar el primer coche de la policía.

—¿Cómo se han enterado de lo ocurrido?

—Otro de los vecinos pasó y nos dijo que había pasado algo en casa de Eva. Que había venido la policía. Luego oímos por la radio que habían encontrado a una mujer asesinada en Svartdal.

Las lágrimas afloraron a los ojos de la vecina, que no pudo contener un sollozo. Sacó un pañuelo de tela que llevaba en el bolsillo.

—No me explico que estas cosas puedan pasar aquí. En este lugar idílico, el lugar más apacible del mundo. Que un asesino se haya infiltrado entre nosotros. En nuestro paraíso estival.

Johan y Pia le dieron las gracias a la anciana. Johan miró a su alrededor por si veían a alguien más a quien entrevistar cuando descubrió al comisario Knutas, que se acercaba desde la casa en compañía de Karin Jacobsson.

Localizó a Pia y le susurró:

—Ven, vamos a ver si le sacamos algo a Knutas.

Se apresuraron hasta el cordón policial para interceptar a los policías antes de que pudieran escabullirse. Knutas levantó la vista y le hizo a Johan una seña con la cabeza. Intercambió unas palabras con Karin y se acercó al grupo de reporteros. Pia montó la cámara, se notaba que el jefe del caso tenía pensado hacer alguna declaración. Se detuvo delante del cordón y miró a la gente allí reunida.

Se lo veía agotado, tenía la cara pálida y parecía muy afectado.

—Puesto que se han desplazado hasta aquí, haré unas breves declaraciones, aunque más tarde convocaremos una conferencia de prensa. Nuestro portavoz les avisará de la hora.

Knutas pareció tratar de serenarse antes de continuar:

—En esta casa hemos encontrado el cadáver de una mujer, y sospechamos que se ha cometido un delito, por eso hemos acordonado la vivienda, que consideramos el lugar del crimen. Una persona que había salido a pasear encontró a la mujer esta mañana a las nueve y cuarto.

—¿La víctima es Eva Linde? —preguntó Johan.

—No puedo facilitar esa información, aún no hemos informado a todos los familiares.

—Pero ya sabemos que es Eva Linde —insistió un periodista de uno de los diarios locales—. Sabemos que vive ahí, esa es su casa.

—Como ya he dicho, aún no podemos hacer pública la identidad de la víctima por las razones que acabo de indicar —repitió Knutas claramente irritado.

—¿Qué les hace sospechar que se trata de un delito? —preguntó Johan, consciente de que no tenía ningún sentido insistir sobre la identidad de la víctima. La policía no diría nada más sobre el asunto por el momento.

Knutas carraspeó un poco.

—Presenta una serie de heridas que no pudo provocarse ella misma y es obvio que no se trata de un accidente.

Johan comprendió que estaban ante un caso especial. A aquellas alturas conocía a Knutas lo bastante bien como para advertir que había circunstancias especiales en torno a aquel asesinato.

—¿Podría decirnos algo del modo en que la asesinaron? —continuó, y le acercó el micrófono un poco más para adelantarse a los demás.

—En estos momentos no puedo pronunciarme sobre el modo de proceder del asesino, es demasiado pronto. El forense examinará el cadáver y los técnicos policiales inspeccionarán la casa y los alrededores, y ya se verá si tenemos más que contar en la conferencia de prensa.

Parecía dispuesto a irse.

—¿Hay algo que permita relacionar este suceso con el asesinato de Tobias Ström? —preguntó Johan—. Lo digo porque es muy reciente y no lo encontraron muy lejos de aquí.

Knutas lo miró muy serio.

—No sabemos nada al respecto. Es demasiado pronto para especular acerca de posibles conexiones.

—Eva Linde era una persona muy activa en su trabajo contra la xenofobia, y una de las principales creadoras de opinión de Suecia —continuó el periodista del periódico local—. ¿Puede tener eso algo que ver con su muerte?

Knutas no pudo ocultar su enfado.

—Por favor, respeten el hecho de que aún no están informados todos los familiares de la víctima. Y en lo tocante al posible móvil, resulta de lo más inadecuado lanzar teorías tan pronto. Acabamos de encontrar el cadáver. Eso es todo.

Le dio la espalda al grupo de reporteros y se marchó de allí en compañía de Karin. Johan intercambió una mirada con Pia.

Sin ser consciente de ello, Knutas acababa de confirmarles a los periodistas la identidad de la persona asesinada.

La oscuridad lo rodeaba cuando cruzaba corriendo el bosque hacia el coche. Nadie lo veía, salvo la luna pálida y redonda, un erizo que se apartó del camino allí mismo, ante sus pies, y una lechuza que ululaba en una rama en medio de la noche apacible. Atravesaba el bosque a la carrera. No veía dónde ponía los pies, iba tropezando con raíces y con piedras y estuvo a punto de caerse varias veces. Oía su respiración, el rítmico resonar de las suelas de los zapatos en la tierra. El corazón le latía con tal fuerza que creía que el pecho le iba a estallar.

Le pesaba el arma en la mano, se detuvo, la miró fijamente. Goteaba sangre del mango. Eva Linde lo arañó, lo mordió, se resistió. Ya no soportaba seguir viendo aquel objeto. Se arrodilló y empezó a cavar la húmeda tierra con las manos. Enterró el arma allí, no quería tener nada que ver con ella nunca más.

El coche estaba donde lo había dejado, algo más allá, en un sendero apartado. Abrió la puerta de un tirón y se desplomó en el asiento, detrás del volante. Tuvo que dejar la puerta abierta para que entrara el aire fresco de la noche. Aún tenía la respiración acelerada y alterada. Se miró las manos: estaban ensangrentadas y temblorosas. Tendría que permanecer allí sentado unos instantes antes de volver a encontrarse en condiciones de conducir. Se sentó con las piernas fuera del coche, no quería que dentro cayera más sangre aún. El corazón seguía desbocado en el pecho, se negaba a serenarse. Dejó escapar un sollozo, qué mierda, tenía que irse de allí. No tardaría en empezar a clarear.

El pánico iba en aumento. ¿Qué demonios había hecho? Esa vez había ido más lejos aún, actuó como si estuviera ciego. Cegado por la ira. Golpeó una y otra vez hasta que ya no pudo más. De pronto, vio a su madre ante sí. Vio que era ella la que estaba allí sentada, como si fuera a ella a la que golpeara. Y a toda su asquerosa infancia.

Tenía grabada en la retina la imagen de la mujer ensangrentada, cómo su cabeza se movía lanzada de un lado a otro. Ni siquiera la conocía. Lloró alto y con desesperación, pero no se sintió más tranquilo, sino al contrario, cada vez más alterado. La angustia fue creciendo, era como si todo se le retorciera por dentro. Tenía que calmarse y recuperar el control; cerró los ojos con fuerza, temblando de pies a cabeza. Solo quería que se le pasara.

No sabía cuánto tiempo llevaba sentado en el coche cuando por fin volvió en sí y se calmó lo suficiente como para poder marcharse de allí. Giró la llave de encendido y se fue pisando el acelerador tanto como se atrevió. Fue recorriendo un kilómetro tras otro, pero no se libraba de la sensación de abismo que le atenazaba el estómago. Esa vez era mucho peor, como si la realidad lo hubiera alcanzado. Empezó a darle vueltas la cabeza y tuvo que apartarse a un lado y parar el coche. No había terminado de abrir la puerta cuando empezó a vomitar en el arcén.

Después se sintió algo mejor y pudo seguir hacia el norte. Con cada tramo que dejaba atrás y que lo alejaba de la casa del bosque, se sentía algo más tranquilo. Respiró hondo y tomó unos sorbos de agua de la botella que tenía en la guantera.

En lugar de seguir hasta su casa, tomó un desvío. Enseguida entró en la carretera solitaria, que se extendía negra ante él. Cuando llegó al bulevar afloraron las lágrimas. Y volvieron los recuerdos. Jamás llegaría a olvidar.

A RAÍZ DEL asesinato de Eva Linde, la investigación había tomado otro rumbo. El rumor de voces llenaba la oficina cuando Knutas entró para dar comienzo a la reunión. Acababa de terminar una conversación con el jefe de la policía regional, que exigía que la conferencia de prensa se celebrara a las seis. La presión de todos los frentes, incluido el internacional, era enorme después de que la noticia se hubiera difundido y de las especulaciones acerca de un posible vínculo con la muerte de Tobias Ström. Había que mantener informada a la opinión pública en la medida de lo posible. Lo más probable era que un asesino en serie anduviera suelto por Gotland, en plena temporada turística. El jefe de turismo, el gobernador civil y los principales dirigentes políticos habían expresado su preocupación e insistido ante Knutas acerca de lo importante que era que atraparan al asesino cuanto antes. Como si él no lo supiera. El inspector Martin Kihlgård, de la antigua policía judicial central, en la actualidad el Cuerpo Nacional de Delitos, había volado desde Estocolmo para asistir en la investigación.

Knutas tomó asiento en su lugar habitual e inició la reunión. Clavó la mirada en la mesa. Había una cesta con bollos de canela recién hechos de la pastelería de al lado, termos de café, tazas, leche normal y leche de soja, que Kihlgård había empezado a beber. Y todo lo habían puesto por él, claro. Kihlgård, que siempre estaba hambriento. El apreciado colaborador de Estocolmo les había ayudado en tantas ocasiones que a esas alturas todos lo conocían. Allí estaba ahora, sentado junto a Karin. Parecía grotescamente grande a su lado.

Martin Kihlgård siempre llevaba traje, una pajarita en lugar de corbata y un pañuelo de seda en el bolsillo de la pechera. Era alto y muy corpulento, sin llegar al sobrepeso, y tenía los ojos grandes y redondos y una risa ruidosa que se oía a la legua. Varios de los colegas que tenían la edad suficiente para recordar a Thor Modéen, el actor de comedias de los años treinta, opinaban que Kihlgård se le parecía. Pero era un buen policía, y seguro que tenía mucho que aportar también en esta investigación.

Kristina Hammarström, la médica forense, también había acudido desde el Instituto de Medicina Legal de Solna. Se había trasladado a la isla en helicóptero, había hecho un primer examen en el lugar de los hechos y, mientras preparaban el cadáver para su transporte en el transbordador a Estocolmo, se tomó su tiempo y se sentó con ellos, lo cual era bastante inusual. De todos modos, faltaban varias horas para que saliera su vuelo, según le dijo a Knutas. Para ella era interesante estar presente cuando el equipo de investigación intercambiaba sus puntos de vista, puesto que también había examinado el cadáver de la primera víctima, señaló. Ahora utilizarían el helicóptero para sobrevolar la zona del lugar del crimen en busca del asesino, y luego lo dejarían en Gotland.

—Bueno, bienvenidos —comenzó Knutas, e hizo un gesto mirando al colega del Cuerpo Nacional de Delitos—. En particular a Martin Kihlgård, que ha volado desde Estocolmo para ayudarnos. Te estamos muy agradecidos.

Todos aplaudieron espontáneamente y Kihlgård se levantó y se inclinó con un gesto caballeroso. Su lado humorístico estaba siempre presente, incluso en momentos de gravedad como el de ahora.

Se sentó de nuevo, se secó el sudor de la frente, le hizo una seña a Karin, que era la que más cerca estaba de los termos, y alargó la mano en busca del bollo de canela más grande de la bandeja.

—También quiero dar la bienvenida a la forense Kristina Hammarström.

Knutas hizo una breve pausa antes de continuar.

—Muy bien. Tenemos otro asesinato. A las nueve y cuarto de esta mañana encontraron muerta a Eva Linde en su cabaña de Östergarnslandet, concretamente, en Svartdal.

—¿Svartdal? ¿Y eso dónde está? —preguntó Victor Ferreira.

Knutas le pidió a Karin que apagara la luz mientras él se adelantaba y bajaba la pantalla blanca al fondo de la sala. Le hizo una seña a Wittberg, que estaba delante del ordenador, para que mostrara las imágenes. Enseguida apareció un mapa y una imagen aérea de la zona.

—La policía tiene una cabaña y un camping por allí cerca, así que la mayoría de los policías saben perfectamente dónde está, seguro que tú también irás tarde o temprano. En realidad, Svartdal no es más que un conjunto de casitas que se encuentran a lo largo de la carretera, entre Gammelgarn y Ljugarn, pero la barriada continúa hasta el mar. Primero solo hay bosque, pero algo más abajo hay unas cuantas casas dispersas. Aquí se encuentra la casa de Eva Linde. Ninguno de los vecinos de alrededor puede verla.

Knutas señalaba el mapa.

—Su coche estaba aparcado justo debajo de lo que es su parcela. Más allá se encuentra la playa de Sjaustre, que en principio continúa hasta Ljugarn, o sea, que tiene varios kilómetros de longitud.

—Es decir, que para llegar a la cabaña hay que recorrer ese camino. No hay otro, ¿no? —preguntó Kihlgård con la boca llena de bollo de canela.

—No, a menos que vayas en coche —dijo Knutas—. Hemos hecho una búsqueda por la zona con patrullas caninas y con el helicóptero, por si el asesino se hubiera quedado por allí, escondido en algún sitio, pero no parece que sea el caso.

—Parece que también a la orilla de la carretera más pequeña hay alguna que otra casa, así que puede que alguien haya visto un vehículo durante la noche, ¿no? —continuó Kihlgård.

—Desde luego, y estamos preguntando a los vecinos de toda la zona. Tenemos a Sohlman y a varios técnicos examinando el lugar y hemos acordonado una buena parte del área. Y ahora, pasemos a la víctima. Eva Linde tenía cincuenta y cinco años, separada desde hacía muchos, vivía sola en un apartamento de Estocolmo, en Årsta, concretamente, una barriada al sur de Estocolmo, cerca del Globen. Tenía un hijo, Hjalmar, que vive con su padre en Lärbro, aquí, en Gotland. —Knutas miró sus papeles—. El hijo tiene veintiún años. Eva Linde había pasado la semana en la cabaña, entre otras cosas, porque había participado en una serie de actividades celebradas durante la Semana de Almedal, e iba a ser una de las principales conferenciantes del sábado durante la manifestación contra el Movimiento de Resistencia Nórdico. Así fue como la encontraron.

Las fotografías del cadáver de Eva Linde que aparecieron en la pantalla de la sala de reuniones provocaron varias reacciones.

—Qué barbaridad —dijo Kihlgård llevándose una mano a la boca—. Pero ¿qué es eso?

—Sí, desde luego, es una buena pregunta —respondió Knutas, y se dirigió a la forense.

—Kristina, ¿puedes hablarnos de las lesiones?

—Claro.

La forense se levantó y se puso al lado de Knutas, de modo que podía ver la cara de todos.

—Eva Linde llevaba muerta entre ocho y doce horas cuando la policía llegó al lugar de los hechos. A juzgar por todos los indicios, murió víctima de un fuerte impacto en la cabeza, recibió un gran número de golpes violentos con un objeto romo, un bate, tal vez, o algo parecido. Ya veis que la nuca está prácticamente hecha papilla. Las lesiones recuerdan mucho a las que le causaron a Tobias Ström hace una semana. A esta víctima la ataron a la silla y le taparon la boca con cinta adhesiva después de que se produjera la muerte. Se nota, entre otras cosas, en que la cinta no presenta ningún tipo de arrugas ni imperfecciones, los bordes están lisos y apenas hay manchas de sangre. Y si la víctima se hubiera estado moviendo mientras la golpeaban y la tenían amordazada, el aspecto habría sido otro. A Tobias también lo ataron después de la muerte, y teniendo en cuenta que esa información no se ha difundido en los medios, creo que podemos partir de la base de que se trata del mismo agresor.

—La cuestión es qué significa —la interrumpió Karin—. Ya tenemos dos víctimas, a las dos las han maniatado y les han tapado la boca con cinta adhesiva después de muertas. Eso indica que la idea no era callarlas para que nadie oyera sus gritos, por ejemplo, ni conseguir que no opusieran resistencia. Ni tampoco que las ataran y torturaran para obtener información. ¿Por qué haría entonces el asesino algo así?

—Tiene que ser algo simbólico —intervino Kihlgård—. El asesino quiere decirnos algo.

—¿Quiere que guarden silencio? —sugirió Wittberg.

—Sí, desde luego, esa es la impresión —respondió Knutas—. Quiere callarlos.

—Que no hablen de racismo —dijo Smittenberg—. Los dos lo combatían alto y claro, cada uno a su manera.

—¿Y el gato? ¿Por qué tuvo que matar al gato? —preguntó Ferreira.

—Puede haberlo usado para amenazarla —dijo Kihlgård—. Si es que trató de sonsacarle información a la víctima. Algo así como: «O me lo dices o mato al gato».

—Ya, o quizá solo quería hacer sufrir a Eva Linde más aún antes de matarla —dijo Knutas—. La cuestión es si ahora se dará por satisfecho. Continúa —le dijo a la forense con un gesto.

—Antes de que se produjera la muerte hubo un enfrentamiento —dijo Kristina Hammarström—. La víctima presenta claras heridas defensivas en los brazos, las piernas, los hombros y el pecho. Tiene arañazos en los brazos y en la cara, lo que significa que trató de defenderse.

El ambiente se entristeció en la sala mientras todos contemplaban las fotos de la víctima. La mayoría de ellos la reconocían de sus intervenciones en televisión y recordaban lo viva y carismática que era cuando hablaba de que la tierra nos pertenecía a todos, y que debíamos cuidar los unos de los otros.

—Sí —dijo Knutas con un suspiro—. Es terrible ver estas imágenes y comprender que el móvil de los dos asesinatos parece tener su origen en la xenofobia. Tobias Ström trabajaba de forma activa contra el racismo a nivel local, y Eva Linde era la principal creadora de opinión del país en lo que se refiere a la lucha contra los movimientos de extrema derecha. Además, Johan Berg, al que todos conocemos, nos acaba de proporcionar una pista interesante. Ha estado entrevistando al matrimonio que alquila la casa de Hummelbosholm que se encuentra en el cabo, cerca del lugar del crimen. En una cabaña encontraron una bandera: ahí tenéis las fotos.

De nuevo le hizo una seña a Wittberg. La bandera verde y amarilla con el oso incorporado sobre las patas traseras apareció en la pantalla.

—¿Alguien lo reconoce?

Menearon la cabeza entre murmullos de expectación.

—Es el símbolo de un grupo de personas que se hacen llamar Frente Patriótico, un movimiento neonazi que existe en Gotland desde los años noventa.

—Precisamente, yo los estoy investigando —dijo Karin—. Ya os avisaré cuando tenga algo.

—Johan Berg también envió la foto de una lista que él y Pia encontraron en la caseta.

Todos se inclinaron automáticamente hacia delante para ver mejor. En una mesa, al lado de la bandera, había un papel arrugado y amarillento. En la siguiente imagen aparecía el documento en primer plano. Era una lista de nombres.

—Parece un acta o algo así —dijo Knutas—. Todos los nombres son del nórdico antiguo, pero a saber lo que eso significa. ¿Podrás comprobarlo también, Karin?

—Claro, yo me encargo.

—Entre las víctimas debería haber otra conexión, más allá de que trabajaran de forma activa contra el racismo —dijo el fiscal Smittenberg—. Una cosa es que Eva Linde despertara esos sentimientos, porque era muy controvertida, pero ¿por qué iban a matar a Tobias Ström? El dueño de un bar conocido en la zona que se implicaba en el trabajo de integración local y que se encargaba junto con su mujer de un chico que llegó solo al país. Es raro, ¿no? En mi opinión, tiene que haber algo más. Algo que desconocemos.

—Puede que tengas razón —dijo Knutas pensativo.

—¿Estamos totalmente seguros de que se trata del mismo asesino? —preguntó Wittberg.

—Pues yo no suelo cerrarme a otras posibilidades en una investigación, máxime cuando no estoy seguro —dijo Knutas—. Pero todo apunta a que sí.

—O sea que podemos abandonar otras vías, ¿no? —concluyó Karin—. Motocicletas, deudas de juego, asuntos amorosos y seguros de vida.

—Sí, creo que sí —respondió Knutas—. Tenemos que poner todos nuestros esfuerzos y recursos en atrapar a un asesino que quiere callar a los antirracistas.

Un hondo silencio se extendió por la sala.

Lennart Arnstedt llevaba todo el día viendo los coches pasar por allí. Nunca había habido tanto movimiento en Svartdal. Hacía quince años que vivía en la carretera y jamás había visto nada parecido. Los vecinos estaban nerviosos y se habían pasado el día entrando y saliendo de su casa, desde que vieron aparecer los primeros coches de policía por la mañana. Y, desde luego, resultaba irreal que algo así pudiera suceder en un pueblo tan pequeño y tranquilo. Él opinaba lo mismo. Irreal y espantoso. Lo único que quería era que todo volviera a la normalidad. Se preguntaba qué estaría haciendo la policía. Dos asesinatos en una semana, y ¿qué estaban haciendo? Seguro que se pasaban los días de papeleo en Visby.

Mientras tanto, él tuvo que tranquilizar a su mujer y convencerla de que no tenía que andar asustada pensando que el asesino podía estar a la vuelta de la esquina, pero ella se negaba a acompañarlo al paseo de todas las tardes con el perro. Tendría que ir solo.

Era un pastor alemán musculoso y bien entrenado que necesitaba mucho ejercicio. Lo llevaba suelto y caminaba a buen paso por el bosque en dirección al mar, por el camino donde se encontraba la cabaña de Eva Linde. Se veía a la gente sentada en el jardín tomando café, y no le costaba mucho imaginar cuál sería el tema de conversación. El perro iba a su lado muy obediente, sin hacer incursiones en las parcelas ajenas, a pesar de los atractivos aromas que despedían. Era un animal disciplinado y estaba acostumbrado a mantenerse al lado de su amo. Los perros mal educados que corrían por ahí, andaban marcando todos los rincones y le saltaban encima a la gente no le agradaban en absoluto.

Vio desde la distancia la cinta policial que rodeaba la casa de Eva Linde. Las tiras de color blanco y azul aleteaban al viento, que empezaba a soplar. Cuando estuvo un poco más cerca se dio cuenta de que había un coche policial aparcado junto a la casa. Dos personas, que parecían técnicos, pues llevaban guantes de plástico, iban de aquí para allá buscando rastros en la parcela.

El perro empezó a mostrarse impaciente y parecía nervioso, así que después de bordear el cordón policial, Lennart continuó por el sendero hacia el sur, rumbo a Ljugarn. La playa estaba desierta, todos se habrían retirado ya para preparar la cena; además, el cielo empezaba a cubrirse de nubes. También el viento iba arreciando, y al cabo de un rato, se desvió y entró en el bosque. Entre los árboles reinaba la calma. Siguió un sendero estrecho muy usado por los lugareños con el perro pisándole los talones. Llevaba una buena compañía. Dejó que el pensamiento volara libremente. Pensó en si el asesino habría andado por allí antes. ¿Habría planeado el crimen justo donde él estaba? ¿La policía no debería peinar la zona?

De pronto, el perro soltó un ladrido y se salió del camino. Él lo llamó, pero el animal no hizo caso. Volvió a llamarlo al ver que ponía rumbo a un claro del bosque. Era algo insólito, siempre se paraba en seco cuando él lo llamaba. Lo vio entre los brezales y los helechos, que estaban muy crecidos.

Se había detenido y no paraba de ladrar. Lennart comprendió que había encontrado algo. El corazón empezó a latirle más rápido en el pecho cuando se apartó del sendero y echó a correr hacia donde se encontraba el animal, que se tumbó en un sitio muy concreto en el suelo. Era obvio que quería marcárselo.

Cuando llegó adonde estaba el perro, al principio no pudo ver a qué había reaccionado. Se agachó a su lado y buscó en el suelo con la mirada. Entonces lo vio. En la tierra había un objeto, un bate o algo parecido. Agarró el mango y tiró. Se quedó mirando con asombro el objeto que tenía en la mano, preguntándose por qué el animal había reaccionado con tanto ímpetu. Retiró la tierra con la mano y entonces lo comprendió.

Febrero de 1999

Se bajó del autobús, el camino del pueblo resbalaba como un cristal. En Gotland no cubrían de sal la calzada en invierno. Un grupo de casas alrededor de la iglesia estaban rodeadas de campos y prados, que ahora se extendían invernales y desiertos. Tenía frío con aquella chaqueta tan fina y sacó los guantes de la bolsa del supermercado que llevaba en la mano. En ella tenía un regalo de los abuelos para su madre. Un cartón rojo de tabaco Prince.

Eran las diez de la mañana y no se veía un alma. El sol brillaba sobre el paisaje helado, pero dentro de él reinaban el frío y la oscuridad.

Tuvo que caminar un trecho y fue tiritando como un perro hasta que por fin llegó a la casa, que estaba algo apartada de las demás. Una casa de piedra blanca grande con un jardín de césped delante. Ahora estaba cubierta de nieve, eso sí, y no se veía a nadie. Así que allí vivía ella. Respiró hondo y sintió la punzada del frío en el pecho. Llevaba medio año sin verla. Un día desapareció de Slite, y nadie sabía dónde se encontraba. Varios meses después, la encontraron drogada en un portal de la calle Malmskillnadsgatan, en Estocolmo. La habían violado y agredido, y luego la habían llevado al hospital. No detuvieron al agresor. Él no tuvo fuerzas para ir a verla hasta allí. En cierto modo, pensaba que ella tenía la culpa por ir drogándose por ahí, porque así era fácil que pasara cualquier cosa. Ahora ya había transcurrido un tiempo, ella había regresado a Gotland y le había escrito varias cartas en las que le rogaba que fuera a verla al centro de rehabilitación. Suponía que no se atrevía a llamarlo. Al final, él cedió, aunque de mala gana y a pesar de que no entendía para qué. No abrigaba ya ningún sentimiento por su madre, ella los malgastó y los agotó hacía mucho tiempo. En realidad, ni siquiera tenía derecho a decir que era su madre. Sin embargo, lo era, quisiera él o no.

La directora abrió cuando él llamó a la puerta. Una mujer de unos cincuenta años, con el pelo castaño y rizado, gafas con la montura de color rojo y una chaqueta de punto lila. Él se presentó.

—Hola, me alegro de verlo —dijo la mujer sonriendo—. Adelante. Anita está pintando en el taller, está muy contenta de que haya venido.

La mujer se adelantó y entró en la gran cocina rústica, abrió una puerta y bajó unos peldaños hacia lo que parecía un taller con ventanas que daban al paisaje invernal. Cuando vio a su madre, una sacudida lo recorrió por dentro. Allí estaba, bajita y menuda, con una chaqueta azul y esponjosas zapatillas de piel de oveja en los pies. Estaba inmersa en la pintura de una acuarela y aún no se había dado cuenta de su presencia. Tenía la radio puesta, y él reconoció la agradable voz de la emisora local. Algo más allá se veía a otra mujer, muy concentrada en la pintura. Al otro lado de las ventanas, el sol relucía en la nieve. La directora se había ido, seguramente querría dejar a madre e hijo tranquilos en su amoroso reencuentro. Un gato negro remoloneaba tendido en un rayo de sol que se reflejaba en el suelo. Él se quedó allí de pie, mirando. ¿De verdad que aquella era su madre? En ese instante comprendió que ni sabía lo que significaba tener una madre de verdad.

Aquella mujer tan discreta y apacible en apariencia lo había humillado, se había pasado borracha toda su infancia y lo había avergonzado ante toda la sociedad. ¿Qué le había dado, aparte de miseria? La vida, claro está, pero fue un error, como ella misma no dudó en contarle.

La ira empezó a burbujearle por dentro. Le nacía en el estómago y ascendía a toda velocidad. El odio acudía a él en oleadas, le sacudía las entrañas, le destrozaba el cuerpo. ¿Qué demonios estaba haciendo allí? En ese instante, ella se volvió y lo miró sonriendo. Tenía los dientes desportillados y renegridos, tras toda una vida de adicciones. Y allí estaba ahora, tan tranquila, atendida por la sociedad, que se compadecía de ella por muchos problemas que ocasionara. Allí podía dedicarse en paz y tranquilidad a pintar y a otras tareas absurdas, en aquella preciosa sala blanca de vistas idílicas. Comer a diario y dejarse cuidar. Sin la menor contribución por su parte. Sintió enseguida hasta qué punto la odiaba, hasta qué punto la despreciaba a ella y a todo lo que ella representaba. Se levantó y extendió los brazos hacia él.

—Mi niño —dijo con su voz ronca y cansina, destrozada por el tabaco.

La cólera lo arrolló con fuerza por detrás como una apisonadora. Soltó la bolsa en el suelo y echó a correr hacia ella. Le dio un puñetazo en plena cara y la derribó. Ella no emitió ningún sonido, pero la otra mujer que estaba allí pintando dejó escapar un grito. Él se abalanzó sobre su madre y continuó golpeándola sin dejar de llorar y gritar.

—Zorra asquerosa, cerda, bruja de mierda. ¡Te odio! ¿Lo sabías? ¡Ya puedes irte al infierno! ¡Te voy a matar!

A su espalda oyó llanto y gritos desesperados. La directora y la otra mujer chillaban y tiraban de él sin parar. Sonó una alarma y, de repente, dos hombres fuertes y corpulentos lo redujeron por completo. Sentía la cabeza vacía y helada. Se aisló de cuanto ocurría alrededor, se adentró en la oscuridad.

Una oscuridad como la que siempre tuvo a su alrededor.

Cuando Knutas entró en la sala donde se iba a celebrar la conferencia de prensa, vio que ya estaba llena de gente. Habían instalado los micrófonos en hilera sobre la tarima, y ya se encontraban allí el jefe de la Policía Regional, el inspector Martin Kihlgård, en nombre del Cuerpo Nacional de Delitos, y el jefe de prensa, Victor Ferreira. Los principales canales de radio y televisión, así como los periódicos nacionales estaban representados, e incluso algunos medios extranjeros. Como era lógico, los medios de comunicación locales también estaban presentes. Se notaba la tensión en el aire. El hecho de que la más destacada representante de la lucha contra el racismo hubiera sido brutalmente asesinada en su cabaña de verano, en medio de la idílica Gotland, era una noticia sensacional y un escándalo al mismo tiempo, además de un doloroso derechazo para quienes luchaban contra la xenofobia creciente en Suecia. Knutas se dio cuenta de que *Rapport*, el programa informativo nacional, se encontraba allí con un equipo que pensaba emitir en directo en las noticias de las seis de la tarde. Cuando el comisario ocupó su puesto y dieron las seis en punto, el jefe de la Policía Regional dio la bienvenida a todos, presentó a quienes se encontraban en la tarima y cedió la palabra al jefe de la investigación. Knutas refirió por encima lo que había sucedido.

—No hemos detenido a ningún sospechoso, pero todos nuestros recursos están al servicio de la búsqueda del asesino —dijo a modo de conclusión.

Enseguida empezaron a verse manos en alto.

—¿Por qué la policía cree que se trata de un asesinato? —preguntó un periodista.

—El cadáver presentaba signos de una violencia física extrema, y no son lesiones que la víctima pudiera infligirse a sí misma o causarse por accidente.

—¿Podría hablarnos de las lesiones y del arma utilizada? —dijo otro.

—Se trata sobre todo de la parte posterior del cráneo, que golpearon con un objeto romo, no sabemos cuál, y tampoco hemos encontrado ningún arma.

—¿Qué similitudes existen entre este asesinato y el de Tobias Ström? —preguntó Johan Berg.

—Debo decir que las hay, y muchas —aseguró Knutas mirando a sus colegas.

Durante la reunión previa a la conferencia de prensa mantuvieron una discusión acalorada sobre cuánta información debería dar la policía.

—¿Y qué pueden decirnos del asesino? —continuó Johan.

—Eva Linde ha sufrido el mismo tipo de agresión que Tobias Ström, y con un arma similar, según la forense.

—Entonces, ¿parten de la base de que en los dos casos se trata del mismo asesino?

Knutas volvió a mirar a sus colegas. Advirtió un gesto de asentimiento casi imperceptible del jefe de la Policía Regional.

—Sí, así es —confirmó Knutas.

Un rumor se extendió por la sala y el ambiente se volvió más tenso aún.

—¿Y el móvil? —preguntó un conocido periodista de la radio nacional, que llevaba en la brecha desde que a Knutas le alcanzaba la memoria—. Las víctimas tienen un aspecto en común: su implicación antirracista. El trabajo de Eva

Linde lo conoce sin duda todo el mundo, además de que había escrito varios libros sobre el tema. Y Tobias Ström también participaba activamente en trabajos de integración en Hemse y en las localidades colindantes. ¿Cómo lo ve la policía?

—Hemos tomado nota de ello, como de otros muchos aspectos de la investigación —dijo Knutas tajante—. Acerca del móvil no puedo comentar nada más, por el momento.

Knutas decidió no decir nada tampoco sobre el hallazgo de la bandera ni sobre la conexión con el Frente Patriótico para preservar la investigación. Como si le hubiera leído el pensamiento al comisario, el viejo zorro de la radio se aferró enseguida a ese hilo. Hablaba con voz seca y bronca, y solía justificar sus preguntas con minuciosidad y detenimiento.

—Y el hecho de que se haya permitido por primera vez la participación del Movimiento de Resistencia Nórdico en la Semana de Almedal, ¿no se puede relacionar con los asesinatos? —comenzó, y se encajó las gafas en la frente—. Todos sabemos que se formó un gran revuelo, y Eva Linde era una de las conferenciantes que iba a participar durante la gran contramanifestación del sábado. En otras palabras, resulta fácil suponer que ahí exista alguna conexión. Quiero decir, ¿por qué iban a matarla justo ahora, dos días antes de la polémica manifestación?

La pregunta resonó en el aire unos segundos. Knutas tomó un par de tragos del vaso de agua que tenía delante para ganar algo de tiempo antes de responder. Era muy consciente de que todas las miradas estaban puestas en él.

—No podemos ponernos a especular sobre por qué se han producido los asesinatos en este momento —respondió el comisario con voz neutra—. Tampoco sabemos por qué Tobias Ström perdió la vida. De lo contrario, seguramente ya habríamos detenido al agresor.

En ese momento empezaron a surgir preguntas de todas partes y los periodistas levantaban el brazo ansiosos todos a la vez. La sola idea de que el Movimiento de Resistencia Nórdico pudiera tener relación con el caso revolucionó a los reporteros. Knutas pensó con horror en lo que ocurriría, se imaginó las portadas del día siguiente. Para colmo de males, aquello no contribuiría ni mucho menos a calmar el ya caldeado ambiente en torno a la participación del movimiento xenófobo en la Semana de Almedal.

—Pero ¿hay algo que indique que detrás de los asesinatos se encuentre algún movimiento político? —insistió un reportero de un diario local.

—Sobre eso no puedo hacer ningún comentario —respondió Knutas.

—¿Sufrieron las víctimas algún tipo de amenazas? —preguntó otro.

—Como decía, sin comentarios —insistió Knutas—. Por supuesto que estamos investigándolo, pero el último asesinato es tan reciente que no hemos tenido tiempo de llevar a cabo todos los interrogatorios necesarios ni de revisar los que ya hemos realizado.

—Es decir, que el culpable aún anda suelto, a pesar de que el primer asesinato se produjo hace más de una semana —constató con aspereza el viejo zorro—. Y ahora ha vuelto a actuar. ¿Qué está haciendo la policía? ¿Y qué hace falta para que lo detengan antes de que vuelva a atacar?

Antes de que Knutas alcanzara a responder, la puerta de la sala de conferencias se abrió de golpe, y un hombre de mediana edad vestido con un chándal entró como una tromba. Llevaba en la mano una bolsa de supermercado. Antes de que pudieran detenerlo, subió a la tarima.

—Quieren ustedes pistas, ¿verdad? —preguntó en el acento cantarín de Gotland—. Algún rastro que pueda conducirlos hasta el asesino que causa estragos en la isla y asusta a sus habitantes, ¿no? ¡Pues aquí tienen algo a lo que hincar el diente! Lo he encontrado en Svartdal hace una hora, muy cerca de la cabaña de Eva Linde.

Soltó la bolsa de golpe, ante la cara de asombro de Knutas.

—Adelante, no tiene más que sacarlo. Pero le aconsejo, señor comisario, que se ponga un par de guantes.

Los demás miembros policiales que estaban en la tarima miraban boquiabiertos al hombre y a la bolsa de plástico que Knutas tenía delante. Se había hecho el más absoluto silencio en la sala y todos aguardaban llenos de expectación. Sin decir una palabra, levantó despacio la bolsa y miró dentro. Vio un bate de béisbol, manchado de lo que parecía sangre reseca.

Dormía solo en la casa. Volvía allí a menudo, era como si no pudiera mantenerse apartado de ella. La granja lo atraía como si fuera un imán. Siempre experimentaba la misma sensación. Lo inundaba la calma. En ningún otro lugar olía como allí. Era el único hogar que había tenido y aún lo sentía sí, como si fuera el único sitio donde estaba seguro de verdad. Ahora, sin embargo, estaba lejos de encontrarse bien.

Acababa de despertarlo su propio grito y notó que estaba bañado en sudor. Le llevó un rato serenarse y comprender que solo había sido un sueño. Al principio no sabía dónde estaba. Abrió los ojos y miró a su alrededor. El gran ventanal daba a los sembrados de avena, que pronto estaría madura, donde las amapolas se dejaban ver como joyas rojas en medio de todo aquel amarillo. La idílica imagen estival daba algo de consuelo en la desgracia. Paseó la mirada por el papel pintado con estampado de flores veraniegas que se había pasado años mirando al despertar, pero que ahora amarilleaba un poco. Prendidos de las paredes estaban los recuerdos. Al menos, los que aún le quedaban, los que nadie podía arrebatarle. Sin embargo, la realidad le dio alcance y se vio arrastrado a algo cuyo control había perdido. Si es que lo tuvo alguna vez. Era como si fuera a bordo de un barco sin remos en mar abierto, sin timón, un barco que podía volcar en cualquier momento, y se vería arrastrado al fondo abismal frío y oscuro. Sentía que iba por buen camino.

No paraba de pensar en el día anterior. Trató de apartar de la memoria el asesinato en sí, se esforzó por pasar de largo, igual que se pasa una secuencia desagradable de una película. Primero la vio pasar por delante de su cabaña y seguir con el coche rumbo a la playa, lo que, en un primer momento, le pareció un contratiempo. Llevaba toda la tarde esperando junto a la casa. Y luego, cuando por fin llegó, pasó de largo. Se puso nervioso ante la idea de que tuviera compañía y por eso hubiera bajado a la playa, así que se apresuró a seguirla. Comprobó con alivio que estaba sola. Cuando se metió desnuda en el agua, no pudo resistir la tentación de quitarle la toalla. Quería ponerla nerviosa, desequilibrarla. En ese momento, disfrutó del juego del ratón y el gato, quería provocarla, asustarla, pero lo justo. Como un presagio de lo que vendría. Al cabo de un rato, ella salió del agua y, desesperada, empezó a buscar la toalla; miró preocupada a su alrededor antes de ponerse la ropa y meterse en el coche. Ya estaba asustada.

A través de las ventanas iluminadas vio que se secaba, se ponía el camisón y la bata, preparaba el té y encendía la chimenea. Desde su puesto entre los árboles de la parcela podía observar cada uno de sus movimientos.

Del gato ya se había ocupado antes. Eso la incitaría a salir al porche y, seguramente, multiplicaría el efecto. Por un lado, debería asustarla muchísimo, por otro, él no tendría que entrar en la casa y causar desperfectos que tal vez pudieran verse desde fuera. Y, tal como él había previsto, la mujer abrió la puerta y salió, se puso en el primer peldaño y empezó a llamar al gato. A partir de ahí, todo fue muy rápido. En realidad, no quería pensar en lo que ocurrió después. En cómo la atacó. Cómo se enzarzaron en una pelea. Ella opuso más resistencia de lo que él había calculado, su fuerza le sorprendió.

Cuando al final logró dominarla y darle de lleno con el bate y derribarla, estaba tan desatado que perdió el control por completo. Era como si otra fuerza se hubiera apoderado de él. Golpeó una y otra vez y continuó hasta que se le agotaron las fuerzas. A pesar de que, seguramente, ella llevaba ya mucho rato muerta. Luego cayó extenuado al suelo y se quedó allí un rato, a su lado. Aturdido y sin energía, completamente exhausto. Se sobresaltó al notar que la sangre corría debajo de él. La había por todas partes. Se sintió asqueado y quiso salir de allí, pero sabía que tendría que rematar el trabajo.

La había atado a la silla, no fue fácil colocar en su sitio el cuerpo empapado de sangre, muerto y pesado. Tuvo que manipular un buen rato. Pero no le quedaba más remedio, tenía que completar el ritual.

Y al final lo consiguió, pero lo invadió el pánico cuando iba camino del coche. Había enterrado el bate en el bosque y después de marcharse, se arrepintió. Había reaccionado de forma instintiva, sin pensar. Solo de pensar en ello le entraban náuseas. Lo único que quería era desaparecer. Volver a la oscuridad. Que el sueño lo alejara de todo.

Necesitaba pensar en otra cosa y tanteó en busca del móvil. Entró en Facebook, Instagram y Snapchat. Como de costumbre, todo eran conversaciones de gente feliz. Vestidos de verano en fiestas y en cenas, sentados en unas rocas junto al mar con una amplia sonrisa superpuesta en la cara. Se sintió aún más abatido. Todo el mundo parecía llevar una vida estupenda, mientras que la suya era lisa y llanamente una porquería. Se sentía preso en una trampa, una trampa de la que no podía salir.

Siguió ojeando las aplicaciones del teléfono. Le iría bien distraerse con algo, pero no sabía con qué. Ni siquiera era capaz de pensar en alguna serie americana basura de

Netflix. Vio la aplicación del diario *Expressen* y entró para leerlo. Los titulares fueron como puñetazos en el estómago. Fue bajando para ver las noticias, todo parecía tratar de Eva Linde. Era muchísimo. Entró en internet y buscó su nombre, fue mirando los resultados. Había enlaces a páginas de noticias internacionales. A periódicos extranjeros. Bajó despacio el teléfono hasta el suelo, sintió que las últimas fuerzas lo abandonaban. No tenía ni idea de en qué iba a meterse, de lo conocida que era.

Justo cuando el teléfono estaba a punto de caérsele, le vibró en la mano. Le dio la vuelta para ver la pantalla y leyó el mensaje. Notó una punzada ardiente en el estómago. Daba igual cómo se sintiera.

Tenía que continuar.

La dramática conferencia de prensa había terminado, y Knutas, Karin y Kihlgård aprovecharon para ir a comer. Pidieron pizzas hechas en un horno de piedra con auténtico parmesano, mozzarella recién importada, tomate natural y rúcula del nuevo restaurante italiano que habían abierto en Österport, y se encerraron en el despacho de Knutas. Kihlgård fue devorando un trozo tras otro. El comisario había encargado dos pizzas, solo por asegurarse. El apetito de su colega de Estocolmo era como el de un caballo.

—Madre mía —dijo Karin, y se limpió después de probar un bocado—. Qué pizza, está divina. La más rica que he comido nunca.

—No puedo estar más de acuerdo —añadió Knutas alargando la mano en busca de otro trozo.

Kihlgård no dijo nada. Estaba totalmente concentrado en comer.

—Bueno, cambiando de tema —continuó Karin—. Y pensar que lo que quizá sea el arma homicida haya aparecido de esa manera... Jamás lo habríamos imaginado, ¿no?

Kihlgård levantó la vista y negó con la cabeza.

—Y menuda tensión dramática en riguroso directo. Los periodistas estarían encantados.

—Yo lo que no me explico es cómo consiguió entrar —dijo Karin—. ¿Cómo es que nadie lo detuvo?

—Al parecer fue un periodista del *Aftonbladet* quien lo dejó pasar —dijo Knutas—. Tuvo que ir al baño en plena conferencia de prensa y entonces apareció el sujeto. Bueno, porque ahí hay una puerta lateral —le aclaró a Kihlgård, que no estaba tan familiarizado con las oficinas—. El hombre le dijo a gritos a través del cristal que tenía que enseñarle una cosa que no querría perderse, así que el periodista le abrió. Y luego no tuvo más que entrar en la sala, puesto que no había nadie vigilando la puerta.

—Ya veremos si es el arma homicida —dijo Kihlgård—. Todavía no lo sabemos. Habrá que esperar a que termine la investigación técnica para asegurarlo.

—Aunque todo indica que sí lo es —intervino Karin—. Encontró el bate cerca de la casa de Eva Linde, y es exactamente el tipo de objeto que utilizó el asesino, según la forense. Además, estaba lleno de sangre.

—Qué hombre más raro, por cierto. En lugar de llamar a la policía, viene en coche hasta la ciudad —dijo Kihlgård—. Y una vez en la comisaría, no se dirige a la recepción, como habría hecho cualquier persona normal, sino que entra en plena conferencia de prensa. Vaya sentido de la dramaturgia.

—Desde luego —dijo Karin—. Yo no había visto nunca nada igual. Dará mucho que hablar, seguro.

—Eso, sin contar con toda la prensa que vendrá después del asesinato de Eva Linde. Ferreira va a necesitar ayuda —añadió Knutas con una mueca.

—Podríamos enviar refuerzos de Estocolmo también en ese frente —propuso Kihlgård.

—A propósito de frentes —dijo Knutas volviéndose a Karin—. ¿Has podido averiguar algo sobre el Frente Patriótico?

—Sí, sus orígenes se remontan a antes de la Segunda Guerra Mundial. El Frente Patriótico siempre lo ha formado un grupo más bien reducido de personas, la organización es demasiado pequeña para hacerse notar, salvo cuando se han unido a otras formaciones con más arraigo para actuar ocasionalmente en ciertas operaciones, como manifestaciones y cosas por el estilo.

—¿Y cuántos son en la actualidad? —preguntó Kihlgård, que se llevó a la boca el último trozo de pizza.

—No lo sé —respondió Karin—. Pero su líder en Gotland se llama Karl Verner y vive en Lärbro. Pensaba ir a hablar con él.

DESPUÉS DE LA pizza en el despacho de Knutas, Kihlgård le dijo a Karin que se fuera a casa. Llevaba en el trabajo desde las seis de la mañana. Se ofreció a encargarse del interrogatorio con Karl Werner, y a ella le pareció bien.

Cuando empezó a ponerse la chaqueta, Anders le preguntó si no podían tomarse un vino. Ella le dijo que ya había quedado. Al ver la decepción en su rostro, le dio un poco de pena.

Joel Kjellman la había llamado, quería que se vieran otra vez. Karin no supo qué responder. Al principio ella había quedado con él solo para recabar información; después fue para irritar a Anders; pero luego resultó que Joel era encantador, consiguió que se sintiera bien y que le apeteciera verlo de nuevo.

El tiempo había cambiado desde hacía un par de días y ya hacía más calor. El centro era un hormiguero. La Semana de Almedal había alcanzado su culmen y el bar Donners estaba lleno de gente. Karin reconoció a varios políticos y personalidades de la cultura cuando pasó por delante. La ciudad entera de Visby era un hervidero con su ambiente festivo.

Joel la esperaba en el puerto. Qué guapo estaba con su camisa celeste y el pantalón corto, que dejaba al descubierto unas piernas bronceadas y musculosas. Se le iluminó la cara con una amplia sonrisa al verla llegar. Ella se percató de su alegría, que no la dejó indiferente. Se sintió muy halagada.

—Hola —dijo Joel, le acarició el brazo y le besó el pelo fugazmente.

Karin se apartó.

—Tranquilo, puede vernos alguien.

—Sí, claro —dijo él riendo—. A lo mejor debería ponerme barba postiza y llevar gafas de sol.

—Ahora que lo dices, habría sido muy recomendable —respondió ella sin poder aguantar la risa.

Resultaba muy relajante el mero hecho de deambular por el puerto entre los turistas y sentirse como uno de ellos. Fueron paseando despacio por el muelle y viendo los barcos mientras el sol se ponía en el mar.

—¿Qué tal el barco? —preguntó Karin.

—Bueno, bien —respondió Joel—. Ahora mismo está en el astillero, le están cambiando el mástil. Aunque tardarán varias semanas. Hasta entonces tengo que prescindir de él y, la verdad, no me hace ninguna gracia. Estamos en plena estación de vela. ¿Cómo va la caza del asesino? ¿Ha averiguado algo la policía?

—Sobre ese tema no puedo hablar, lo siento.

—Pero ¿ya hay alguien a quien detener?

—Lo dicho, no puedo hablar de la investigación —insistió Karin resuelta—. ¿Y cómo es que sigues aquí, en Gotland?

—Estoy de vacaciones. Y aquí tengo amigos que también practican la vela, así que no hay problema, salgo a navegar con sus veleros. No me quejo.

Sonrió y trató de acariciarle la mano, pero Karin la retiró. Hasta ahí podíamos llegar.

Continuaron paseando por delante de los barcos y llegaron al bar Kallis. El restaurante Strands Veranda, junto al palacio de congresos, estaba repleto de gente que brindaba bajo la puesta de sol.

—¿Algo de beber? —preguntó él.

—Sí, gracias.

Era obvio que Joel conocía al propietario del bar, porque se saludaron amigablemente y enseguida les dieron una mesa en la terraza. Karin se acomodó en la silla y se puso a contemplar el mar mientras Joel pedía la bebida. «Bah —pensó—. Olvídate de la investigación por un rato.» Por primera vez en mucho tiempo, sintió que se relajaba de verdad.

Esta noche pensaba disfrutar y nada más.

KNUTAS SE LEVANTÓ temprano la mañana del viernes y fue paseando a la comisaría. Se había pasado la noche dando vueltas a los dos asesinatos y apenas había pegado ojo. Ya llevaba varias horas en la comisaría, pensando. ¿Qué tenían en común las dos víctimas? ¿Acaso se conocían? ¿Habrían colaborado, quizá?

El comisario se levantó de la silla, se estiró y salió en busca de un café. Los pajarillos cantaban ruidosamente al otro lado de la ventana. Vio el mar tras la vieja muralla. Resultaba difícil imaginar que las calles de Visby no tardarían en llenarse de manifestantes neonazis.

Kihlgård había interrogado a Karl Werner, el líder del Frente Patriótico, pero no sacó ninguna información de valor. Werner dijo que en los noventa se habían servido de la casa de Hummelbosholm para celebrar reuniones de vez en cuando, pero poco más. El propietario del inmueble resultó ser miembro de la organización, que no estaba prohibida. No había nada concreto que indicara que el Frente Patriótico tuviera algo que ver con Tobias Ström. Wener soltó un montón de disparates sobre los traidores a la patria y la decadencia del país. Al final, Kihlgård tuvo que apagar la grabadora.

Knutas miró el reloj. Más de las nueve. Se dijo que no era demasiado temprano para llamar a Evelina Ström, tal vez ella pudiera arrojar algo de luz sobre a qué se había dedicado Tobias los años en que Gunnar y Mona no tuvieron contacto con él. Estuvo un rato esperando al teléfono hasta que ella respondió.

—¿Dígame? —dijo la mujer con voz débil.

Knutas comprendió que estaba llorando.

—Hola, soy Anders Knutas. Perdone que la moleste.

—Ah, un momento.

Oyó un ruido ensordecedor en el auricular. Knutas hizo una mueca y apartó el móvil a unos centímetros de la oreja. Evelina se estaba sonando.

—Estoy tratando de encontrar una conexión entre Eva Linde y Tobias —aclaró Knutas—. Seguramente, sabrá que sospechamos que se trata del mismo asesino.

—Sí, lo sé. Karin Jacobsson me llamó ayer. Me habló de la investigación. O, bueno, me dijo lo que podía desvelar, supongo —añadió Evelina con voz cansada.

—¿Ha recordado algo que pueda contarnos sobre Tobias? Aunque no crea que pueda resultar de interés, nos gustaría saberlo de todos modos.

—Pues no sé... Bueno, hay una cosa —dijo dudando.

—¿El qué? Cualquier detalle puede ser importante.

—Pues sí, cuando he estado ordenando sus cosas encontré una carta que escribió y que firmó con el nombre de Arnulf. Yo nunca lo había oído usar ese nombre, ni tampoco que nadie lo llamara así.

—¿Arnulf? —repitió Knutas con el ceño fruncido—. ¿Quiere decir que se hacía llamar por ese nombre?

Knutas recordó algo. ¿Dónde había oído él ese nombre? Rebuscó en la memoria. Hasta que cayó en la cuenta. La lista de nombres nórdicos que Johan Berg encontró en la casa de piedra.

—Un segundo, ¿puede esperar unos instantes? —le rogó a Evelina.

Empezó a buscar entre las carpetas que tenía en la mesa. En algún sitio había una copia. La encontró enseguida. En efecto, uno de los nombres de la casa de Hummelbosholm era Arnulf.

Knutas miró el reloj.

—¿Podría ir preparando un café? Y reúna todo lo que tenga con el nombre de Arnulf. Salgo para allá ahora mismo.

Apenas una hora después Knutas llegaba a Fide, a la granja de Evelina. Allí estaba, sentada frente a él, en chándal, con la cara llorosa y el pelo recogido en una coleta. Estaba pálida y parecía haber adelgazado desde la última vez que la vio, tan solo unos días atrás.

—¿Dónde está Reza? —preguntó Knutas.

—No lo sé —respondió ella—. Ha estado mucho tiempo fuera de casa desde que mataron a Tobias. Es como si no tuviera fuerzas para estar aquí. Y claro, yo tampoco soy muy buena compañía —aseguró con un suspiro antes de sonarse otra vez.

—Vaya —dijo Knutas extrañado—. Entonces, ¿está por ahí con amigos?

—Supongo —respondió Evelina mirando por la ventana con apatía.

—¿Ha encontrado algún otro documento con el nombre de Arnulf? —preguntó Knutas.

—Sí —dijo Evelina, y le pasó un puñado de cuadernos y documentos antiguos.

—¿Los ha leído?

Ella negó con la cabeza.

Knutas empezó a hojearlos. Sintió una quemazón en el estómago cuando comprendió de qué se trataba. Poco a poco fue comprendiendo por qué habían matado precisamente a Tobias Ström. Aquello que él llevaba todo el tiempo preguntándose encontró de pronto una explicación clara como el agua.

A la edad de veintidós años, Tobias era miembro del Frente Patriótico. Era un tránsfuga.

La casa de Lärbro se encontraba algo apartada junto a un lindero del bosque, más allá del resto del pueblo. A pesar de haberle dado a la policía la pista de la bandera del Frente Patriótico, Johan era incapaz de olvidar el tema. En la reunión matinal del equipo de redacción comentaron que Eva Linde había examinado, entre otros, al Frente Patriótico en un libro acerca del nazismo en Suecia, lo que no restaba interés a la pista, al contrario. Decidieron que Pia y él se acercarían a la organización y tratarían de conseguir una entrevista.

Johan encontró al líder del Frente Patriótico en la red. Karl Werner estaba censado como soltero, sin hijos, y tenía una carpintería en Lärbro, al norte de Gotland. No era un pueblecito que destacara por ningún motivo. Seguramente era más conocido entre los turistas por ser paso obligado para ir a la isla de Fårö.

El inmueble que pertenecía a Karl Werner constaba de una vivienda tradicional de ladrillo amarillo con un seto muy alto alrededor. Más al fondo, al final del camino, estaba el taller, un cobertizo grande de color rojo con un letrero en el que se leía Werner Snickeri AB, con varias carretillas y algunas máquinas bien colocadas en la explanada de grava. A un lado se alineaban varias casas no muy grandes que parecían cabañas de invitados, y también un cercado en el que unas gallinas deambulaban picoteando el suelo.

El alto seto separaba la vivienda del taller, pero en el centro del seto había un hueco recortado en forma de arco por el que se podía pasar. En cuanto se bajaron del coche, oyeron el ruido de una sierra; era obvio que había actividad allí dentro. La puerta del taller estaba cerrada. Llamaron, pero fue inútil. Era imposible oír nada con ese ruido. Johan tanteó la puerta. Estaba abierta.

Un hombre con una máscara de protección facial estaba totalmente concentrado en aserrar una plancha de algún material.

—¡Hola! —le dijeron alzando la voz.

Nada. Siguieron hacia dentro del local sin dejar de llamarlo, pero el hombre de la sierra no se daba cuenta de nada. No reaccionó hasta que Pia no estuvo detrás de él y lo llamó a gritos.

Entonces se volvió de repente, pulsó un botón que detuvo la sierra y el ruido cesó enseguida. Se quitó la máscara y miró extrañado a los dos periodistas. Era un hombre delgado de unos sesenta años y aspecto anodino que llevaba una camiseta con la leyenda «Mantén Suecia limpia».

—¿Quiénes son y qué quieren?

—Soy Johan Berg, del diario *Regionalnytt*, y ella es Pia Lilja, fotógrafa. ¿Es usted Karl Werner?

—Sí, el mismo. ¿Qué quieren? —repitió.

—Hemos venido por un hallazgo que se ha hecho durante una investigación de asesinato. ¿Podemos sentarnos a hablar un momento?

—Ya he hablado con la policía.

—Nosotros no somos la policía —se apresuró a decir Pia.

Karl los miró con escepticismo, pero se encogió de hombros.

—Bueno.

Se adelantó y les abrió una puerta que conducía a un comedor. Había una cafetera puesta con una jarra de cristal con café y, a juzgar por el aspecto y por el olor, llevaba allí calentándose un buen rato. Le dijeron que no querían café y se sentaron a una sencilla mesa de aglomerado que había junto a la ventana. Alguien había mejorado el aspecto general con un ramo de flores silvestres en un jarrón. Johan fue directo al grano.

—Una bandera que suele ser símbolo del Frente Patriótico, concretamente, esta bandera —dijo al tiempo que le mostraba en el móvil la foto de la bandera del oso— ha aparecido en una casa de Hummelbosholm, muy cerca del lugar donde encontraron al hombre asesinado la semana pasada.

Karl Werner se puso rojo enseguida.

—¿Qué es lo que está insinuando? ¿Por qué iba a tener la menor relevancia el hallazgo de una bandera?

Johan se quedó sorprendido. Ni el pomposo nombre de Karl Werner ni su forma de hablar encajaban con la pálida figura que tenían delante. Pensó que se encontraba en una zona fronteriza. Era periodista, no policía. Aun así, decidió continuar.

—No insinúo nada —respondió—. Usted es el líder de Frente Patriótico y esta es su bandera. ¿Cómo explica que se encontrara en la casa?

—Es una de nuestras banderas, si me lo permite —dijo Karl mirando fijamente la foto—. Utilizamos varios símbolos. Y el que estuviera en la casa no tiene nada de particular. Hace años que el Frente Patriótico se reúne allí de forma periódica. Esa casa es propiedad de uno de nuestros miembros.

Johan optó por no seguir indagando al respecto.

—¿Cómo definiría hoy la organización? ¿Hasta qué punto está activa?

—Con gran alegría puedo decir que ha entrado sangre nueva, jóvenes que, como yo, piensan que los Demócratas de Suecia han traicionado sus orígenes y se han plegado al orden establecido más de lo deseable. Se nos puede considerar un grupo de disidentes. —Karl Werner sonrió satisfecho.

—¿Cuántos miembros tiene Frente Patriótico? —preguntó Johan.

—En Gotland somos una decena.

—¿En qué lugar de la isla se encuentran?

—Casi todos viven en Slite o en general al norte de Gotland. Alguno que otro está en Sudret. O estaba.

—¿Estaba?

—Sí, estaba, pero ya no está. A veces la gente abandona. Una lástima.

—¿Y desde cuándo es usted líder del grupo?

—Yo insuflé vida a este movimiento a finales de los años noventa, y entonces éramos muchos aquí, en Gotland, durante un tiempo; por lo menos el doble de los que somos hoy.

—¿Y desde cuándo existe la organización?

—La original se fundó en los años treinta.

«En tiempos de Hitler —pensó Johan, y sintió un malestar que le recorría todo el cuerpo—. Hace casi ochenta años. Y siguen existiendo. Aquí, entre nosotros…»

—¿Cuál es su objetivo? ¿Qué fin persiguen ustedes?

—Ante todo queremos detener por completo toda la inmigración extraeuropea y devolver a sus países de origen a quienes no sean étnicamente norteuropeos o de pueblos emparentados.

—En otras palabras, limpiar el país de todos los que no sean rubios con los ojos azules, ¿cierto?

—También podríamos decirlo así, claro.

Johan y Pia intercambiaron una mirada. No tenía sentido intentar siquiera mantener una conversación con aquel neonazi.

—¿Tiene alguna lista de los miembros actuales y de antiguos miembros?

A Karl Werner le cambió la cara.

—No pienso entregar nada que tenga que ver con mi organización. Yo protejo a mis amigos.

—De acuerdo, comprendo —dijo Johan. Tendría que arreglárselas para conseguir la información por otra vía.

—Vienen nuevos tiempos. Somos muchos. —Karl Werner le digirió una mirada triunfal—. La gente ya no es tan recelosa con nosotros.

Johan sintió un frío helador que le subía por la espalda. En ese momento, cambió de opinión. Ya no quería entrevistar a Karl Werner en la televisión.

La preocupación lo había impulsado a salir. No soportaba seguir en el apartamento ni un segundo más. No podía respirar allí dentro. Además, necesitaba ir a Visby otra vez, tenía que preparar el siguiente paso. Lo quisiera o no. El ritmo se había acelerado, tanto en su interior como fuera. Ya no soportaba estar solo en casa, pero tampoco era capaz de verse con un conocido ni de tener ningún contacto con sus amigos. No sabía de qué hablar con ellos. Su fuero interno estaba tan lleno de lo que había hecho y lo que había vivido que temía irse de la lengua si veía a alguien. Había perdido el anclaje a la realidad por completo.

Deambulaba por las calles empedradas entre los veraneantes y los visitantes de Almedal y se sentía como un ser de otro planeta, como alguien que no pertenecía a ese mundo, que no pertenecía a ninguna parte. Todas aquellas personas que lo rodeaban hablaban, reían, comían helado, disfrutaban de la mutua compañía, pero era como si no existieran. Se convertían en sombras que se movían difusamente a su alrededor. Era consciente de que tenía que encontrar el norte otra vez, necesitaba concentración. Aún no había completado su misión y, en un segundo de debilidad, se había deshecho del arma. Menudo imbécil. Por supuesto que la habían encontrado, pero no tenía fuerzas para pensarlo en esos momentos, tenía que concentrarse en planificar. No había tiempo para nada más. La Semana de Almedal tocaba a su fin. Pronto sucedería. Sería lo que coronase su obra, el *crescendo,* el clímax. Pensaba en ello y le entraban ganas de llorar. Por eso no podía huir ahora, no había vuelta atrás.

Continuó caminando. Las cafeterías y los restaurantes que encontraba a su paso estaban llenos. Entonces la vio. Estaba sentada en el pequeño restaurante de la calle Hästgatan que parecía tan exquisito, un lugar para la élite. Ahora se veía más bien vacío, casi había terminado la hora del almuerzo y todavía faltaba un buen rato para que la gente saliera a cenar. Tenía el pelo oscuro, los labios rojos y los ojos grandes y castaños. Hablaba y reía en compañía de un hombre mayor que tenía un cuaderno en la mano. En la mesa había una discreta grabadora.

Se acercó a una fachada y fingió que estaba disfrutando del sol mientras no dejaba de vigilarla. Sabía cómo se llamaba. Teresa Dogan. Iba a pronunciar un discurso durante la fiesta en el palacio de congresos esa misma noche. Luego, todo habría terminado.

Observó a Teresa allí sentada, tomando sorbitos de café de vez en cuando entre una respuesta y otra. Parecía tener su edad, poco más de treinta. Se la veía llena de vida, los pendientes se le movían sin cesar mientras hablaba apasionadamente con el periodista. Allí estaba, sin sospechar nada, en la creencia de que tenía toda la vida por delante. Pero no era así. Echó un vistazo al reloj de pulsera: a Teresa Dogan le quedaban unas horas.

No más.

Knutas estaba de vuelta en los pasillos de comisaría sobre la hora del almuerzo. A Kihlgård se le iluminó la cara al ver a su colega.

—Qué bien que estés aquí, ¿vamos a comer? —preguntó Kihlgård entusiasmado.

—El almuerzo tendrá que esperar —respondió Knutas—, han pasado cosas —dijo arrastrando a su colega hasta el despacho—. ¿Está Karin?

—Yo no la he visto, lo cual es un tanto extraño. Debería haber llegado.

—Llámala.

Knutas se sentó detrás del escritorio y abrió el maletín donde tenía los documentos, los libros y todo lo que Evelina había encontrado entre las pertenencias de Tobias. Lo puso todo sobre la mesa y le hizo un gesto a Kihlgård, que tenía el teléfono pegado a la oreja. Al parecer, Karin no respondía.

—¿Dónde se habrá metido? —masculló—. Habíamos quedado en vernos aquí a las diez y ya es casi la una. Ya mismo será la hora de comer.

—¿Podrías olvidarte de la comida por una vez y mirar esto? —le preguntó Knutas.

—Claro, pero yo en ayunas no puedo trabajar, que lo sepas —dijo Kihlgård, y miró apremiante a su colega.

—Que sí, que vamos a comer, pero fíjate en esto: Tobias Ström es Arnulf, uno de los nombres de la lista que apareció en la casa de Hummelbosholm. Se trata con toda probabilidad de una relación de los miembros del Frente Patriótico.

Kihlgård hojeó los documentos.

—¡Esta sí que es buena! —exclamó—. Eso quiere decir que Tobias Ström era un tránsfuga.

—Exacto —le confirmó Knutas—. Y ahí tenemos seguramente el motivo por el que lo asesinaron.

—Tenemos que revisar el resto de los integrantes de la lista. No era muy actual que digamos, ¿verdad?

—De 1999 —dijo Knutas—. Hace dieciocho años.

—¿Tú sabes cuándo lo dejó Tobias Ström?

—No, y parece que nadie sabe que perteneció a ese grupo. Al menos, ninguno de sus allegados y amigos. Por lo que se ve, su mujer no tenía ni idea de su pasado racista, y sus padres tampoco.

—¿Y qué me dices de aquel amigo, cómo se llamaba... Adam Hedberg? —preguntó Kihlgård—. ¿Podría ser él también uno de los nombres de la lista? Eran íntimos.

—Lo más sencillo es preguntarle —dijo Knutas, y se puso a buscar el teléfono de Adam. Se volvió hacia Kihlgård—. ¿Puedes traer al líder del Frente Patriótico?

Unos minutos más tarde tenía la confirmación de que Adam Hedberg aparecía como Njord en aquella lista. Adam aseguró que él mismo había dejado el grupo unos meses después de Tobias y que no tenía ningún contacto con los demás miembros. En esos momentos se encontraba en Visby, y Knutas le ordenó que se personara en la comisaría cuanto antes.

Concluida la conversación, el comisario se reclinó en la silla y cruzó las manos en la nuca. Miró a su colega.

—Así que Adam también formaba parte del grupo. Entonces quedan dos nombres masculinos, Estulv y Andor. Y tres de mujer: Borgun, Fridemon y Valfrid.

Media hora después, todos se encontraban con Adam en una de las salas de interrogatorios de la planta baja de la comisaría. Seguían sin localizar a Karin, y ella tampoco los había llamado.

Knutas le mostró a Adam la lista de miembros.

—¿Qué puede decirnos de esta lista? ¿De qué se trata?

—¿Cómo la han encontrado?

—Eso es irrelevante, y no pienso revelárselo. ¿Puede responder a la pregunta?

Adam Hedberg se revolvió incómodo en la silla.

—Eso fue hace mucho. Yo ya no me dedico a esas cosas.

—¿De qué iba?

—Éramos un grupo que nos veíamos de vez en cuando, una formación nada compacta, la verdad. Estos son algunos de los integrantes. No era nada formal, más que nada charlar y dar opiniones generales que no conducían a nada.

—¿De qué charlaban? —preguntó Knutas impaciente.

—En aquel tiempo estábamos un tanto… cómo decirlo… preocupados por todos los refugiados que llegaban a Gotland. Barcos enteros de refugiados que arribaban al puerto de Slite semana sí semana no, y todos procedían del Báltico.

—¿Y el grupo se llamaba Frente Patriótico?

Adam no pudo evitar sonrojarse.

—Sí. Pero de eso hace mucho tiempo. Yo ya no tengo nada que ver con ellos.

—¿Y Tobias Ström también era miembro?

—Sí, se llamaba Arnulf.

—¿Y los demás de la lista? ¿Quiénes son?

Knutas clavó la mirada en Adam mientras tamborileaba exigente con el índice en el papel.

—Vamos a ver si me acuerdo... —dijo Adam, y empezó a leer los nombres—. Borgun se llamaba en realidad Linda Jansson. Su familia se mudó a Estocolmo porque su madre encontró trabajo allí. Fridemon y Valfrid eran mellizas, se fueron al extranjero después del instituto a dar la vuelta al mundo. Creo que fueron a parar a un viñedo de Nueva Zelanda, y ya no he vuelto a saber de ellas.

—¿Sabe si Tobias mantenía el contacto con esas chicas?

—Pues la verdad es que estuvo saliendo con una de ellas un tiempo, aunque de eso hace mucho. Sé que eran amigos en Facebook y que tenían contacto de vez en cuando, pero creo que poco más.

—¿Recuerda el verdadero nombre de las mellizas?

—Vilhelmina y Albertina Becker.

Knutas anotó los nombres.

—Sigamos. ¿Quiénes son los otros dos? Estulv y Andor.

—Estulv murió. Micke Edin. Falleció en un accidente de tráfico hará unos diez años, más o menos.

—¿Y el otro?

—Daniel no sé qué, un chico de Slite. Un tipo algo marginal, vivía con su madre alcohólica. La verdad es que yo nunca me relacioné con él, salvo en el grupo. No pertenecíamos a los mismos círculos.

—¿Sabe si sigue viviendo en Slite?

—Creo que sí, lo vi no hace mucho. Nos saludamos, pero no nos paramos a hablar.

Knutas escribió también aquel nombre.

—¿Y usted ha abandonado esos círculos xenófobos?

—Totalmente. Ya no quiero tener nada que ver con esos idiotas. He dejado atrás esa vida.

—Y espero que el juego también.

—Claro, el juego también.

—En esta lista figuran los miembros que participaron en aquella reunión de octubre de 1999. ¿Quiénes eran los demás integrantes del grupo? Necesitamos todos los nombres.

Adam hizo una mueca.

—Bueno, pero no sé si los recordaré todos.

—¿Sabes si alguno de los miembros del grupo ha seguido moviéndose en ambientes de extrema derecha?

—Pues... No estoy seguro. Puede que Daniel. Durante aquella época pasó algo terrible.

Los dos policías lo miraban concentrados.

—¿Recuerdan aquella pareja de agricultores a los que asesinaron en Boge, en su propia granja? —preguntó Adam—. Hará quince años.

Knutas asintió.

—Pues claro, ese asesinato nunca se resolvió. Los habían apuñalado. El sospechoso era un vecino que les debía dinero, creo que incluso llegamos a detenerlo, pero luego salió libre por falta de pruebas. ¿Qué tiene eso que ver con este asunto?

—Daniel conocía muy bien a la pareja asesinada —dijo Adam—. Él tendría diecisiete o dieciocho cuando sucedió. Fue él quien los encontró y, de hecho, fue sospechoso.

Knutas recordaba al joven Daniel, que era casi como un hijo en aquella casa, y al que también él interrogó en su día, pero no dijo nada.

—Él no fue el único sospechoso —continuó Adam—. ¿Lo recuerda?

—Un momento —lo interrumpió Knutas—. Por allí cerca había un campamento de refugiados y corría el rumor de que uno de los que vivían allí era el culpable. Lógicamente, comprobamos esa línea de investigación, pero todo indicaba que fueron rumores sin ninguna base.

—Exacto —corroboró Adam—. Muchos fueron diciendo que detrás de aquel asesinato estaban los refugiados.

Agosto de 1999

ESA CÁLIDA NOCHE de agosto, la cola para entrar en el Munkkällaren era muy larga. Él nunca había estado allí y lo abrumaba un poco el ver que todos en la fila iban tan elegantes, tan guapos y bronceados. Pensó que tendrían que esperar un buen rato, si es que los dejaban entrar. Había cumplido dieciocho y no le sorprendería que le pidieran el documento de identidad. No aparentaba más edad de la que tenía.

Sin embargo, Lillen se adelantó con soltura y saludó al vigilante, que los dejó pasar sin pestañear.

—Es que conozco al dueño —le susurró con una sonrisita.

Aún no habían entrado cuando los amigos de Lillen acapararon su atención.

—Buenas, ¿qué tal? ¿Qué pasa? Ven, hemos pedido champán.

Cuando quiso darse cuenta, estaban sentados a una mesa cerca de la pista, con unas botellas de champán en un gran cubo de hielo. Todos los presentes parecían estar completamente a sus anchas. Hablaban, reían, bailaban y gesticulaban como si no hubiera ningún problema en el mundo. Y Lillen y sus amigos parecían muy populares. Las chicas acudían una tras otra a sentarse a su lado. Una de ellas se giró hacia él y empezó a hablar.

—Me llamo Linda —dijo sonriendo—. ¿Y tú cómo te llamas?

—Daniel. ¿Quieres una copa? —le preguntó haciéndose el chulo mientras señalaba la botella magnum *que había en el cubo de hielo.*

—Claro, gracias —dijo la chica, y lanzó una mirada en dirección a su amiga, de modo que él se sintió obligado a ofrecerle a ella también.

Las dos parecían encantadas, y él les llenó las copas generosamente. Justo cuando estaba a punto de servirse la suya, apareció un chico ancho de espaldas con el pelo oscuro y rizado y una americana marinera, acompañado de un cachas con el cuello como el de un toro y un traje blanco que le quedaba demasiado ajustado.

—¿Qué demonios haces con mi botella, so imbécil? —vociferó y les arrebató las copas de la mano.

Él quiso que se lo tragara la tierra. Había dado por hecho que toda la bebida que había en la mesa era de Lillen y sus amigos, y creyó que había vía libre para beber lo que quisiera.

—Lo siento —dijo con un murmullo—. Creía que era...

—No puedes ir por ahí robando el champán ajeno, joder —lo interrumpió el del traje blanco en el dialecto de Estocolmo, y se lo quedó mirando con los ojos enrojecidos. Parecía que iba colocado. ¿Tienes idea de cuánto cuesta una botella de esas? ¡Menudo cretino estás hecho! Ven aquí ahora mismo, ¿me oyes?

El chico lo agarró fuerte del brazo y lo apartó de la mesa de un tirón. Su amigo apareció a su lado y le sujetó el otro brazo. Las chicas los miraban boquiabiertas, pero no hicieron ningún amago de acudir en su ayuda. Miró desesperado en busca de Lillen, pero no lo veía por ninguna parte, solo atisbó a sus amigos en la pista de baile, mientras los dos fortachones le empujaban hacia la salida. De repente, estaban en la calle y lo llevaron a trompicones hasta Almedalen. Él empezó a asustarse de verdad y notó que se le pasaba la borrachera. Trató de pensar un modo de salir de aquella situación. No tenía nada que hacer contra esas dos montañas de músculos. Pensó que hablando con ellos quizá lo dejaran irse.

—Venga, chicos, ha sido un malentendido. Creía que era la botella de mi amigo. Puedo pagaros otra.

—Qué mierda de acento. Menudo paleto —dijo uno—. Un gotlandés que no sabe cómo comportarse con los turistas.

—Perdón, joder. Perdón, os pago una botella, de verdad —suplicó de nuevo.

—Cretino —le soltó el del traje blanco.

No alcanzó a responder cuando notó el primer golpe. Se le nubló la vista unos segundos. Y luego otro. Mil estrellas relampagueantes en la cabeza, como una explosión de mil demonios. Cayó al suelo. Empezaron a darle patadas en el estómago, en la espalda, en la cabeza. No tenía escapatoria y estaba convencido de que iba a morir.

De pronto, ocurrió algo. Unos gritos de otros chicos que se acercaban corriendo. Reconoció la voz de Lillen. Logró sentir un segundo de alivio antes de notar el golpe más fuerte de los que había recibido hasta ese momento; y todo se volvió negro.

DESPUÉS DE INTERROGAR a Adam Hedberg, Knutas volvió a su despacho y sacó del archivo la vieja investigación sobre el doble asesinato de Boge. Acababa de releer su interrogatorio con Daniel Pettersson cuando se abrió la puerta y Karin asomó la cabeza seguida de Kihlgård. Tenía las mejillas sonrosadas y un brillo que hacía mucho que no veía en ella. Parecía inquietantemente satisfecha y tranquila.

Se sentaron en el sofá del despacho y Karin colocó sobre la mesa una bolsa de papel, de la que empezó a sacar comida preparada.

—Perdonad que me haya retrasado —se excusó—. Me he quedado dormida, hacía años que no me pasaba.

Sonrió satisfecha, y Knutas se irritó más aún.

—Le había prometido a Martin que comería con él, así que lo he compensado trayendo comida para todos. Para ti también, claro —dijo guiñándole un ojo a Knutas.

—¡Maravilloso! —exclamó Kihlgård—. ¡Por fin hay alguien que piensa en las necesidades primarias del ser humano!

Karin soltó una carcajada.

—También hay cerveza sin alcohol —dijo resuelta—. Y ensalada, en esas cajas pequeñas.

Knutas miraba atónito a sus dos colegas sin saber qué decir. Se encontraban en medio de una investigación de asesinato que quizá en esos instantes estuviera a punto de resolverse, y dos de sus principales colaboradores se dedicaban a parlotear como si estuvieran de pícnic. Karin se dio cuenta de cómo los miraba y adoptó una expresión seria mientras Kihlgård se empleaba con una de las raciones de lasaña, que olía a gloria.

—¿Qué ha pasado? —preguntó.

Knutas le resumió el interrogatorio con Adam Hedberg.

—Quiero que vayamos a casa de Daniel Pettersson —dijo Knutas—. Iremos justo después de comer. De paso podríamos echarle una ojeada a la finca de Boge. Por lo que yo sé, la casa está vacía, pero nunca se sabe.

—Bueno, cuando el matrimonio fue asesinado, hubo rumores sobre el campamento de refugiados —resumió Karin—. Daniel era un neonazi declarado. Desde luego, encaja en el perfil. Tenemos dos asesinatos vinculados a grupos de extrema derecha.

—Podría ser él —admitió Knutas—. No es imposible.

—Anda, aprovecha y come —dijo Karin. Le dio uno de los envases—. ¿Dónde vive Daniel ahora?

—En el centro de Slite —respondió Knutas—. En un apartamento de la calle Storgatan que pertenece a la empresa pública Gotlandshem.

—¿Te vas con Wittberg a ver el apartamento? —le preguntó Kihlgård a Karin con la boca llena—. Madre mía, ¡qué rico está!

—Claro, no tiene ningún sentido que llamemos para anunciar nuestra visita —contestó Karin.

Una hora después, Knutas y Kihlgård recorrían en coche una suntuosa avenida que conducía hasta la finca donde se había producido el doble asesinato del matrimonio de granjeros.

—Qué historia más horrible —dijo Knutas—. Nunca olvidaré ese caso. Primero hallaron el cadáver de la mujer, que murió apuñalada en el salón, y luego el del marido, que estaba en el corral. Recuerdo que era tiempo de cría y en uno de los cubículos había una oveja muerta con un cordero a medio camino. Seguramente venía mal colocado y el granjero estaba ayudando a la oveja cuando el asesino lo atacó. Yo estaba casi convencido de que el autor había sido el vecino, pero fue imposible demostrarlo. Estuvo detenido bastante tiempo, pero al final hubo que soltarlo. ¿Cómo se llamaba…? Leif… Sí, Leif Eriksson.

—Como el vikingo que descubrió América —dijo Kihlgård—. ¿Y cuál se supone que era el móvil?

—Dinero —dijo Knutas y miró fugazmente a su colega—. El vecino les debía dinero, si no recuerdo mal. Una cantidad respetable.

—¿Y por qué interrogasteis a Daniel Pettersson? —preguntó Kihlgård.

—Fue él quien encontró los cadáveres. Creo que pasaba allí mucho tiempo, eran como unos padres para él. Daniel tenía una situación familiar complicada.

Knutas giró hasta la explanada y aparcó. La vivienda estaba desierta y descuidada. La pintura del porche se había caído y varias de las ventanas tenían planchas de madera en lugar de cristales. Delante habían dejado una lavadora vieja y un tractor oxidado. También había una cabaña de piedra, que, supusieron, debía de ser el corral de las ovejas, y otras dos casetas más pequeñas. La maleza reinaba por doquier y la hierba crecía alta alrededor de la casa. Unos girasoles se alzaban ante la fachada aportando algo de luminosidad en medio de tanta desolación.

—Vaya, aquí no dan ganas de quedarse —dijo Knutas mirando a la casa con los ojos entornados para protegerse del sol.

—Desde luego —dijo Kihlgård estremecido—. La verdad, resulta fantasmagórico a pesar de estar en pleno día.

Knutas subió los peldaños y tanteó el picaporte. Estaba cerrado con llave. Miró a su alrededor.

—Con un poco de suerte, habrá una llave escondida en algún sitio.

—Quizá en el corral —sugirió Kihlgård.

—Ve a mirar tú —dijo Knutas—. Yo buscaré por aquí.

Miró por una ventana muy sucia, la visión quedaba parcialmente limitada por una cortina. Allí dentro se veía parte de una cocina con la encimera de acero inoxidable, unos vasos y varias tazas y una mesa de comedor.

—Parece que alguien ha estado aquí hace poco —dijo Knutas—. Iré a la parte trasera a ver si hay una llave por ahí escondida, o quizá una puerta abierta.

Knutas comprobó la parte de atrás, pero no encontró nada. Kihlgård volvió del corral.

—No es más que un cobertizo con los compartimentos de las ovejas vacíos y algunos trastos viejos —dijo con un suspiro—. ¿Has encontrado la llave?

—Todavía no —dijo Knutas, y levantó un tiesto de una maceta que había en un peldaño.

Kihlgård tomó impulso y le dio una patada a la puerta, que saltó sin más.

—Mira, ya está —dijo el inspector ajustándose la americana—. Así es como se hacen las cosas.

Entraron en un recibidor estrecho y oscuro que olía a cerrado. En la pared había una silla de madera, y allí seguía también el zapatero. Sobre ella vieron un par de botas de goma grandes y sucias. «Vaya —pensó Knutas—, al hombre lo asesinaron hace más de quince años, pero ahí siguen las botas, como si nada hubiera ocurrido.» Continuaron hacia el salón, cuyos muebles aparecían cubiertos de blancas capas de polvo. Lo más llamativo era un retrato, una fotografía de un joven, o más bien de un adolescente con acné, que había colgada en la pared, encima del sofá. Tenía los ojos grandes y azules y miraba muy serio a la cámara. Parecía una ampliación de una foto del colegio.

—¿Tenían hijos? —preguntó Kihlgård.

—Creo recordar que tenían un hijo —respondió Knutas—. A él también lo interrogué, pero entonces era adulto y vivía en la península. No es ese. —El comisario reconoció perfectamente al muchacho—. Ese es Daniel Pettersson.

Miraron en el interior del dormitorio contiguo y vieron que la cama estaba sin hacer. En la mesilla de noche había una lata de Coca-Cola. Continuaron hacia la cocina. Todo estaba cubierto de polvo, del techo colgaban telarañas y en la antigua hornilla de tres fuegos de hierro colado había una cacerola con restos de comida reseca y una sartén que parecían haber utilizado recientemente.

—Aquí ha habido alguien hace poco, está claro —observó Knutas, y abrió el frigorífico.

Estaba encendido; sacó un paquete de mantequilla Bregott y miró la fecha: «El siete de julio de este año», leyó en voz alta el sello donde se indicaba el último día de consumo recomendado.

Kihlgård había empezado a abrir los cajones de un mueble que había contra la pared. Knutas oyó que soltaba un silbido.

—Mira esto —dijo señalando el interior de un cajón.

Knutas se le acercó enseguida. En el cajón había un rollo de cinta adhesiva de color plata.

El piso se encontraba en la segunda planta de una casa multifamiliar bastante sórdida de la calle Storgatan, en el centro de Slite, un edificio amarillo de tres plantas que parecía construido en los sesenta, a un tiro de piedra de los supermercados ICA y Coop. En la puerta se leía Pettersson, junto con un letrero que advertía «Publicidad, no, gracias».

Wittberg llamó al timbre, que se oyó resonar en el interior. Los dos esperaban en tensión. Karin sintió lo fuerte que le latía el corazón en el pecho. Wittberg llamó una segunda vez. Transcurrieron un par de minutos. Karin pegó la oreja a la puerta, tratando de detectar algún ruido allí dentro. Nada. Miró el reloj. Las tres y cuarto de la tarde. La escalera estaba silenciosa y desierta. Olía levemente a comida, así que habría alguien en el edificio, era obvio. En algún sitio se oyó ladrar a un perro; por lo demás, silencio.

—Muy bien, tendremos que utilizar esto —dijo Wittberg y sacó una ganzúa.

A la manera clásica de los atracadores, la introdujo por la ranura para el correo, la enganchó en la manivela y la giró hasta que la puerta hizo clic y se abrió.

En la alfombra del recibidor había una pila de folletos publicitarios antiguos y varias cartas en sobres con ventana. Hacía un calor casi insufrible en el piso y olía a cerrado. Aguzaron el oído, pero reinaba un silencio absoluto. Continuaron por el pasillo; miraron en el aseo, que tenía una cabina de ducha minúscula, en la cocina y en un cuarto, que era combinación de salón y dormitorio. Una cama sin hacer con sábanas estampadas con caras de leopardo; un cartel de Britney Spears con un traje de baño brillante y unas botas altas, y varias fotografías de veleros en el puerto de Slite y en alta mar con las velas henchidas por el viento. «Otro al que le gusta la navegación a vela», pensó Karin, y vio por un instante la cara de Joel.

La tarde del jueves habían terminado en su casa. Lo invitó a subir y tomar una copa de vino, acabaron en el sofá y empezaron a besarse. Karin se moría de vergüenza al recordarlo. Estuvo a punto, tenía que reconocerlo. Sin embargo, al final tuvo la suficiente presencia de ánimo como para detenerse a tiempo. Echó una ojeada a Wittberg. Si él supiera…

Karin volvió a la cocina, miró en los estantes, abrió los cajones y los armarios. No encontró nada interesante. Tenía la cocina bastante limpia y ordenada. De pronto, Wittberg la llamó desde el salón. Ella se apresuró a acudir. Lo encontró examinando un objeto de la estantería.

—Mira esto —le dijo ansioso.

Karin se quedó petrificada al ver lo que había allí. Lo reconoció de inmediato, porque ella también había practicado ese deporte. Un guante grande de color marrón y una bola blanca. Justo en ese momento sonó el teléfono. Era Knutas.

TERESA DOGAN SE examinaba la cara en el espejo. El maquillaje estaba bien, quizá algo más de polvos. Alargó la mano en busca de la polvera y la brocha. Claro que no tenía mayor importancia, ¿quién se preocupaba por la palidez de las mejillas en un momento así?

Se apartó una lágrima de la comisura del ojo. El asesinato de Eva Linde se extendía como una pesada sombra sobre el final de la Semana de Almedal. Habían contratado a Teresa Dogan para que pronunciara un discurso centrado en el antirracismo. Aunque con humor y un toque cómico, que era su especialidad. Se dedicaba sobre todo a su carrera de artista cómica y actriz, pero también daba conferencias y había escrito un libro sobre su niñez en Irán. El asesinato de Eva Linde, sin embargo, había alterado el programa por completo, y Teresa había eliminado la comicidad repasando minuciosamente cada palabra. Lo que iba a ser una actuación seria, aunque llena de risas y esperanza, debía convertirse en un discurso exclusivamente sobre el dolor. No cabía hacer otra cosa, era una cuestión personal. Eva Linde y ella se habían visto infinidad de veces y habían participado en el mismo proyecto en los colegios de Estocolmo unos años atrás.

Aún faltaban unas horas para que empezara el acto, pero antes participaría en una entrevista que había aceptado hacer para la televisión francesa. Querían hablar con ella sobre la xenofobia en Suecia y compararla con la que existía en Francia. Se difundían imágenes aterradoras de la inseguridad que parecía extenderse por todo el país. Si algo había que temer era precisamente el miedo a las personas de otros países y culturas, pensó resoplando como para sus adentros. En ese momento llamaron a la puerta.

—Adelante —dijo mientras se ponía un poco más de polvos.

El organizador asomó la cabeza.

—Teresa, aquí hay un chico que quiere hablar contigo. Dice que es de la revista *Expo*.

—Pues ahora no me viene bien —respondió ella irritada—. Dile que vuelva después de la conferencia.

—Pues es que ha insistido mucho, dice que tiene que hablar contigo ya.

Teresa Dogan se volvió y lo miró medio sonriendo.

—Por mucho que quiera, tendrá que entrevistarme después, como los demás. Y punto. Y no quiero más interrupciones, estoy recargando las pilas —dijo con tono severo.

El organizador asintió inseguro y cerró la puerta. Teresa volvió de nuevo la cara hacia el espejo y corrigió un poco el lápiz de labios.

Por supuesto que quería que la revista *Expo* la entrevistara. Solo que no en ese momento.

El periodista tendría que esperar.

El fiscal Birger Smittenberg autorizó el registro tanto del domicilio de Daniel Pettersson en Slite como el de la granja de Boge donde habían asesinado a la pareja de ancianos. Erik Sohlman no tardó en llamar a Knutas desde el apartamento de Slite.

—Buenas. Desde luego, aquí hay un montón de cosas. Tiene un escritorio lleno de fotos de Tobias Ström y de Eva Linde. Hay artículos y carpetas con material sobre su trabajo, e información acerca de sus familias.

Knutas soltó un silbido.

—Muy bien. Entonces es él.

—Sí, también hay mapas de Fide y de Svartdal donde aparece señalada la dirección de las víctimas. Y no solo eso.

Knutas no pudo evitar oír la excitación en la voz de Sohlman.

—¿Ah, no? ¿Qué más tienes?

—También ha reunido material acerca de otra persona.

—¡Vaya! ¡No me digas! ¿De quién se trata?

—Teresa Dogan, artista cómica y conferenciante. Pronunciará un discurso en la fiesta de esta noche en el palacio de congresos. Parece que la ha estado siguiendo.

Knutas respiró hondo. Se apresuró a concluir la conversación y llamó al fiscal.

Birger Smittenberg ordenó enseguida la detención de Daniel Pettersson, sospechoso del asesinato de Tobias Ström y de Eva Linde.

Lanzó una alerta nacional para localizar al sospechoso de asesinato y por la tarde destinaron a su búsqueda a todos los efectivos policiales disponibles. Examinaron el palacio de congresos y decidieron que todos los participantes en la fiesta debían presentar el documento de identidad para poder entrar. El jefe de la policía regional, el gobernador civil y los periodistas no dejaban de llamarlo, intuían que estaba pasando algo. La policía de Estocolmo había enviado refuerzos para cubrir la clausura de la Semana de Almedal y las manifestaciones que iban a tener lugar el sábado. Ahora les ordenaron que participaran en la búsqueda de Daniel Pettersson. Incluso habían recurrido a la policía de seguridad sueca. Los ojos de toda la nación estaban puestos en Visby y centrados en la búsqueda del asesino de Tobias Ström y Eva Linde. La policía reforzó la vigilancia en todos los frentes, y en toda la ciudad se notaba la tensión.

Un grupo de trabajo en el seno de la policía judicial dirigido por Thomas Wittberg empezó a trazar un mapa de la vida de Daniel Pettersson, mientras continuaba el registro de su domicilio en Slite. Lo mismo ocurría en la granja, habían acordonado toda la propiedad para registrarla minuciosamente.

El equipo de investigación celebró una breve reunión en la comisaría y se distribuyeron las tareas. Karin había tomado fotografías del guante y de la pelota que habían encontrado en el apartamento y, cuando Knutas los comparó con las que tenía del bate de béisbol que sospechaban era el arma del crimen, no les cupo la menor duda de la conexión, pues eran de la misma marca. Cada vez había más pistas que vinculaban a Daniel Pettersson con los asesinatos.

Knutas apenas había terminado la conversación cuando Wittberg asomó la cabeza.

—¿Tienes un momento?

—Claro, pasa.

Wittberg se desplomó en el sofá del despacho de Knutas y se apartó un mechón de pelo de la frente.

—Daniel Pettersson nació en 1982 en el hospital de Visby. Es decir, tiene treinta y cinco años.

—Casi la misma edad que Tobias Ström —constató Knutas.

—Exacto —afirmó Wittberg—. Ya volveré sobre eso. Se crio en Slite con una madre alcohólica. Era conocida en el pueblo por su adicción y porque tenía abandonado a su hijo, todo el mundo lo sabía, pero nadie hizo nada.

—Qué pena —dijo Knutas.

—Desde luego —convino Wittberg—. Durante todos aquellos años, ni una sola persona intervino para ayudar al pobre chico. La madre entraba y salía de las clínicas de rehabilitación y, por lo que he podido saber, él tenía que cuidarse solo la mayor parte del tiempo. Simplemente, lo abandonaron a su suerte.

—¿Y cómo es que nadie movió un dedo? ¿Ni siquiera las autoridades? —preguntó Knutas con un tono de incredulidad en la voz—. Al menos en el colegio tuvieron que reaccionar, ¿no?

—Sí, es lo que cabría esperar —respondió Wittberg—. Pero se ve que también puede suceder lo contrario. A los niños se les arruina la vida sin que nadie reaccione, es como una oscuridad que nadie quiere ver —constató con un tono triste que Knutas no recordaba haberle oído jamás a su colega.

Miró a Wittberg con curiosidad. ¿Qué sabía de él, en realidad, salvo que era un soltero empedernido, un casanova, el guaperas siempre preocupado por su aspecto, que siempre tenía a sus pies a una mujer tras otra? Wittberg rondaba los cuarenta. Tal vez existiera un motivo por el que le costara establecer vínculos, atarse a otra persona. Le gustaría hablar con él del tema en otra ocasión.

—La única seguridad de la que parece que gozó Daniel Pettersson se la ofreció la anciana pareja formada por Asta y Sven Persson, que se ocuparon de él y le brindaron un refugio en su granja —continuó Wittberg—. Un conocido suyo me ha contado que Daniel pasaba mucho tiempo allí, y muchas veces la posibilidad de buscar cobijo en la granja fue su salvación. Sin embargo, el muchacho andaba perdido y buscó formar parte de un grupo de diversas maneras. Entró en contacto con el Frente Patriótico y se hizo miembro de la organización. Y un par de años después, cuando se produjo el asesinato de sus protectores, aumentó su implicación en círculos xenófobos.

—Comprendo —dijo Knutas.

—De hecho, había un campamento de refugiados por la zona, y Daniel parecía convencido de que los había matado alguien de ese campamento. Todo indicaba que Leif Eriksson fue el asesino, aunque no se reunieron pruebas suficientes para condenarlo, pero él jamás dejó de creer que el autor del crimen había sido uno de los refugiados —aseguró Wittberg—. Y quizá ahí tengamos el móvil.

Knutas frunció el ceño.

—Pero ¿por qué ahora?

Agosto de 1999

Una luz intensa. Una pared blanca. Un jarrón con flores. Un vaso de agua. En la distancia, alguien leyendo el periódico sentado en una silla. Una ventana con las persianas bajadas, aunque, pese a todo, el sol se filtraba por ellas. Gradualmente, fue recobrando la conciencia. La boca reseca. Los ojos entornados. Dolor de cabeza. El cuerpo molido a golpes. En algún sitio zumbaba un ventilador. El crujir de las páginas del periódico, voces sordas de una habitación contigua. Trató de girarse y enseguida notó una punzada en el costado. Carraspeó, alargó el brazo en busca del vaso de agua. La persona que había en la silla reaccionó en el acto, dejó el periódico, se levantó. Y entonces vio quién era.

—Buenos días, campeón, por fin te despiertas —dijo Lillen aliviado—. ¿Cómo te encuentras?

Él no era capaz de responder, tomó unos tragos de agua como pudo, aunque le dolió muchísimo cuando trató de incorporarse. No sabía dónde se encontraba, solo que estaba en un hospital. Y, eso sí, intuía por qué. No se sentía el cuerpo; pero no recordaba nada.

—¿Dónde estoy? ¿Qué ha pasado? —atinó a preguntar al fin—. ¿Hay analgésicos? Me duele la cabeza una barbaridad.

—Espera, voy a avisar a la enfermera.

Lillen pulsó el timbre que había en el extremo de un cable. A los pocos segundos apareció una enfermera.

—Vaya, Daniel, veo que ya te has despertado. Menos mal —dijo la mujer sonriendo—. ¿Cómo te encuentras?

Le puso la mano en la frente, que notó fresca.

—Me duele muchísimo la cabeza.

—Un momento. —La enfermera salió, pero enseguida volvió con dos pastillas—. Tómatelas —le dijo, y le dio los analgésicos con un vaso de agua—. Son fuertes y de efecto rápido, así que pronto te dolerá mucho menos.

Él se las tomó agradecido. La enfermera se sentó en el borde de la cama y le tomó la mano.

—¿Recuerdas lo que te ocurrió? —le preguntó con amabilidad.

Lo cierto era que no. Recordaba que habían ido al Munken, que estaban sentados bebiendo champán cerca de la pista de baile. La chica morena, ¿cómo se llamaba? ¿Linda...?

—No del todo —dijo—. Sé que estábamos por ahí...

—Te han dado una paliza —dijo la enfermera—. Una buena paliza, sí señor. Tienes dos costillas rotas, has sufrido una conmoción cerebral y una fractura en el hombro, aparte de un montón de cardenales. Si tu amigo no hubiera intervenido, la cosa habría podido acabar muy mal.

Miró a Lillen, que sonreía tímidamente.

—¿Puedo hablar con Danne? —preguntó—. ¿A solas?

—Pues claro —respondió solícita la enfermera—. Si no necesitas nada más por ahora... ¿Tienes hambre o sed? ¿Te traigo un vaso de zumo y más agua?

Él asintió cansado.

—Sí, gracias. Ahora mismo sería capaz de beberme un océano.

La amable enfermera salió y los dejó solos. Lillen se puso muy serio y se sentó en el borde de la cama.

—Joder, Danne, no sabes el miedo que pasé.

—¿Qué demonios fue lo que pasó? No me acuerdo de casi nada, aunque ahora recuerdo que me pegaron en Almedalen. Uno de ellos llevaba un traje blanco.

—Pasó tan rápido que no me enteré. No vi cuando te llevaron de allí. Por suerte, una de las chicas a las que habías invitado a *champán vino y me avisó. Yo estaba en la pista de baile y no me había dado cuenta de nada.*

—Uno de ellos parecía drogado.

—Los dos iban puestos hasta arriba.

—¿Y qué pasó cuando me encontrasteis?

—Iban a matarte a palos, te lo juro —dijo Lillen muy serio. Meneó la cabeza—. Era horrible. lo primero que vi cuando llegamos al parque fue cómo uno de esos dos animales te daba una patada en la cabeza.

—Joder.

Respiró hondo, tenía que beber un poco de agua. Los interrumpió la enfermera, que apareció con una bandeja cargada de agua, zumo, café y bocadillos.

—He pensado que a lo mejor tú también querías tomar algo —comentó dirigiéndose a Lillen.

—Gracias —respondió él con una sonrisa.

La enfermera lo ayudó a incorporarse un poco y le acomodó los almohadones a la espalda. Los analgésicos habían empezado a surtir efecto, ya no le dolía tanto.

—¿Cuánto tiempo tengo que quedarme aquí? —preguntó.

—Eso tendrá que decirlo el doctor Krese. No tardará en venir. Seguro que una noche más como mínimo, al menos, en observación.

Dicho esto, les sonrió y salió de la habitación.

—Casi te mueres, joder —dijo Lillen.

Daniel miró a su amigo. Qué suerte que hubiera reaccionado tan rápido. Además, al intervenir arriesgó su vida. Aquellos locos igual hasta llevaban armas. Lillen se sacrificó por él como nadie había hecho en la vida. Había contraído una deuda de gratitud con él. Una deuda inmensa.

—Joder, muchas gracias —dijo apretándole la mano—. Me has salvado la vida. Estoy dispuesto a hacer por ti cualquier cosa. Lo que sea.

Johan decidió dedicar las horas siguientes a conseguir más información sobre el Frente Patriótico, y encontró varios artículos interesantes. A finales de los años noventa, la organización tenía un periódico digital que se llamaba *Futuro Patriótico*. Después de los asesinatos de los policías en Malexander, en mayo de 1999, ese era el tema principal, puesto que los tres agresores eran neonazis. Johan hojeó una serie de artículos, hasta que llamó su atención uno que se había publicado dos años después, en la primavera de 2001. Trataba de un doble asesinato cometido en Boge, a las afueras de Slite: una pareja de edad avanzada había aparecido asesinada en su granja y, según el diario neonazi, estaba más que claro que el crimen lo habían cometido uno o varios de los residentes en el campamento de refugiados de la zona. Entrevistaban a varias personas, que se pronunciaban sobre la conmoción que había supuesto el suceso, pero el periódico se centraba en lo mal que la policía había hecho su trabajo, e insistía en que todo indicaba que el culpable era extranjero. «Interesante», pensó Johan. Aquel era un caso de asesinato que había tenido lugar en Gotland, pero que a él le había pasado totalmente inadvertido. En la isla, el asesinato más conocido era el de una recepcionista del hotel Wisby, en diciembre de 1996, cuyo perpetrador aún seguía suelto. Y el único homicidio doble acontecido en Gotland que Johan conocía era el de un matrimonio de Fröjel, en la primavera de 2011, un hombre y una mujer que habían aparecido asesinados a golpes en un hoyo en la grava.

Continuó hojeando los diarios locales de la época. El asesinato de Boge tuvo mucha repercusión mediática, por supuesto. Los lugareños, los vecinos y los conocidos del matrimonio hablaban de su reacción después del brutal crimen que había aterrorizado a todo el pueblo. Cuando su mirada descubrió a un muchacho que, a todas luces, tenía una estrecha relación con las víctimas, Johan se quedó pensando. En un reportaje de verano a doble página que se había publicado unos meses después del asesinato, aparecía fotografiado delante de la casa y le hacían preguntas sobre su tristeza y sobre lo mucho que lamentaba la tragedia. Se llamaba Daniel Pettersson. ¿No acababa de leer Johan sobre alguien con ese mismo nombre en la web del Frente Patriótico? Fue subiendo a toda prisa hasta llegar a esos artículos y, al cabo de unos minutos, dio con el que buscaba. Sí señor, era él. El mismo nombre, la misma cara.

No había terminado de leer cuando se abrió la puerta de golpe y Pia entró como un torbellino.

—Una chica que conozco acaba de llamar para contarme que la policía está acordonando una vieja granja deshabitada en el campo, en Boge —le dijo muy alterada—. Había salido a montar a caballo cuando vio pasar varios coches de policía y, cuando llegó allí, vio que la estaban acordonando. Allí ha pasado algo. ¿Te imaginas que el asesino haya atacado de nuevo?

Johan dirigió la mirada a la pantalla, donde estaba la fotografía del muchacho con la granja de fondo.

—¿Has dicho Boge?

Abril de 2001

Era un día de abril y él fue en bicicleta directamente después del instituto. Por lo general iba en bici en lugar de en autobús, la granja estaba a unos pocos kilómetros de Slite. Por una vez, tenía algo bueno que contar. Había conocido a una chica y estaba enamorado. Tenía el corazón contento mientras pedaleaba por la alameda con la fresca brisa primaveral dándole en la cara. Se sentía como si tuviera el mundo entero a sus pies. Ya era mayor, había tomado el control de su vida. Tenía un trabajo fijo en Cementa y un sueldo decente que le daba para vivir, e incluso para ahorrar un poco; un contrato de alquiler de un piso que le gustaba e incluso una chica de la que estaba felizmente enamorado. La vida nunca le había ido tan bien y no veía la hora de poder contárselo a las personas a las que más quería; o mejor, las únicas personas a las que quería, las únicas que se habían preocupado por él en la vida, las únicas que le habían mostrado cariño y consideración.

Vio aparecer la granja a lo lejos entre los altos robles a ambos lados del camino. Una alegría inmensa le crecía en el pecho solo de pensar en que iba a hablarles de Kattis a Asta y a Sven. Asta, sobre todo, se pondría muy contenta, estaba seguro. Se secaría las manos en su eterno delantal de flores y exclamaría: «¡Ay, qué maravilla! ¡Cómo me alegro por ti! ¡Qué orgullosos estamos!». Y luego le daría un caluroso abrazo. Ella era la única persona en el mundo que lo abrazaba de verdad, al menos, hasta que Kattis llegó a su vida. Aunque Sven también lo querría de esa manera, nunca lo abrazaba así. Más bien le daba torpes palmaditas, como solían hacer los hombres de edad. A veces Daniel lo chinchaba dándole un buen abrazo y lo retenía unos instantes. Sven solía zafarse, como avergonzado. Asta y Sven nunca se tocaban, era como si no fuera necesario. Entre ellos había intimidad, cariño y consideración a pesar de todo. No necesitaban demostrárselo al entorno. Se tenían el uno al otro de verdad. No como su madre, que se agarraba histérica a todos los hombres que conocía, tenía que ir de la mano y andar besuqueándose, como si a todas horas tuviera que demostrar que tenía pareja, demostrar que estaban enamorados. Luego nunca duraba. Nunca era de verdad.

En realidad, consideraba a Asta y a Sven sus verdaderos padres. Eran las únicas personas que le preguntaban cómo se encontraba, que se esforzaban por él. Los conoció varios años atrás, un verano en que ayudó a otro chico a renovar el cobertizo.

Llegó a la granja y se apeó de la bicicleta. No oyó ladrar al perro. Zorba, *el* border collie *que tenían, no salió a saludarlo como hacía siempre. «Qué raro», pensó. ¿No estarían en casa? Vio el coche aparcado en la entrada y había luz en las ventanas. Subió al porche y llamó al timbre. Lo cierto era que podría haber abierto sin más, pero no le gustaba entrar así, aunque sabía que siempre lo recibían con los brazos abiertos. Incluso le habían dado una llave para que pudiera refugiarse allí cuando las cosas se pusieran feas en casa.*

Volvió a llamar; nadie fue a abrir. Ni rastro del perro. ¿Habrían salido a hacer algún recado? Pero, en ese caso, ¿no se habrían llevado el coche? Ya no eran unos niños y, además, sabía que Asta estaba muy resfriada. Hablaron por teléfono el día anterior, y entonces tenía fiebre y mucha congestión. Empezó a preocuparse. Estaban en plena época de cría de las ovejas y no era lógico que dejaran así la granja. Sabía bien lo importante que era estar disponible cuando las ovejas empezaban a parir sus corderillos una tras otra. Miró hacia el cobertizo. La puerta estaba cerrada y las luces apagadas. Qué raro. ¿No dejaban siempre las luces encendidas en la época del parto? Bajó el picaporte y abrió la puerta.

—¡Hola! —gritó—. ¡Hola, soy yo, Daniel!

Nada.

—¡Hola! ¿Hay alguien?

Oyó su propia voz, que resonó inquieta. Entró en el vestíbulo con cuidado, como si olfateara el peligro. No oía nada, solo que el televisor estaba encendido. Echó un vistazo rápido a la cocina. Todo estaba como siempre, una taza de té en la encimera y una cesta de bollos en la mesa. El reloj de la pared indicaba las tres y cuarto. Una hora muy rara para ver la tele, no era propio de ellos. Nunca la ponían antes de las seis de la tarde, para ver las noticias de Aktuellt. *Se notó la boca reseca. ¿Dónde se habrían metido?*

Continuó por el pasillo hacia el salón. Lo de la tele parecía una repetición de Siguiendo la pista. *Reconoció la voz de Ingvar Oldsberg y Björn Hellberg, era el programa favorito de Asta y Sven. De pronto, se quedó petrificado. Desde la entrada vio el pelo de la mujer y una parte del hombro. ¡Pero si estaba allí, sentada delante del televisor!*

—Asta —la llamó, pero enseguida se quedó callado.

Tenía una postura muy rara. No había puesto los pies en el taburete, como siempre, y el cuerpo parecía torcido de una forma antinatural. Entonces vio la sangre en el suelo, en la ropa, en el sillón. Se acercó a ella corriendo, iba a tocarle el hombro, pero retiró la mano enseguida. Tenía la cara vuelta hacia arriba y la boca abierta, al igual que los ojos, que tenía desorbitados y clavados en el techo. Le había salido sangre por la boca y le corría por el cuello, donde había una herida muy profunda. Tenía todo el cuerpo ensangrentado. La ropa, el camisón y la bata que llevaba, y la manta que le cubría las piernas. Los pies asomaban por debajo, y vio que tenía puestas las zapatillas de más abrigo. También manchadas de sangre. En el suelo había una taza de té volcada; a su lado, en la mesa, vio una caja de caramelos para la garganta, un rollo de papel higiénico y una bolsa de plástico con papel que había usado para sonarse la nariz. Volvió a contemplar su cara, atónito. Asta estaba muerta. Retrocedió dando un traspiés y se hundió apoyado en la pared.

Allí estaba el sillón de la tele de Sven, con el reposapiés al lado. El sofá se encontraba algo más allá; la mesa, con uno de los tapetes de ganchillo de Asta, y las velas. Un frutero y un jarrón con tulipanes. Los cuadros estaban en su sitio, una fotografía grande de él encima del sofá. La foto escolar del último curso. Se oyó sollozar. ¿Qué demonios había pasado? Reinaba el silencio, un silencio espantoso.

Con el corazón aporreándole en el pecho, se incorporó otra vez. Buscó por toda la casa, en todas las habitaciones. Ni rastro de Sven, ni rastro de Zorba. *Salió corriendo al cobertizo, abrió la puerta. Allí dentro estaba oscuro. Enseguida estallaron los balidos de las ovejas preñadas. Tanteó en busca del interruptor que había en la pared y los tubos fluorescentes del techo se encendieron después de parpadear un poco. Varias cabezas se volvieron hacia él, las ovejas balaban desesperadas. Estarían hambrientas. Daniel acertó a entrever un par de corderos recién nacidos, tendidos en la paja, junto a sus madres. Una había parido dos.*

Dio un paso hacia el interior, giró la cabeza y retrocedió de espanto con tal fuerza que estuvo a punto de caerse de espaldas. Allí estaba Sven, boca abajo, delante de uno de los boxes, con los brazos extendidos en el suelo. El pobre estaba cubierto de sangre. Se echó a llorar, se inclinó sobre él y le dio la vuelta despacio. Tenía la cara pálida y hundida, estaba frío y rígido. Cuando Daniel levantó la vista descubrió que allí dentro había una oveja. Yacía inmóvil con los ojos cerrados, algo le sobresalía del cuerpo. Era una pezuña diminuta, pero nada más. La oveja estaba inmóvil, totalmente inmóvil.

El mundo entero se había parado.

Pia conducía a toda velocidad desde Visby hacia Boge, en la parte nororiental de Gotland. Mientras tanto Johan trataba de contactar con la policía, pero era imposible localizar al jefe de prensa, a Knutas o a cualquier otra persona del equipo de investigación.

—Mierda, nadie responde —dijo Johan—. Va a pasar algo gordo, estoy convencido.

—Pero ¿por qué iba a ser ese Daniel Pettersson? ¿Solo porque hace veinte años era nazi y conocía bien a la pareja de ancianos que asesinaron? —objetó Pia.

—Que asesinaron, eso es, un doble asesinato —dijo Johan—. Y él era neonazi, y ahora aparece de pronto en esta investigación, que va de lo mismo. Un doble asesinato y comportamientos xenófobos. No puede tratarse de una coincidencia. Y justo dos días después del homicidio de Eva Linde, resulta que tenemos un montón de coches patrulla y cordones policiales precisamente en la granja donde asesinaron a la pareja. No hay que ser Einstein para comprender que hay una conexión.

—La cuestión es qué clase de conexión —dijo Pia muy seria—. A ver, ¿qué aspecto dices que tenía?

Johan le mostró el retrato de Daniel Pettersson en el iPad.

—Bastante corriente —comentó ella—. Pero la cabeza rapada desvela bastante. Entonces ya era neonazi.

—Vive en la calle de Storgatan, en Slite —continuó Johan—. Soltero, sin hijos. Trabaja en Cementa. Lo encontré en Facebook, tiene un perfil de lo más raro. ¿No conoces a nadie en Slite que pueda comprobar si hay coches en su puerta? Es el número 69.

—Buena idea —respondió su compañera—. Carina, una amiga de mi madre, trabaja en el ICA de Slite.

Dos minutos después tenían la respuesta: Carina Johansson no tuvo más que asomarse a la puerta del supermercado ICA para ver los coches de policía.

—¡Tenías razón! —exclamó Pia—. Allí también hay coches.

Johan notó un cosquilleo en el estómago. ¿Estarían los agentes a punto de detener al asesino? Con un poco de suerte, ellos serían los primeros periodistas en llegar al escenario. Llamó a Estocolmo para hablar con Max Grenfors, que activó toda la maquinaria y enseguida se puso a remodelar la emisión de la tarde con la idea de dar cabida a la posible noticia de última hora. Además, la redacción de Estocolmo podía incluir un repaso histórico con los antecedentes de lo ocurrido hasta entonces.

Tomaron la salida de Boge y entraron en una carretera de grava con plantaciones y cultivos a ambos lados. Pia gritó de pronto:

—¡Mira! ¡Allí!

Johan volvió la vista hacia los sembrados. Un hombre corría cruzando los campos donde crecía alta la avena y ardía el rojo intenso de las amapolas.

—Para —gritó Johan—. Puede que sea él, Daniel.

Aunque se encontraban a bastante distancia, pudieron apreciar que se trataba de un hombre de la edad del chico, y con una constitución similar. También se veía a la perfección que llevaba la cabeza rapada.

—Está escapando de la policía —gritó Pia mientras aparcaba en el arcén y salía del coche a la carrera.

Johan se apresuró a seguirla.

—Podemos alcanzarlo desde dos flancos —dijo ella—. Va a salir al lindero. Si tú vas por el sendero del bosque, yo iré por el sembrado, porque yo corro más que tú. ¡Y avisa a la policía, hombre!

Puesto que ni Knutas, ni el jefe de prensa ni ninguna otra persona respondían, Johan llamó al 112 y entre jadeos les contó cuál era la situación mientras corría hacia el bosque. Pia era rápida y estaba en forma, así que se fue directamente. Él corría con todas sus fuerzas, pero ¿qué podían hacer ellos contra un asesino en serie, si finalmente lo alcanzaban? Tal vez incluso llevara encima algún arma. Aunque su compañera entrenaba artes marciales, no llegaría lejos con las llaves de taekwondo si él le atizaba en la cabeza con otro bate de béisbol.

Johan veía la espalda de su compañera, que se alejaba cada vez más. Daniel se acercaba hacia ella desde el otro lado, pero no parecía haberla visto aún, porque continuaba hacia adelante al mismo ritmo.

Johan corrió al interior del bosque, entre los árboles. Las ramas le arañaban la cara y estuvo a punto de tropezar varias veces. De vez en cuando entreveía al hombre que iba corriendo. Cada vez estaba más convencido de que aquel sujeto al que tenía tan cerca era el verdadero asesino. Pensó en Eva Linde, en Tobias Ström, en cómo los habían golpeado. Además, se había filtrado información de que habían aparecido maniatados y amordazados. ¿Ese era el loco ante el que se vería cara a cara, si no se le adelantaba Pia? El corazón le latía con fuerza en el pecho, respiraba con dificultad, no podría resistir mucho más tiempo. El bosque empezaba a espesarse, oía las ramas al quebrarse bajo sus pies, sus propios jadeos. Había perdido de vista a Pia. Ya iba con el piloto automático, no sentía nada, las piernas se movían solas. Seguía tratando de contactar a Ferreira, y al final lo consiguió. Entre jadeos, Johan logró explicarle dónde se encontraban y, en ese momento, alcanzó la otra orilla del bosque y vio a Daniel Pettersson a tan solo unos metros. Ya no le cabía la menor duda de que era el hombre de la fotografía. Daniel se volvió y descubrió su presencia. Por un instante, pareció desconcertado, y entonces Johan aprovechó la ocasión. Se abalanzó sobre él y los dos rodaron por el suelo. Johan se preparó para una dura pelea y le agarró por el cuello con las dos manos.

Sus miradas se cruzaron. De repente, Daniel se relajó bajo el peso de Johan y su cuerpo se quedó quieto, tranquilo. Dejó de oponer resistencia, dejó de luchar. Como si se hubiera rendido.

Al mismo tiempo, oyeron en la distancia que se acercaban las sirenas de la policía.

La granja abandonada se encontraba al final del camino, aislada por completo. Se veía descuidada y algunos de los cobertizos circundantes estaban prácticamente derruidos. El camino también estaba cubierto de maleza, nadie iba nunca allí. Después de la tragedia, no había quien quisiera mudarse a la casa. Por mucho que limpiaran y que lo adecentaran todo, los recuerdos seguían presentes. La sangre derramada era imposible de eliminar de los viejos tablones del suelo y de las paredes de cemento del cobertizo.

Aparcó en la explanada y, en el mismo instante en que salió del coche, volvieron los recuerdos. Cómo llegó allí aquel día de primavera, tan feliz de poder contarles por fin una buena noticia. Cómo sentía que, por fin, la vida cobraba otro rumbo.

Y entonces los encontró, primero a Asta, después a Sven. Y el mundo se vino abajo. Jamás detuvieron al asesino. A él lo interrogó la policía, era la persona más próxima a la pareja y el último que los había visto con vida. Fue él quien encontró a las víctimas. Sin embargo, pronto dejó de ser objeto de sospecha. Un vecino, Leif, que debía a las víctimas muchísimo dinero, estuvo un tiempo en prisión preventiva, pero al final lo dejaron libre por falta de pruebas. Pero Daniel sabía lo que había ocurrido. ¡Qué iba a ser Leif!

Asta y Sven tenían en la península un hijo con el que apenas habían mantenido el contacto. Había heredado la granja, pero la había dejado abandonada.

Él iba allí de vez en cuando, para buscar consuelo o solo para recordar. Aún conservaba la llave. Sin saber por qué, lo tranquilizaba estar en aquel lugar. A pesar de la tragedia ocurrida, era como si los recuerdos de Asta y Sven cuando estaban vivos fueran allí más fuertes. Asta le había enseñado a cocinar y a hacer bollos; a él le encantaba estar a su lado, amasar el pan o trocear verduras mientras oían la radio y el perro dormitaba en la cesta en un rincón. Sven lo llevaba con los corderos y le permitía trabajar en la granja con él cuidando de los animales. Muchas veces se quedaba allí a dormir solo porque no quería volver a casa. Incluso tenía su propio cuarto, que habían acondicionado para él. Se le llenaban los ojos de lágrimas solo de pensarlo. Todos los muebles seguían allí igual que antes. Algunas de las alfombras se habían enmohecido, pero a él no le importaba.

Solía sentarse en la silla de la cocina e imaginar que Asta estaba allí haciendo pan y Sven entraba en el vestíbulo, se quitaba las botas, se sentaba y se tomaba un café. Se metía un azucarillo en la boca, vertía el café de la taza en el plato y filtraba el líquido caliente por el azucarillo. Solo él se lo tomaba así, del plato. Una vez, cuando le preguntó por qué, Sven le respondió que así lo hacían los suecos desde el siglo XVIII. Luego empezó a considerarse poco elegante, pero a él le daba lo mismo.

Fue recorriendo una habitación tras otra, escuchando el silencio y pensando en el tiempo pasado. El viejo papel pintado de siempre, los mismos muebles, los mismos cuadros y los tapices que Asta había bordado. Era extraño, en realidad, que nunca hubieran saqueado la casa o que la hubiera ocupado algún sintecho, pero era como si estuviera maldita, embrujada.

En el pueblo decían que había fantasmas, así que la gente no se acercaba.

Se hundió en el suelo de la cocina, donde *Zorba* solía dormitar. Con el tiempo, encontraron al animal. Estaba en el fondo de un pozo seco de la finca, acuchillada. Igual que Asta y Sven.

La policía detuvo a Daniel Pettersson en el sembrado, y de allí lo condujeron a la comisaría de Visby. Contra todo pronóstico, Knutas había logrado localizar a una abogada del juzgado de guardia que podía asistir mientras interrogaban al detenido, y ahora bajaba a toda prisa a las salas de interrogatorios de la planta baja. No podía creerse que por fin hubieran detenido al culpable, gracias a Johan Berg, nada menos. Era un alivio enorme. Habían conseguido atrapar al asesino justo antes de que atacara de nuevo.

Karin lo recibió en la puerta de la sala.

—Está ahí —dijo—. Esperando con el abogado.

—Bien —respondió Knutas, y abrió la puerta.

En efecto, Daniel Pettersson estaba allí sentado, en compañía de la letrada. Estaba igual. La misma expresión sensible, el nerviosismo en la mirada, solo que más hombre. En aquella ocasión, el chico aún era un muchacho. A Knutas se le pasó una idea por la cabeza. ¿Y si, a pesar de todo, fue él quien les había quitado la vida a Asta y a Sven Persson? Quizá la cosa se le había ido de las manos. Los asesinatos que seguramente había cometido indicaban sin duda que habría sido capaz.

Daniel Pettersson era musculoso, al mismo tiempo que causaba una impresión de inseguridad y nerviosismo. Movía la pierna sin cesar y se pasaba la lengua por los labios una y otra vez. Llevaba la cabeza rapada y un amuleto con un oso de pie sobre las patas traseras y la lengua fuera.

Knutas reconoció la figura de la bandera que hallaron en la cabaña de piedra. Saludó a la abogada, una mujer con la que había coincidido en varias ocasiones, pero a la que no conocía demasiado. Luego se inclinó hacia delante y dirigió a Daniel una mirada penetrante.

—Está usted aquí porque es sospechoso del asesinato de Tobias Ström, que tuvo lugar la noche del veintiocho de junio, y del asesinato de Eva Linde, cometido una semana después, la noche del cinco de julio. —Knutas hizo una pausa—. ¿Se acuerda de mí?

El hombre que tenía enfrente lo miró vacilante.

—No, ¿por qué iba a acordarme?

—Lo interrogué en relación con el asesinato de Asta y Sven Persson.

Una sombra nubló el semblante de Daniel Pettersson.

—No lo recuerdo.

—Pero así fue —insistió Knutas—. Y aquí estamos de nuevo, casi veinte años después. ¿Cómo es posible?

Silencio. Daniel Pettersson parecía a punto de venirse abajo en cualquier momento. Knutas fue exponiendo todos los indicios que había en su contra y, finalmente, las pruebas que habían encontrado en el apartamento y que no dejaban lugar a dudas de que había estado vigilando a las dos víctimas.

—¿Cómo lo explica?

—No lo sé… —respondió confuso.

Knutas y Karin intercambiaron una mirada. El sospechoso no parecía consciente de dónde se encontraba ni de por qué.

—A Tobias Ström lo asaltaron en Fide y lo encontraron muerto en Hummelbosholm el tres de julio. A Eva Linde la asesinaron en Svartdal la noche del cinco de julio. En su casa había sangre suya. El arma homicida, un bate de béisbol, tenía sus huellas. Por si fuera poco, en su apartamento encontramos la pelota y el guante de béisbol de la misma marca. Ha estado reuniendo información sobre las dos víctimas. Comprenderá que las pruebas son muy convincentes.

—No, no…

Daniel Pettersson se cubrió la cabeza con las manos y se lamentó mientras se frotaba las sienes.

—¿Dónde se encontraba la noche del veintiocho de junio?

—¿Cómo?

Knutas repitió la pregunta.

—No lo sé. Lo veo todo negro… solo hay oscuridad… En mi cabeza todo está negro.

—¿Y la noche del cinco de julio?

—No lo recuerdo…

Daniel Pettersson miraba con desesperación a la abogada, que le susurró algo al oído. Karin intervino con una pregunta totalmente distinta.

—¿Por qué lleva usted ese amuleto? ¿Es miembro del Frente Patriótico?

Se miró el pecho y echó mano de la cadena donde tenía el colgante.

—¿Esto? Cuando me siento débil, me da fuerzas. Me ayuda a llevar a cabo lo que se me ha ordenado que haga.

Knutas y Karin se miraron extrañados, luego ella volvió a preguntar.

—¿Lo que se le ha ordenado?

¿A qué se refería? Knutas pensaba a toda velocidad. En ese momento dieron unos golpecitos en la puerta y un guardia asomó la cabeza.

—Siento interrumpir, pero lo llaman por teléfono —le dijo a Knutas—. Al parecer, es muy importante.

El comisario detuvo la grabadora.

—Haremos un descanso de unos minutos —les dijo a todos antes de levantarse y abandonar la sala.

Quien llamaba era Erik Sohlman, parecía muy alterado.

—Estamos revisando el ordenador y el móvil de Daniel Pettersson, y hemos comprobado que se ha estado comunicando con alguien a propósito de los asesinatos.

—¿Cómo que se ha estado comunicando?

—Sí, parece que no los cometió por iniciativa propia. Fueron un encargo de una persona que ha sido una especie de mentor suyo. Alguien que se hace llamar Lillen.

—¿Qué? —estalló Knutas—. ¿Lillen? ¿Cómo se llama?

—Aún no lo sabemos, estamos investigando. En todo caso, han estado hablando del doble asesinato de Boge y de que era lógico que la prensa ocultara las verdaderas circunstancias. Hablan de venganza y de derramamiento de sangre, de la defensa de la patria y de Asta y Sven, y de las generaciones futuras. Si sigues la conversación de correo electrónico, es un lavado de cerebro con todas las de la ley. Una lectura aterradora, la verdad.

—Mierda —dijo Knutas resoplando. Enseguida notó el sudor que le corría por la frente. El cerebro que había ideado los asesinatos seguía libre ahí fuera. La vida de Teresa Dogan peligraba. Miró el reloj. Seguramente, en aquellos momentos estaría pronunciando su discurso.

Teresa estaba quitándose el maquillaje delante del espejo del camerino. Su intervención había sido un éxito, había recibido el aplauso abrumador del público y los organizadores estaban infinitamente agradecidos. Con un montón de ramos de flores en el regazo, volvió al camerino y respiró aliviada. El barullo que se desencadenó cuando la policía se dio cuenta de que ella era la siguiente víctima del asesino la había dejado exhausta. Por suerte, habían detenido al sujeto y el peligro había pasado antes de que ella entrara en escena. Aun así, la amenaza no la dejó indiferente, no podía dejar de pensar en lo ocurrido y en que hacía tan solo unos minutos había tenido a un asesino pisándole los talones.

La tensión que vivió antes de su intervención fue enorme y, de hecho, estuvo dudando hasta el último instante. Los dos vigilantes armados que hacían guardia delante del camerino siguieron todos sus pasos desde que lo abandonó. Ni siquiera había podido ir sola a los servicios.

Por suerte, la presión de los nervios solo duró unas horas. Desde que la policía descubrió que pesaba sobre ella una amenaza seria hasta que detuvieron al criminal no alcanzó más que a dar la entrevista para la televisión francesa, siempre bajo la vigilancia de dos guardaespaldas, y a cenar con los organizadores. Los franceses se mostraron impresionados y admirados ante el despliegue de seguridad en torno a su persona, que en Suecia fuera una figura tan importante que incluso tenía guardaespaldas.

En todo caso, la policía ya había detenido al homicida, así que podía relajarse. Los vigilantes se habían retirado y los organizadores trataron de convencerla de que se quedara a la celebración, pero no le apetecía nada estar de fiesta con un montón de gente que pasaba de los cincuenta. Teresa había quedado con unos amigos en el Bolaget, un bar de la plaza de Stora Torget. Le apetecía emborracharse y olvidar todas las cosas raras que habían ocurrido.

De pronto oyó unos golpecitos en la puerta del camerino. Se sobresaltó de forma instintiva. ¿Quién sería ahora? Se levantó, abrió la puerta y se encontró con un espléndido ramo de rosas de tallo largo.

—Hola, perdone que la moleste, ¡solo quería felicitarla por tan brillante actuación!

Reconocía al hombre que tenía delante, pero no conseguía recordar de qué. Llevaba una visera de marinero en la cabeza y una camiseta azul marino, pantalón corto de color azul y deportivas blancas. Estaba bronceado y en forma, y la miraba con una amplia sonrisa que dejaba a la vista una hilera de dientes muy blancos. Era del tipo saludable que hacía mucha vida al aire libre.

—Vaya, gracias —dijo ella algo insegura, pero aceptó las flores y correspondió con otra sonrisa—. Su cara me resulta familiar, pero, sintiéndolo mucho… no recuerdo de qué.

—Del Norra Brunn —dijo él animoso—. Nos conocimos allí una vez la primavera pasada y estuvimos charlando. Me llamo Joel, Joel Kjellman. Soy amigo de Stefan Söderberg. A él sí lo conoce, ¿verdad?

—Ah, claro —respondió ella. Stefan tenía montones de amigos, era imposible acordarse de todos. Si ese hombre era conocido suyo, no habría problema.

Charlaron unos instantes mientras ella recogía sus cosas y se preparaba para irse. Joel parecía simpático y, la verdad, era un alivio tener algo de compañía después del jaleo de aquella tarde.

—¿Quiere salir a tomar una cerveza? —le preguntó mirándola con interés—. Me gustaría hablar con usted de un encargo. Resulta que trabajo para el Real Club Náutico de Suecia, y vamos a celebrar una fiesta de otoño por todo lo alto. Sería genial que pudiera venir y actuar, pero la idea es algo complicada, creo que deberíamos comentarla un poco. No es nada que se pueda despachar en unos minutos. Si es que tiene tiempo y ganas, por supuesto.

—No sé… —respondió ella dudosa—. He quedado con unos amigos, así que esta noche no puede ser. Puede añadirme en Facebook, eso sí, y por ahí podemos ponernos de acuerdo. Ha dicho Joel Kjellman, ¿verdad? Que no se me olvide el nombre.

—Ya, claro, me figuro que tendrá cientos de solicitudes de amistad —dijo sonriendo.

—Pues sí, la verdad.

—De acuerdo, pero podríamos charlar un poco por el camino, si tiene tiempo.

Teresa dudó un instante. «Bueno, ¿por qué no?», se dijo. Estaría bien saber qué era lo que querían organizar. Los que se dedicaban a la vela seguro que eran gente de dinero y pagarían bien.

Fue un alivio salir al aire libre. Hacía una tarde tibia y serena.

Joel sugirió que fueran por la orilla del mar, puesto que hacía un tiempo maravilloso, y caminaron por el paseo marítimo junto a Almedalen mientras él le describía el plan. Ella sería una de las artistas invitadas y, a juzgar por la planificación, se trataría de una fiesta inolvidable. Era estupendo no tener que hablar y limitarse a escuchar. Poco a poco, fue relajándose después de una tarde tan agitada.

Joel Kjellman hablaba sin parar mientras pasaban por delante de la zona de Almedalen. Era tarde, de modo que no había mucha gente. Se oía el griterío del puerto, de la terraza del Strand y del bar de Kallbadshuset algo más allá, pero la mayoría de la gente andaba más por el centro de la ciudad, en los bares y restaurantes de la plaza de Stora Torget.

Él hablaba con tanto entusiasmo que no quería interrumpirlo en medio de su animada explicación. Ya habían llegado al muro que rodeaba el Jardín Botánico. De pronto se vieron rodeados de oscuridad y silencio. Teresa aminoró el paso.

—Creo que tengo que volver. Mis amigos me esperan.

—Vaya, perdón, es verdad, no paro de hablar, pero esta zona es muy agradable —aseguró Joel, y le apretó el brazo con una sonrisa—. Ya que estamos aquí, podríamos rodear el muro y subir a la plaza por ese lado, ¿no?

Señaló más allá. Era muy guapo, la verdad, pensó Teresa, pero tenía algo... Una intensidad que resultaba atractiva y algo inquietante a la vez. Dudó unos segundos. Se detuvo y miró hacia atrás. El estrecho camino se encontraba ahora desierto. Y claro, él tenía razón. Habían llegado tan lejos que daba lo mismo retroceder que continuar hacia adelante.

—De acuerdo —convino al fin con una sonrisa.

Al mismo tiempo, empezaba a sentirse incómoda. Él, por su parte, seguía hablando sin parar, pero era como si hubiera puesto el piloto automático. No le preguntaba qué opinaba ella, no esperaba ninguna reacción por su parte. De pronto tomó conciencia de que no lo conocía de nada, de que estaba totalmente sola con él y de que, en realidad, era muy raro contactar así a una persona a la que querías contratar, justo después de una actuación.

Lo observó mientras hablaba, había en él algo forzado, una tensión. De pronto la invadió una sensación muy desagradable. No quería estar allí.

En ese instante, él se volvió hacia ella y la miró a los ojos. Le ardía la mirada; era arrogante, lejana, como si en su cabeza él se encontrara en otro lugar. Pasaron unos segundos aterradores, cuando Teresa se dio cuenta de que aquel hombre de mirada vidriosa no era quien ella creía. En la tensión de su rostro se apreciaba la locura.

Ella dio un paso a un lado, dispuesta a salir corriendo, pero solo lo había pensado cuando él le agarró los brazos y la sujetó con fuerza.

—Tú no te vas a ir a ninguna parte —le dijo con desprecio.

A Teresa le entró el pánico. Allí estaba, sola y vulnerable. ¿Qué quería aquel hombre? ¿Pensaba hacerle daño?

El miedo la sacudió por completo, y entonces actuó como un rayo. Le dio un pisotón en el pie al mismo tiempo que le encajaba en la ingle un rodillazo con todas sus fuerzas. Él soltó un lamento y aflojó la mano lo suficiente como para que ella pudiera liberarse. Entonces echó a correr. Iba junto al muro, subiendo la calle empedrada; abrió una verja y entró en el Jardín Botánico.

Teresa corría tan rápido como podía. Corría para salvar la vida.

Karin y Knutas interrumpieron el interrogatorio con Daniel Pettersson cuando recibieron la llamada de Teresa Dogan. Había logrado avisar al oficial de guardia y contarle que un hombre llamado Joel Kjellman la perseguía por el Jardín Botánico. Dieron la alarma por radio y luego todo sucedió a una velocidad de vértigo. Puesto que estaban en plena Semana de Almedal, había policías por todas partes. Unos minutos después, llegaban al Jardín Botánico cuatro coches policiales. Knutas había ordenado que acudieran en silencio, sin las sirenas, para no alertar al agresor.

Knutas y Karin fueron a buscar las armas reglamentarias y los chalecos y salieron de la comisaría a toda prisa. Ya en el coche, se alejaron rápidamente de allí en dirección a la torre de Norderport. Karin iba pálida como la cera, no podía creerse que la hubiera engañado así. Joel tenía que ser Lillen, el que se encontraba detrás de todos los asesinatos, el que había obligado a Daniel Pettersson a matar.

Solo hacía veinticuatro horas que Joel y ella salieron y estuvieron bebiendo vino juntos. ¡Incluso se abrazaron! El simple recuerdo le daba náuseas. En estos momentos se encontraba seguramente en el Jardín Botánico, persiguiendo a Teresa Dogan con la intención de asesinarla, ahora que Daniel, que le había hecho el trabajo sucio, estaba detenido en la comisaría. Karin lanzó una mirada fugaz a Anders. Iba callado y muy serio. Le agradecía que no hubiera hecho ningún comentario. Y en estos momentos lo que ella tenía que hacer era dejar a un lado la vergüenza que sentía, porque lo único importante era detener a Joel Kjellman.

Habían transcurrido diez minutos desde que habían recibido la llamada, y el asesino y la que sería su víctima podían encontrarse en casi cualquier sitio.

—Vamos a separarnos —dijo Knutas.

—Claro —respondió Karin poniéndose el chaleco a toda prisa.

Echaron a correr cada uno en una dirección. Ella tomó el camino que discurría junto al muro en dirección a Strandgärdet, mientras Knutas se adentraba en el frondoso parque. Continuó subiendo hacia las ruinas de la iglesia de San Olof, casi cubiertas de musgo. Iba preparado para lo peor, podía suceder cualquier cosa. En el interior del parque, más allá del cenador anaranjado que se encontraba en un montículo, divisó a los policías. Joel Kjellman podía haber llegado arriba, o quizá se encontrara ahí, en algún rincón oculto de la densa y exótica fronda. «En realidad esto es una locura —pensó Knutas—. Soy demasiado mayor para estas cosas.» Continuó avanzando medio agachado, jadeaba penosamente, su condición física era demasiado deficiente para ese tipo de aventuras.

De repente, al otro lado de la davidia china con sus grandes hojas blancas que parecían pañuelos, intuyó una figura que avanzaba agazapada entre los árboles. Un estremecimiento le recorrió la médula. Se volvió rápidamente. Ni rastro de Karin, ningún colega a la vista. Tenía los sentidos en alerta máxima. Observó la figura que tenía delante, su forma de moverse. Trataba de ver si aquel hombre llevaba algo en la mano y advirtió que se movía en dirección a las ruinas. Se preguntaba dónde estaría Teresa. A juzgar por sus movimientos, podría intuirse que Joel la había localizado. ¿Por qué si no iba a actuar con tanta cautela? ¿O habría descubierto a los policías? Knutas siguió avanzando.

¿Qué clase de arma llevaba? No parecía un bate de béisbol, en ese caso lo habría visto. ¿Llevaba una pistola, una navaja? No tenía ni idea de qué estaría pensando Kjellman. Aquel tipo debía de estar obsesionado, se dijo, para hacer algo así, manipular a otra persona hasta ese punto. Pensó en lo frío e impasible que se había mostrado durante el interrogatorio. Lo bien que había interpretado su papel.

Knutas se encontraba enfrente del sujeto, que se movía con cautela hacia un lado con la vista clavada en lo que tenía delante. En ese momento, el comisario vio a una mujer de pie junto a las viejas ruinas de la iglesia. Parecía haber parado a recobrar el resuello y miraba aterrada a su alrededor. El hombre estaba tan concentrado en su víctima que no se percató de la presencia de Knutas, a pesar de lo cerca que lo tenía.

Y, de pronto, todo sucedió muy deprisa. Teresa Dogan debió de detectar a su perseguidor, porque soltó un grito y echó a correr hacia el sendero, pasó un puentecillo y subió las escaleras de piedra que había junto al cenador. Kjellman estaba a tan solo unos metros de ella. De repente, Knutas divisó el brillo de la navaja que tenía en la mano. Mierda. Si a Joel Kjellman se le ocurría atacar en ese momento, él no tendría la menor posibilidad de llegar a tiempo. ¿No se había dado cuenta de que estaba rodeado de policías? ¿O le daba igual? Tal vez solo le interesara perpetrar el crimen a cualquier precio. Sacó el arma y le quitó el seguro.

—¡Alto, policía!

El asesino se detuvo, se vio media vuelta. Tenía la cara pálida, descompuesta. Ni rastro del capitán de barco equilibrado, algo arrogante y engreído. Knutas apenas lo reconocía. Durante unos segundos reinó el silencio. El comisario miró a la joven, que se había escondido en el cenador. La oyó sollozar. Volvió la vista hacia Joel Kjellman. Los dos hombres sopesaban cuál sería el siguiente paso.

Y entonces, Joel dio el primer paso. Se volvió y subió a la carrera los últimos peldaños que daban al cenador. «Mierda», pensó Knutas. No tenía buen ángulo de tiro y corría el riesgo de darle a Teresa Dogan si disparaba. Él también corrió escaleras arriba. En el mismo instante en el que llegaba adonde estaba ella, Joel Kjellman se abalanzó sobre Teresa. Knutas apuntaba con la pistola sobre la superficie más grande del cuerpo, donde más posibilidades tenía de acertar y donde la bala permanecería sin continuar hacia el cuerpo de Teresa Dogan. Sin dudar lo más mínimo disparó a Joel Kjellman en el estómago. Su cuerpo se estremeció, el cuchillo se le cayó de la mano y él se desplomó inerte en el suelo, a tan solo un par de metros de su víctima. Knutas oyó en la distancia a los policías que gritaban y allí mismo, muy cerca, la voz de Karin.

—Anders.

Knutas no se volvió. Se quedó allí de pie. Paralizado y con la mente en blanco. Poco a poco empezó a notar un pitido en la cabeza. Los policías acudían corriendo de todas partes; Teresa Dogan lloraba allí delante. Pero todo estaba en silencio.

Lo único que resonaba más y más era el pitido en la cabeza.

El mar se extendía ante él y las olas se abalanzaban furibundas contra la orilla. Había estado soplando el viento durante la tarde, y ahora silbaba alrededor de la cabaña de Knutas en Lickershamn. Una rama golpeteaba el tejado. El tiempo estaba tan revolucionado como su interior.

Había transcurrido una semana desde la persecución de Daniel Pettersson y Joel Kjellman, que terminó cuando Knutas acabó con la vida de Joel de un disparo. A muy poca distancia. Una y otra vez le daba vueltas en la cabeza a aquellas imágenes. El disparo que resonó de pronto, el cuerpo de Joel, que tembló un instante antes de desplomarse a los pies de la aterrorizada Teresa Dogan. Al principio Knutas se quedó allí plantado sin comprender lo que había ocurrido. Luego apareció Karin y lo agarró, lo abrazó fuerte, mientras los policías acudían corriendo de todas partes. Lo recordaba todo perfectamente, con los ojos cerrados. Oía el llanto de Teresa, la voz de Karin, que trataba de calmarlo, los gritos de sus colegas. El cuerpo sin vida de aquel hombre a sus pies. La sangre brotaba del estómago, de la boca.

De pronto, todo quedó en silencio, todos los sonidos desaparecieron a su alrededor. Lo único que oía era ese pitido en la parte posterior de la cabeza, que cada vez sonaba más alto.

Después apenas recordaba qué fue lo que pasó. Solo una imagen fragmentaria. Iba sentado en un coche de policía camino del hospital, envuelto en una manta, con Karin abrazándolo a su lado. Alguien le hizo unas preguntas, pero no era capaz de pronunciar una palabra y lo llevaron a una habitación. Lo metieron en una cama y se durmió mientras alguien le daba la mano.

Joel Kjellman había sufrido una herida tan grave que falleció en el hospital aquella misma noche. Fue imposible salvarle la vida.

A Daniel Pettersson lo arrestaron como sospechoso de los asesinatos de Tobias Ström y Eva Linde. Sin embargo, la investigación demostró que Joel era el cerebro de la operación. Utilizaba a Daniel como a una marioneta. Se conocieron en la juventud, cuando Joel pasaba los veranos en Slite, y lo había tomado bajo su protección. En aquella época todos lo llamaban Lillen, y facilitó a Daniel el acceso a sus fiestas y a su selecto círculo de amistades.

El pobre muchacho se sintió agradecido e impresionado por su amigo, que era algo mayor que él. Bajo la influencia de Joel, el chico se asoció al Frente Patriótico. Luego perdieron el contacto durante unos años. Con el tiempo, Joel se fue radicalizando cada vez más y terminó moviéndose en ambientes de extrema derecha. Retomó el contacto con Daniel cuando vio que necesitaba un peón, y utilizó sus sospechas sobre el asesinato de Asta y Sven para arrastrarlo adonde él quería.

Al final, consiguió convencerlo de que tenía que cometer aquellos asesinatos para enviar un mensaje a todos los que querían abrir las fronteras de Suecia, para proteger al país de los extranjeros y avisar a los desertores. Y Daniel hizo lo que su maestro le decía. La primera víctima fue el traidor Tobias Ström.

Sin embargo, después del asesinato de Eva Linde, el chico se descontroló, ya estaba perdiendo la cabeza antes de que lo atrapara la policía. Después de fracasar a la hora de atrapar a Teresa Dogan, se vino abajo por completo y buscó refugio en la granja de Asta y Sven, el único lugar donde se había sentido seguro en la vida. De modo que Joel se encargó personalmente del asunto y decidió culminar la obra él mismo.

A Knutas le dieron la baja médica y lo apartaron del caso. Karin y Kihlgård tendrían que ocuparse de cerrarlo. Los periódicos publicaron grandes titulares sobre cómo Knutas acabó de un disparo con la vida de Joel Kjellman. En los programas matinales de la televisión, los tertulianos hablaban de violencia policial inmotivada. Su actuación se cuestionó en varios ámbitos. ¿Por qué no le disparó al criminal en la pierna, solo para neutralizarlo? Eso habría bastado para salvar a Teresa Dogan.

Y a las mismas preguntas le daba él vueltas y más vueltas. Se había limitado a apuntar a la superficie más extensa. Bajo aquella presión, quiso estar seguro de dar en el blanco, era lo más importante. Joel Kjellman podía abalanzarse sobre Teresa Dogan y rebanarle el cuello en cualquier momento… Pero no sabía si había hecho bien o no.

Al día siguiente, cuando se despertó en la habitación del hospital, Karin estaba allí.

Con la mano de Knutas entre las suyas, hizo lo que pudo por consolarlo, por convencerlo de que había hecho lo correcto, lo único que podía hacer. ¿Qué dirían ahora si hubiera errado el disparo y el asesino hubiera tenido tiempo de quitarle la vida a Teresa? En ese caso, lo estarían acusando por ello.

Pero, claro, de nada servía lo que ella dijera. El sentimiento de culpa era difícil de sobrellevar. Había segado una vida, de eso no cabía ninguna duda.

Salió y se sentó en el porche, encendió la pipa. Estaba de baja laboral hasta nueva orden. Ahora se suponía que empezaban sus vacaciones, pero el jefe le dijo que cobraría el sueldo completo, aunque se quedara en casa debido a las circunstancias. Ya se tomaría las vacaciones más adelante.

Knutas sintió que se le llenaban los ojos de lágrimas, no sabía si por el viento o por la pena que lo embargaba. ¿Para qué quería él unas vacaciones?

Sus hijos irían a verlo la semana siguiente. Eso sí que lo llenaba de alegría, estaba contento, pero, al mismo tiempo, se sentía angustiado. Hacía mucho que no se veían, y no quería que lo vieran destrozado ahora que por fin podrían pasar tiempo juntos. Los dos se habían ofrecido a acudir en cuanto se enteraron de lo ocurrido, pero él se negó en redondo. Antes quería pasar tiempo a solas, tratar de digerir como pudiera lo sucedido, serenarse. Aunque en estos momentos echaba en falta algo de compañía.

Y entonces cayó en la cuenta. Le entró un sudor frío al pensarlo. Karin había salido y había estado tomando una copa de vino con Joel Kjellman. Estuvo sola con un asesino frío y calculador. Ella también habría podido salir mal parada... habría podido morir. Y él habría podido perderla. La sola idea le producía náuseas. Contempló el mar. Echaba de menos a Karin. La echaba de menos una barbaridad.

El gato daba saltos por el césped a la caza de unas mariposas. En el mar se rizaban las olas en blancas virutas de espuma. Knutas sintió en su interior una soledad inmensa. Un duelo. Por Karin. Estaba cansado de sentirse perdido, de no estar vinculado a nadie, de que no hubiera una sola persona en el mundo que lo necesitara. ¿Qué sentido tenía todo? Tenía más de sesenta años, ¿no debería dejar la policía? Solicitar la jubilación anticipada. Podía permitírselo. Pero ¿a qué se dedicaría entonces?

En ese momento levantó la vista. Veía borroso a través de las lágrimas, pero ¿no subía alguien por el camino? Sí, una persona que iba sola. Le llevó unos segundos ver de quién se trataba. Enseguida reconoció la figura menuda, su porte. Cuando se acercó y lo vio, se le iluminó la cara enseguida y lo saludó con la mano. Incluso a aquella distancia pudo intuir el hueco que tenía entre los dientes.

Era Karin.

Abril de 2001

Sven acarició el lomo de la pobre oveja, tratando de calmarla. El viento silbaba y las ventanas del cobertizo temblaban en la oscura noche de abril. Era obvio que el animal tenía dolores de parto, pero por alguna razón, no podía parir. Respiraba con dificultad, y Sven pensó que debería llamar a su buen amigo Rune, su vecino más próximo, para pedirle ayuda. Sofia *no podría con aquello ella sola. Pero los problemas de parto de la oveja no eran su única preocupación.*

Él y su mujer Asta habían sido tan necios que le habían prestado dinero a Leif, el otro vecino, con el que no tenían mucha relación y que, en realidad, ni siquiera les caía bien. Era un gigantón grosero, y bebía demasiado. Una persona que daba miedo y a la que siempre trataron de evitar. Pero una noche se presentó allí y les preguntó si no podrían prestarle dinero. Y no era una cantidad pequeña, desde luego. Setenta mil coronas. Era la mitad de sus ahorros, que tenían en el banco para gastos imprevistos.

En realidad, no querían prestarle el dinero, pero Leif estaba desesperado y se mostró casi amenazador. Su mujer lo había abandonado, y él había perdido la mitad de la granja a causa de la bebida. Asta y Sven sentían al mismo tiempo miedo y compasión. Les juró que les devolvería hasta el último céntimo en cuanto lo hubiera resuelto todo. Le iban a echar una mano unos parientes de Noruega que tenían mucho dinero, era lo que estaba esperando, pero esa ayuda aún tardaría un poco en llegar. Así que si ellos pudieran ayudarle mientras tanto, en aquella emergencia…

Al final cedieron. De eso hacía ya un año, y aún no habían visto ni rastro del dinero. Sven estuvo varias veces en la granja de Leif para pedirle que se lo devolviera. No porque lo necesitaran, sino porque era lo suyo. Y además, querían ayudar a Daniel, que ya era mayor. Querían contribuir dándole un dinero con el que empezar, ofrecerle un buen comienzo para la vida adulta. Tenían pensado regalárselo para su vigésimo cumpleaños. Quizá le daría para un coche de segunda mano.

Pero Leif se enfadó y, además, empezó a amenazarlos cada dos por tres, de modo que la situación era ya de lo más desagradable. Sven no sabía qué hacer. ¿Acaso debía acudir a la policía? Eso fue lo que le dijo a Leif que haría la última vez que fue a su casa, pero él se puso hecho una furia y lo echó de allí enseguida.

Sven suspiró y acarició a Sofia *entre las orejas. «Cada cosa a su tiempo», pensó. Ahora lo primero es solucionar esto. Necesitaba su pipa, y además estaba claro que tendría que despertar a Rune. El vecino se había ofrecido a ayudarle si lo necesitaba, e insistió en que podía llamarlo a cualquier hora del día. «Así son las cosas en el tiempo de cría —le dijo—. Todos nos ayudamos, llueva o truene.»*

Y vaya si llovía, pensó Sven con pesadumbre cuando abrió la puerta del cobertizo y el aguaviento le dio en la cara. Creyó oír un alarido, pero pensó que sería el viento. Se apoyó en la pared del cobertizo y trató de encender la pipa. En ese momento se abrió la puerta de la casa, que se encontraba a unos metros de allí, al otro lado de la explanada. Creyó que sería Asta, que, a pesar del resfriado, salía para ayudar con la oveja que iba a parir, pero no era ella. Sven reconoció la forma de moverse de Leif, aunque iba vestido de una forma muy rara, llevaba ropa oscura, un gorro negro bien encajado sobre la frente y unos guantes también negros.

—Leif —lo llamó Sven—. ¿Qué pasa?

El vecino se acercó un poco. Y entonces lo vio. Leif llevaba en la mano un cuchillo ensangrentado. Él también estaba cubierto de sangre. A Sven le llevó unos segundos comprender lo sucedido.

El aullido que acababa de oír no era el viento.

Agradecimientos

GRACIAS A MIS hijos queridos, Rebecka (Bella) y Sebastian (Sebbe) Jungstedt, por todo vuestro apoyo y vuestros desvelos. En particular, gracias a Bella, por tu ayuda con el manuscrito. Gracias a Thomas Krese, por todos los paseos que has dado con la perrita Selma mientras yo estaba escribiendo.

También quiero expresar mi enorme agradecimiento a:

Lena Allerstam, periodista

Magnus Woxén, del Real Club Náutico de Suecia

Johan Gardelius, miembro de la policía científica de Visby

Magnus Frank, inspector de policía de la comisaria de Visby

Martin Csatlos, del Departamento de Medicina Forense

Rikard Isby e Inger Swing, expertos en navegación a vela

Jakob Ringbom, escritor y también propietario de la taberna Hamra Krog

Ulf Åsgård, psiquiatra y experto en perfiles criminales

Anna-Lena Lodenius, escritora y periodista

Helena Jungenstam, directora del colegio Högbyskolan de Hemse

Christine Dahmén y Andreas Chakir

Gracias al fantástico equipo de profesionales de mi editorial, sobre todo a mi editora, Lotta Aquilonius y a las redactoras Ulrika Åkerlund y Sara Arvidsson. A la diseñadora Sofia Scheutz y a mi agente Elisabeth Brännström, de Bonnier Rights. Muchas gracias también a Magnus Rönnewall, Anna-Karin Eldensjö y Camilla Tingvik de la asociación ATN – All Together Now, por hacer posible que siga escribiendo.

MARI JUNGSTEDT

Tiempo atrás…

Ya había oscurecido cuando más de cien estudiantes con sus mejores galas acudieron a la sede de la Asociación Universitaria de Gotland en Uppsala para participar en la celebración más renombrada del año. El ambiente festivo se percibía desde el vestíbulo de entrada, donde todos se agolpaban ante el guardarropa, y en la cola, para que tachara su nombre de la lista el tercer delegado, un joven ataviado con una tela de saco adornada con tiras de piel de oveja gris, para subrayar el tema de la fiesta. En la cabeza llevaba un gorro de piel de cordero con unos cuernos considerables que sobresalían a ambos lados de las orejas. Había llegado la hora del tradicional banquete de cabezas de cordero. El primero se había celebrado en torno a 1950, y la tradición había pervivido desde entonces sin interrupción. Tan noble fiesta otoñal se consideraba un importante acontecimiento en la vida estudiantil de Uppsala, las entradas se habían agotado en un abrir y cerrar de ojos y la expectación ante la velada no podía ser mayor.

Los invitados avanzaban despacio apretujados en la escalera que conducía al bar del saloncito donde servían el champán. Lucía una decoración antigua e imponente con muebles de estilo gustaviano, arañas en el alto techo y paredes donde colgaban retratos de antiguos directores. Los participantes no eran solo alumnos de Uppsala, sino que también había integrantes de las asociaciones de Halland, en Lund, y de Åboland, en Åbo, así como algunos miembros de honor a los que habían invitado.

La indumentaria era desenfadada, pero elegante: la mayoría de los chicos llevaban traje, y las chicas, brillantes vestidos de satén. El característico individualismo de la época se manifestaba discretamente en el corte innovador de los trajes de gala en hombros, espalda y escote, y en la forma tan original en que los jóvenes se anudaban la pajarita. Algunos llevaban camisa blanca y corbata de piel de oveja. Los estudiantes, que estaban divididos en animados grupos con copas de champán en la mano, sabían cómo comportarse en los salones más elegantes. Eran comedidos, usaban perfume de calidad y tenían una educación exquisita.

Unos golpes en el suelo interrumpieron de pronto la animada charla. Todas las miradas se dirigieron al maestro de ceremonias de la asociación, un jovenzuelo alto con traje de gala académico: frac con chaleco negro, gorra de estudiante y guantes blancos. Le cruzaba el pecho lo que parecía una cinta de una orden en color blanco, granate y azul claro, de la que colgaba una pieza de metal con el escudo de la asociación. Sostenía un báculo de dos metros de altura, adornado con el cráneo de una oveja de Gotland con sinuosos e imponentes cuernos, y lo utilizó para aporrear el suelo y reclamar la atención del público. Era hora de que los invitados se sentaran a la mesa.

El animado parloteo continuó en el salón de celebraciones, cuyos amplios ventanales estaban orientados a las oscuras y relucientes aguas del río Fyrisån, la imponente silueta de la catedral y el hermoso edificio blanco del museo de Uppland. Pese a todo, la vista solo podía intuirse en la oscuridad de noviembre gracias a las farolas y a la clara luz de la luna.

La asociación universitaria de Gotland era la única de las treinta existentes que se encontraba en el lado «equivocado» del río que discurría por el centro de la ciudad. Todas las asociaciones se reunían en la otra orilla. Sin embargo, según los gotlandeses, el río Fyrisån representaba el Báltico, por lo que la localización les parecía justificada.

Las mesas estaban elegantemente dispuestas con velas, manteles de hilo y porcelana blanca. Apenas se habían sentado todos en sus puestos cuando empezaron a servir en las copas la bebida típica de Gotland, una cerveza casera que se obtenía a base de malta, ramas de enebro y lúpulo, y que tenía un aroma ahumado muy característico. Puesto que existían tantas recetas como municipios había en Gotland, podía variar mucho el sabor. Los vasos se llenaban sin cesar con la oscura y grumosa bebida.

Erik Bygdeman, estudiante de Derecho, acababa de sentarse junto a la joven que era su compañera de mesa cuando notó que le vibraba el teléfono en el bolsillo. Lo ignoró. Solo había dos personas que le enviaran mensajes los sábados por la noche. Su novia, Amanda, que le escribía siempre que estaban cada uno por su lado en una noche de fiesta, o su madre, que quería charlar dé cosas sin importancia para matar el tiempo y la soledad. Y su novia no podía ser.

La habían colocado demasiado lejos de él, en una mesa larga, al otro lado de la sala. Para colmo, había una columna que le tapaba la vista, así que, cada vez que quería asomarse y verla, tenía que desplazar un poco la silla a un lado. En ese momento estaba enfrascada en la tarea de darle conversación a su compañero de mesa, Gabriel Elling, el atractivo y carismático primer delegado de la asociación. Cómo no iba a caer Amanda precisamente a su lado, uno de los puestos más honrosos en la cena. Resultaba imposible no percibir el interés de Gabriel por ella, de eso ya se había dado cuenta Erik hacía mucho. Y su novia no daba señales de tomarse a mal sus sonrisas seductoras y sus miradas indiscretas, su modo de ponerle la mano en el brazo en cuanto quería subrayar lo que le estaba diciendo o cómo le apartaba un rizo de la cara de vez en cuando. Un gesto íntimo que debería tener reservado para su novio.

Erik sintió cómo, en lo más hondo de su ser, empezaban a formarse negros nubarrones. Reconocía a la perfección ese desasosiego, y pensaba que no iba a permitir que le estropeara la fiesta. Hizo lo posible por apartar la amenaza de los celos y se esforzó por centrarse en su compañera de mesa. Una chica rubia vestida de negro que le contó que tenía veintidós años y que estudiaba Económicas. Erik no la había visto antes, y pensó que parecía bastante corriente y aburrida; seguro que no le interesaría lo más mínimo conocerla más a fondo. A pesar de que acababa de prometerse que tendría cuidado con el alcohol, apuró el vaso de cerveza y pidió otra.

Micrófono en mano, la encargada de las cancioncillas con las que irían acompañando los chupitos empezó a entonar la primera del cuaderno que cada invitado tenía en un sobre. Luego se tomaron el primer plato mientras bebían chupitos, pronunciaban discursos y cantaban en el dialecto de Gotland con el correspondiente baile de movimientos gimnásticos. Todos debían ir metiéndose debajo de la mesa o subiéndose en la silla con los brazos extendidos.

El punto culminante llegó cuando sirvieron el plato principal. Un violinista empezó a interpretar la *Marcha nupcial de Gotland* y, al ritmo de la música y de los golpes de los comensales sobre la mesa, entró bailando un grupo de jóvenes camareros que llevaban grandes bandejas con cabezas de cordero asadas. Solo llevaban un paño alrededor de las caderas y, en la cabeza, el gorro de piel de cordero con su par de cuernos. A cada comensal le sirvieron media cabeza con puré de nabos y un chupito. La tradición mandaba también extraer el ojo y meter el cristalino en un vaso de chupito, antes de apurarlo entero.

ERIK SE PASÓ la cena evitando mirar a su novia y a su compañero de mesa. Era muy consciente de que los celos se debían solo y exclusivamente a su propia inseguridad, una inseguridad que lo embargaba y que era responsabilidad suya mantener a raya. Siempre empeoraba cuando bebía, así que trataba de contenerse, pero resultaba difícil cuando no paraban de proponer un brindis tras otro. Además, tenía el estómago vacío, y eso no mejoraba la situación. Ya tenía hambre cuando llegaron, y en media cabeza de cordero no había mucha carne, eso estaba claro. Había tratado de sacar la de la carrillada como pudo, pero no consiguió más que unos bocados. Por suerte, la hamburguesería del centro abría de noche los fines de semana. Desde luego, le haría una visita cuando terminara la cena.

Erik conversaba educadamente con los compañeros que tenía enfrente, a derecha e izquierda, pero ninguno de los que había a su alrededor lograba captar su interés. Notó varias veces que le vibraba el teléfono, pero no se molestó en responder. En esos momentos no tenía fuerzas para hablar con su madre.

El coro hizo su entrada y comenzó con un madrigal renacentista a varias voces. El director aclaró que se decía que trataba del amor, pero Erik sospechaba que, en realidad, hablaba de sexo. El título, *Come again*.

Erik se atrevió a mirar hacia donde se encontraba Amanda. La silla estaba vacía, al igual que la de su compañero. De nuevo lo invadió la angustia. Ya no oía el canto que resonaba en el escenario, expresamente montado para esa noche. Lanzó una mirada rápida a su alrededor con la esperanza de descubrir que Amanda se encontraba en otra mesa hablando con sus amigas. Pero no se la veía por ninguna parte. Empezó a darle vueltas a la cabeza. ¿Habría ido a los servicios? Pero ¿por qué no había aprovechado para acercarse a su mesa a preguntarle cómo le iba e incluso para darle un beso, y así demostrarle a Gabriel y al mundo entero que de verdad eran novios? Que estaban juntos. Quizá incluso podría haberle preguntado si no quería acompañarla... Cuanto más pensaba que Amanda había preferido no hacer nada de eso, peor se sentía. No, qué va, había salido y punto, sin preocuparse por él lo más mínimo. Y además, con el seductor de Gabriel. ¿Qué demonios pretendía? ¿Dónde se habrían metido?

Como inmerso en una bruma vio que todos aplaudían. Al parecer, el coro había terminado su actuación, pero ya no le importaba lo que sucedía a su alrededor. De nuevo se llenó el vaso con más cerveza y lo apuró de dos o tres tragos. Luego se levantó súbitamente y salió de la sala a grandes zancadas, sin apenas poder ocultar la frustración que sentía. De camino a la salida volcó sin querer una copa de vino, y oyó a su espalda un grito de mujer y el ruido del cristal al estrellarse contra el suelo, pero siguió adelante sin inmutarse, como si no se hubiera percatado de lo ocurrido.

Pasó a toda prisa por delante de la barra. Allí no estaban. Bajó corriendo las escaleras, dobló la esquina hacia los servicios, junto al guardarropa, ahora desierto. Tres de los aseos estaban libres, pero el más grande, que era un aseo accesible, tenía la luz roja encendida. Por si acaso, tiró un poco del picaporte. Sí, estaba cerrado.

Se quedó allí esperando con el corazón bombeándole en el pecho y con la boca seca. Cerró los puños con fuerza, no podía estar quieto. Si salían del aseo los dos juntos... ¿qué demonios iba a hacer?

Se humedeció los labios. Seguro que ya habían transcurrido varios minutos. ¿Qué estarían haciendo? Miró a su alrededor. Por allí no había nadie más. Se acercó con sigilo a la puerta, pegó la oreja tratando de escuchar lo que ocurría allí dentro. Ni un solo sonido. No oía absolutamente nada.

¿Estaría Amanda allí dentro con Gabriel? Ya estaba a punto de empezar a aporrear la puerta, pero justo cuando levantó el brazo, se abrió de par en par. La chica del guardarropa apareció ante su vista. Estaba pálida y se la veía cohibida.

—Perdona que haya tardado tanto —dijo—. No me encuentro muy bien, tengo una regla horrible, ya me entiendes...

Puso cara de resignación, se encogió de hombros, pasó por delante de él y lo dejó allí, con los brazos caídos delante de la puerta. A ver... Habían dejado los abrigos juntos en el guardarropa, y él se había quedado con la chapa, ¿no? Rebuscó ansiosamente en los bolsillos. Sí, allí estaba. Entonces Amanda no se habría ido. Al mismo tiempo, volvió a vibrarle el teléfono. ¿Y si era ella? Rebuscó nervioso hasta que sacó el móvil y tuvo tiempo de responder antes de que se cortara la llamada. Escuchó sin decir nada. Cuando terminó, apagó el teléfono y se lo guardó de nuevo en el bolsillo. Sin la menor vacilación, se dirigió al guardarropa, retiró el abrigo y se marchó de la asociación.

Allí fuera, delante del edificio, todo estaba oscuro y frío. En la puerta había un par de vigilantes, y la gente había empezado a agolparse a la entrada. Pronto podrían empezar a pasar. Venía una banda a tocar en directo, así que la fiesta no se había terminado ni de lejos. Erik pasó rápidamente por delante del grupito para no tener que pararse a hablar si había algún conocido, dobló la esquina, cruzó la calle desierta por delante del aparcamiento de bicicletas y bajó al río. Tomó conciencia de lo borracho que estaba, porque le resultaba difícil caminar en línea recta.

Detrás de los arbustos que flanqueaban la carretera, había unos bancos. Allí reinaban la calma y la tranquilidad. Las aguas oscuras relucían a la luz de la luna. Al otro lado, las negras torres de la catedral casi daban miedo.

Se dejó caer en el último banco, el más próximo al agua, dispuesto a esperar, tal como le habían ordenado. Pasaban los minutos. El agua caía en la cascada algo más allá, para continuar luego entre las piedras, bajo el puente de Dombron. Revolvió en el bolsillo y sacó un cigarro. Lo encendió y dio unas caladas rápidas para calmarse.

Le rugía el estómago, todavía tenía hambre después de una cena tan escasa.

De pronto oyó crujir la grava, había alguien justo detrás de él, pero no alcanzó a darse la vuelta. Todo sucedió muy rápido. Una mano lo sujetó con fuerza por el hombro. Un segundo después, un pinchazo en el cuello.

—¿Qué demonios?

No entendía lo que estaba pasando. Se le cayó el cigarro al suelo y se quedó en el asiento como paralizado. Notó que se adormilaba poco a poco. Una rigidez extraña empezó a extendérsele por todo el cuerpo.

Cada vez le costaba más respirar. Consiguió ponerse de pie y salió dando trompicones a la carretera al tiempo que se tironeaba del cuello de la camisa para desabotonarla. Se le fue el pie, perdió el equilibrio y cayó de bruces en el arroyo, justo al lado de la cascada. Las aguas gélidas caían a raudales a su alrededor, sentía el bramido en los oídos, tragó agua. Trató de protegerse con los brazos, pero no le obedecían. Sus movimientos eran lentos, torpes. Se esforzó por levantarse, por ponerse de pie, pero resbaló y se le fue el pie de nuevo en las rocas húmedas y lisas, y la corriente lo arrastró hasta los torbellinos. Entonces lo rodearon las negras aguas. Un tanto borrosas, veía allá arriba la superficie y la luz de las farolas. Trató de nadar hacia la superficie con desesperación, pero los brazos no le obedecían. Intentó abrir la boca y gritar, pero no era capaz de producir ningún sonido. Lo último que vio Erik fue el oscuro cielo de noviembre, y que las nubes habían engullido la luna.

Al mismo tiempo que su cuerpo se hundía con la corriente, empezó a granizar.

ERA UNA TARDE soleada en la frontera entre el verano y el otoño, esa época del año en que Gotland está más hermosa que nunca. El camino hacia la zona pesquera de Djupvik discurría totalmente recto, y estaba rodeado de una densa vegetación con altos pinos en la parte más cercana al camino. De vez en cuando, el paisaje se abría y se extendían ante la vista los campos recién cosechados. El agua aún estaba templada, tras el largo y caluroso verano, los turistas ya se habían marchado y la calma reinaba de nuevo. Los gotlandeses podían disfrutar solos de Visby y de las playas de arena, y los restaurantes y los hoteles aún seguirían abiertos un par de semanas, antes del cierre de fin de temporada.

En el coche que se dirigía a la playa el ambiente era de lo más animado. Los cinco jóvenes que viajaban en el viejo Land Rover llevaban comida, cerveza, vino y ropa de baño para pasar el fin de semana en la pequeña isla de Lilla Karlsö. Allí estarían solos en la única cabaña que era posible alquilar en la solitaria isla, para celebrar el reencuentro después del verano. Se habían conocido el año anterior cuando empezaron Derecho en la universidad, y se habían hecho buenos amigos.

Congeniaron enseguida y no tardaron en formar un grupo inseparable. Estudiaban y salían de fiesta juntos y, con el tiempo, dos de ellos habían llegado a ser pareja. Frida y Simon estaban tan enamorados que los demás se preocupaban a veces por la cohesión del grupo. En todo caso, ahora tenían el ánimo a tope, y los cinco jóvenes pensaban disfrutar de lo que seguramente sería el último fin de semana de baño del verano.

Valter, que iba al volante, llevaba, como de costumbre, una chaqueta de pana y un amplio fular alrededor de las rastas. Sus padres eran artistas y dirigían una plantación ecológica en Fröjel, no muy lejos de allí. Ellos les habían prestado el coche para el fin de semana. A su lado estaba Rasmus, el más pulcro de todos. Guapo, bien vestido, siempre agradable y educado. Era de Visby, tanto su padre como su madre eran juristas y trabajaban en el juzgado de Gotland. Rasmus estaba más contento que de costumbre y, aunque últimamente lo notaban muy discreto, los demás se habían dado cuenta de que debía de haber conocido a un chico nuevo. Rasmus mantenía su vida amorosa en un plano de lo más privado.

En el asiento trasero iba Annie, la agitadora del grupo, que compartía espacio con los tortolitos. Annie era de Uppsala, activista medioambiental y feminista, y le interesaba la política, pero, a pesar de que vivía en una ciudad universitaria marcadamente intelectual, que encajaba a la perfección con sus inclinaciones, había optado por estudiar Derecho en el campus de Gotland. Hacía cinco años que el viejo colegio universitario de Visby pertenecía a la Universidad de Uppsala, y Annie quería combinar la carrera de Derecho con los estudios en desarrollo sostenible que ofrecían en la isla.

Dejaron atrás el moderno restaurante de Djupvik y su elegante terraza con grandes cristaleras que daban al mar. Los clientes se sentaban allí fuera y disfrutaban de una cerveza o una copa de vino al sol de la tarde.

Abajo, en el pueblo pesquero, reinaba la calma. El quiosco de los helados había echado la persiana por fin de temporada y la mayoría de las cabañas estaban cerradas a cal y canto. El guarda de Lilla Karlsö, que cuidaba del ganado de ovejas autóctonas que pastaban en la isla y se ocupaba de las casas y de las visitas guiadas, sería quien los llevaría a la isla. Las embarcaciones de tráfico regular desde el puerto de Klintehamn habían dejado de circular hacía unas semanas.

Un par de barcos a motor seguían aún atracados en los muelles. El agua estaba en calma, apenas soplaba el viento y el sol centelleaba en el mar. Hacía un tiempo despejado y podían ver claramente las formaciones rocosas en la isla de Lillön, como la llamaba todo el mundo. Algo más allá se recortaba en el cielo sin nubes la silueta algo más plana y más extensa de Stora Karlsö.

—¡Ay, qué maravilla! —exclamó Frida al salir del coche y aspirar la fresca brisa marina—. ¡Ah, y ahí está Mårten!

Echó a correr entusiasmada hacia el encargado, que se acercaba a ellos desde el muelle. Mårten Kvist llevaba ropa de montaña y un par de botas. Tenía el pelo entrecano, pero era un hombre atractivo y ágil de cuarenta y tantos años, padre de cuatro hijos, que vivía con su mujer en una granja a tan solo un kilómetro del pueblo pesquero. Se acercó y le dio a Frida un abrazo.

—Hola, ¿qué tal? ¡Me alegro de verte!

—Bien, ahora que por fin hemos llegado. Tengo muchísimas ganas de llegar a la isla.

—Sí, y parece que hará buen tiempo todo el fin de semana.

Frida les presentó a Mårten entusiasmada.

—Qué suerte que puedas llevarnos. Mis amigos no han estado nunca en Lillön, ¿no es increíble?

Sonrió satisfecha y sopló para apartarse de la cara el rubio flequillo.

Mårten se volvió hacia los demás.

—Os va a encantar, estoy seguro.

Los chicos recogieron el equipaje y se dirigieron al muelle. Mårten tenía un barco de aluminio de proa abierta con un buen motor fueraborda. Entre todos metieron dentro las mochilas y las neveras. De pronto, a Valter le sonó el móvil. Lo sacó del bolsillo, frunció el ceño y se apartó un poco del muelle, de espaldas a todos mientras hablaba. Frida se lo quedó mirando. Parecía algo importante, se le notaba en la postura del cuerpo.

Los demás terminaron de colocarlo todo y se acomodaron a bordo, y Mårten puso el motor en marcha y empezó a soltar los cabos preparándose para zarpar. Cuando Valter colgó y se volvió hacia ellos, tenía la cara pálida y estaba serio y sereno.

—Lo siento, pero no puedo ir con vosotros. Tengo que arreglar un asunto. Es urgente.

—¡No! —exclamó Frida mirándolo decepcionada—. Tan importante no puede ser. Anda…

Cómo no iba a ser Valter el que se rajara en el último minuto…

—Vamos, Valter, venga ya —le dijo Annie con tono suplicante—. Llevamos meses planeando este fin de semana. Me apetece muchísimo que vengas. Apenas nos hemos visto en todo el verano.

—Claro. El mundo se las arreglará sin ti unos días —añadió Rasmus—. Anda, vente con nosotros. No habrá otra oportunidad en mucho tiempo, pronto tendremos que ponernos a estudiar un montón y no tendremos tiempo para nada.

Continúa en tu librería

¿Los has leído todos?

Mari Jungstedt es una de las mejores escritoras de novela policíaca; se supera a sí misma con cada nueva entrega.

THE TIMES

Nadie lo ha visto

La primera entrega de la serie que enganchó a lectores de todo el mundo y que situó Gotland en el mapa de la novela negra internacional.

Nadie lo ha oído

Una historia apasionante, violenta y escrita con sensibilidad que cuestiona si la sociedad protege debidamente a los más jóvenes.

Nadie lo conoce

Durante una excavación en un poblado vikingo de Gotland, sale a la luz un macabro hallazgo con consecuencias terribles.

El arte del asesino

Anders Knutas descubre lo mucho que pueden engañar las apariencias mientras investiga el asesinato de un galerista.

Un inquietante amanecer

Una oscura historia de venganza podría ser la causa del asesinato de un empresario de dudosa reputación.

La falsa sonrisa

Anders Knutas sospecha que una amante vengativa es la culpable de un asesinato, y descubre que a veces no se puede confiar en quien más queremos.

SERIE
GOTLAND

Doble silencio

Tres parejas de amigos que lo comparten casi todo deciden ir tras las huellas de Ingmar Bergman en la enigmática isla de Fårö.

Un juego peligroso

Cuando alguien tiene un particular sentido de la justicia, el precio de la fama puede ser... la muerte.

La cuarta víctima

Un crimen nunca resuelto es la clave para identificar a los autores de un robo a mano armada que acaba de manera trágica.

SERIE
GOTLAND

La cara oculta

La traición puede tener
un precio muy alto.
Los hombres infieles son el objetivo de
una asesina implacable que se disfraza
para seducir a sus víctimas.

Los senderos de la oscuridad

Todas las vidas proyectan sombras
que esconden secretos.
¿Quién podría tener motivos para
asesinar a un profesor
de vida intachable?

No te pierdo de vista

En la remota isla de Lilla Karlsö,
tres estudiantes mueren en extrañas
circunstancias, y la única superviviente
es incapaz de recordar nada.

Lanzamiento julio de 2023

Serie
Málaga

MARI
JUNG
STEDT
Serie
Málaga
Antes de que
lleguen las nubes
MAEVA NOIR